B. E. Pfeiffer

Urban Fantasy

STERNENSAND

www.sternensand-verlag.ch | info@sternensand-verlag.ch

1. Auflage, November 2018

Umschlaggestaltung: Jaqueline Kropmanns
Lektorat / Korrektorat: Sternensand Verlag GmbH | Martina König
Satz: Sternensand Verlag GmbH
Druck und Bindung: Smilkov Print Ltd.

ISBN-13: 978-3-03896-013-3
ISBN-10: 3-03896-013-3

Für die Suchenden, die einer Sehnsucht nachjagen.

Für alle, die noch an die wahre Liebe glauben.

Diese Geschichte ist für Euch.

PROLOG

Vor rund dreitausend Jahren

Er war zu spät. Die Schlacht tobte bereits und er hatte ihr nicht beistehen können. Das würde er seinem Bruder niemals vergeben, denn dieser hatte ihn in seinem eigenen Heim wie einen räudigen Hund an einer Säule angekettet, damit er es nicht rechtzeitig schaffte.

Er hätte alles getan, um sie zu retten. Sein Bruder wollte ihren Tod, um ihn zu quälen, denn es würde vermutlich Tausende Jahre dauern, bis er wieder die Chance bekam, sie als seine Gefährtin zu erwählen.

Hastig ließ er seinen Blick über die Arena schweifen und keuchte auf, als er seine Liebste umringt von drei Zentauren fand. Sie überstrahlte alles mit ihren hellen Flügeln, die er ihr geschenkt hatte, und ihrer Rüstung aus hellem Gold, die sie von ihrer Mutter bekommen hatte.

Und sie bewegte sich wie eine Kriegerin, schwang ihre Klinge und blockte die Angriffe ihrer Gegner ab. Ein stolzes Lächeln breitete sich auf seinem Gesicht aus, ehe er seine Waffe fester griff und auf die Zentauren zulief. Er brüllte aus Leibeskräften und hob das mehr als mannshohe Schwert mit Leichtigkeit.

Immerhin war er ein Gott und er war unsterblich. Sie nicht. Er durfte nicht zulassen, dass ihr etwas zustieß.

»So leicht mache ich es dir nicht«, ertönte die Stimme seines jüngeren Bruders, der vermutlich seelenruhig auf seiner Wolke lag und seinem Leid zusah.

»Das nennst du leicht?«, fauchte er und lief noch verbissener.

In dem Moment hörte er, wie sie aufschrie und ihre Stimme brach. Die Kampfgeräusche verstummten und eine erdrückende Gewissheit ergriff ihn. Trotzdem lief er weiter, wollte nicht wahrhaben, was gerade geschehen war.

Die Zentauren verließen zufrieden das Schlachtfeld und er erreichte seine Liebste, mit einer gewaltigen Klinge durch ihren Leib gebohrt und ihre wunderschönen hellbraunen Augen jeglichen Lebens beraubt.

Er sank neben ihr auf die Knie und hob sie mit zittrigen Händen auf. Blut lief über ihr anmutiges Gesicht, verklebte ihre hellbraunen Locken. Ihr Mund war leicht geöffnet, als wollte sie ihm noch etwas sagen, aber er würde diese Worte niemals hören.

Tränen liefen ihm über die Wangen, als er mit einer Handbewegung die Arena verblassen ließ, das Schwert in ihrer Mitte zu schwarzem Rauch verwandelte und ihr wieder ihr geliebtes grünes

Kleid auf den Leib zauberte. Das Blut war verschwunden und er schloss ihre Augen.

Für ihn war sie nicht tot. Sie schlief bloß in seinen Armen. Er presste sie an sich und versprach ihr mit bebender Stimme, dass er ihre Seele beschützen und sie wiederfinden würde. Ihr kostbares Wesen hatte bereits den Abstieg in die Unterwelt antreten müssen. Er hätte sie zurückholen können, aber das war gegen die Regeln, denen er sich gebeugt hatte, um Unsterblichkeit für sie zu erlangen. Nun musste er warten und auf sie achtgeben.

Behutsam nahm er ihr die zierliche Kette ab, die sie um ihren Hals trug. Es war ein Geschenk von ihm gewesen, eine einzelne Perle, in Silber gefasst. Diese Perle war das Symbol für unsterbliche Liebe und er würde sie aufheben, bis ihre Seele wiedergeboren wurde. Bis zu jenem Tag, an dem er wieder versuchen konnte, sie vor seinem Bruder zu retten.

1

Mein Wecker klingelte eindeutig zu früh, denn die Sonne hatte es noch nicht einmal geschafft, ein dunkles Lila auf den Nachthimmel zu zaubern. Ich wusste sowieso nicht, warum wir im Urlaub so früh aufstehen sollten, nur um wieder an irgendeinen Ort zu fahren, der niemanden interessierte. Von meinem Vater abgesehen, denn er schleppte uns überall hin.

Als mein Dad meinte, er würde uns allen einen einmonatigen Familienurlaub spendieren, dachte ich an etwas Außergewöhnliches. Australien zum Beispiel oder eine Asientour. Vielleicht Südamerika, immerhin wollten wir alle die Copacabana in Brasilien sehen.

Natürlich hatten wir zugesagt! Es war eine unserer letzten Möglichkeiten für einen gemeinsamen Urlaub. Meine ältere Schwester Victoria, die wir alle Vicky nannten, war fünfundzwanzig und würde im nächsten Sommer heiraten. Ich fand ja immer noch, dass fünfundzwanzig zu jung war, aber sie ließ es sich nicht ausreden.

Zum Glück war ihr Verlobter Martin nicht mitgekommen, denn Dad wollte nur die Familie dabeihaben. Ich hatte nichts gegen Martin. Er war einfach … nun ja. Ich kannte ihn seit bald drei Jahren und hatte keine fünf Sätze mit ihm gewechselt. Außerdem fühlte es sich in seiner Nähe immer so gezwungen an. Daher war ich froh, nicht unter einem Dach mit ihm wohnen zu müssen.

Mein jüngerer Bruder, Günter, war nun achtzehn und würde demnächst in den USA studieren. Ich wusste noch immer nicht recht, wie er das geschafft hatte, aber der kleine Angeber hatte sich bei der Harvard Business School beworben und war tatsächlich angenommen worden.

Und ich? Ich war nun fast einundzwanzig und studierte Medizin. Es war immer mein Traum gewesen, aber irgendwie hatte ich meine Schwierigkeiten, mich durch den Dschungel der Vorlesungen zu schlagen. Dieser Urlaub hätte mir guttun sollen, aber …

Statt eines Traumstrandes an einem der schönsten Fleckchen Erde wurde es ein Griechenlandurlaub. An sich mochte ich Griechenland. Es gab auch hier schöne Strände und gutes Essen. Allerdings war das Meer noch nicht einmal in der Nähe, denn mein Dad hatte uns in irgendeinem abgelegenen Bauernhof einquartiert, der einem das klassische Leben der Griechen vermitteln sollte.

Ja. Wunderbar.

Selbst Mum war darüber entsetzt gewesen. Aber mein Vater hatte vor rund einem halben Jahr einen schweren Schicksalsschlag erlitten, als er mit seinem besten Freund zu einer Motorradtour unterwegs war. Es gab einen Unfall, an dem Dad wohl nicht ganz unschuldig war, und sein Freund starb. Seitdem war Papa nicht mehr derselbe Mensch und zog sich immer mehr von uns allen zurück. Es überraschte uns also, dass er einen so langen Urlaub mit uns plante. Immerhin sollten wir vier Wochen hier sein! Da wir alle hofften, er würde wieder richtig in sein Leben zurückfinden, hatten wir zähneknirschend zugestimmt.

Er hatte ab dem Moment, in dem er uns eröffnet hatte, wo die Reise hinging, von einem faszinierenden Buch geredet und schon einige Unternehmungen gebucht, die mit archäologischen Ausgrabungen zu tun hatten. Das verband meinen Vater und mich: Wir liebten die antiken Sagen und Geschichten. Aber selbst für mich war dieser Plan etwas zu viel des Guten.

Der Bauernhof wäre ja recht schön gewesen, allerdings waren es tagsüber rund vierzig Grad und es gab keinen Pool oder andere Möglichkeiten, sich abzukühlen. Immerhin mussten wir nicht im Stall oder bei der Ernte aushelfen.

Gähnend schälte ich mich aus dem Bett, das von der heißen tropischen Nacht durchgeschwitzt war. Drei Tage waren wir hier und es fühlte sich wie eine Ewigkeit an. Vor allem, da ich seit unserer Ankunft seltsame Träume hatte. Träume, die sich echt anfühlten und mir furchtbare Angst einjagten.

Die Stimmung in der Familie hätte außerdem kaum schlechter sein können.

Vicky war ihr Leben lang anspruchsvoll gewesen und trieb uns mit ihrem Drang, im Mittelpunkt zu stehen, immer wieder auf die Palme. Aber seitdem wir hier waren, wurde das Zusammenleben mit ihr unerträglich. Sie jammerte die ganze Zeit, dass sie hier ihren makellosen Teint an der Sonne verderben würde und keinen einzigen Cocktail oder heißen Poolboy zu Gesicht bekam. Was ich ohnehin nicht verstand, schließlich wollte sie heiraten.

Günter war schlecht gelaunt, weil er viel lieber an einem Strand gelegen hätte. Mum verkroch sich, wann immer sie konnte. Sie weinte viel und ich war mir nicht sicher, ob es an dem Urlaub lag oder daran, dass Dad und sie Probleme hatten. Sie litt natürlich am meisten unter dem Rückzug meines Vaters.

So sehr sie es auch versucht hatte, Dad wollte kaum mit ihr sprechen und stieß sie regelrecht von sich. Dabei waren die beiden ein richtiges Traumpaar gewesen.

Ob sie sich trennen würden?

Die Gedanken verdrängend, schlurfte ich über den Flur zum Badezimmer, das wir uns teilen mussten. Zum Glück hatte sich außer meiner Familie niemand hierher verirrt und jeder von uns hatte sein eigenes Zimmer. Es gab zwar noch einige freie Zimmer, aber ich hoffte, dass dieser Ort nicht der Geheimtipp für Griechenlandtouristen war und sie dementsprechend leer blieben. Außerdem war es schon mühsam genug, das Bad nur untereinander zu teilen.

Da Vicky gern Stunden darin verbrachte, stellte ich mir den Wecker deutlich früher, als es notwendig gewesen wäre. Ich wollte einfach meine Ruhe haben und vor allem nicht ewig warten müssen.

Dad hatte für heute irgendeinen Ausflug auf irgendein Feld geplant, wo angeblich herausragende archäologische Entdeckungen gemacht worden waren. Er hatte es sich nicht nehmen lassen, uns beim Essen am Vorabend ausführlich über die Geschichte des Ortes zu informieren.

Mein Vater war Arzt, hatte aber wie ich das Herz eines Hobby-Archäologen. Mum war ein hohes Tier in einer Bank. Sie kümmerte sich um Großkunden und war ein Ass mit Zahlen. Geschichte hatte sie nie interessiert und ich bewunderte sie dafür, dass sie dennoch versuchte, sich für die Ideen meines Vaters zu begeistern.

Jedenfalls freute mein Dad sich auf den Ausflug. Der Rest von uns eher weniger. Es war ja auch zu *verlockend,* einen ganzen Tag in der sengenden Sonne Griechenlands auf einem Feld zu verbringen, wo man selbst Grabungen machen durfte.

Ich schloss die Badezimmertür mit einem Seufzen hinter mir zu und drehte das Wasser der antiken Dusche auf. Allein dieses Ding sollte für meinen Vater genug historisches Zeug sein. Ich war bisher noch nicht dahintergekommen, wie man die Temperatur des Wassers veränderte, war aber ziemlich sicher, dass die Leitungen noch vom Trojanischen Krieg stammen mussten. Der mit Helena, Paris und Brad Pitt.

Das Wasser kam in den ersten Minuten schön kupferbraun aus dem Duschkopf. Eine Wonne. Wirklich. Luxus pur. Als es endlich eine normale Farbe hatte, stieg ich unter den eiskalten Strahl, der sich nach der tropischen Nacht, in der ich vermutlich mehr geschwitzt hatte als ein Marathonläufer, großartig anfühlte.

Im Moment wünschte ich mir, ich wäre diese sagenumwobene Strecke gelaufen. Leider hatte ich wieder in einem dieser unheimlichen Träume festgesteckt. Ich hatte nie intensiv geträumt, aber seitdem wir auf diesem Bauernhof weilten, suchten mich jede Nacht ähnliche Bilder heim. Meistens sah ich jemanden im Schatten, der mir folgte, egal, wo ich war. Und ich befand mich oft an seltsamen Orten. In der ersten Nacht dachte ich, ich träume von der

Akropolis, weil ich erwartet hatte, dass wir dort Urlaub machen würden. Allerdings hatte ich ein seltsames luftiges Kleid getragen, das nur an einer Schulter mit einer Spange gehalten wurde. Obwohl ich dort allein war, kam ich mir ständig beobachtet vor.

In dieser Nacht sah ich mich auf einem Schlachtfeld – nein, es war vielmehr eine Arena! –, umringt von Zentauren. Ich mochte die alten Mythen, aber Wesen, die zur Hälfte Pferd waren und einen menschlichen Oberkörper besaßen, wirkten selbst auf Bildern furchteinflößend und in meinem Traum fühlten sie sich noch gefährlicher an. Ich hatte Angst. Furchtbare Angst. Aber noch bevor sie mir etwas tun konnten, schreckte ich aus dem Traum hoch und zitterte am ganzen Leib. Es hatte ewig gedauert, bis ich wieder einschlafen konnte, dementsprechend müde fühlte ich mich jetzt.

Das kalte Wasser erweckte aber meine Lebensgeister wieder und ich konnte fast erleichtert durchatmen. Aber nur fast. Denn nach einigen Minuten wechselte das Wasser gern die Temperatur und bis dahin wollte ich fertig sein. Es war nicht besonders angenehm, auf einmal in brühend heißem Wasser zu stehen.

Als ich mit der Dusche fertig war, versuchte ich, mein zerzaustes hellbraunes Haar zu bändigen. Diese tropischen Temperaturen ließen meine Haare plötzlich lockig springen und sie waren einfach nicht zu zähmen, außer mit einem ziemlich straff sitzenden Zopfband.

Ich hätte es mir schenken können, denn abgesehen von meiner Familie würde mich keiner zu Gesicht bekommen und denen war egal, wie ich aussah. Trotzdem trug ich ein wenig Wimperntusche und Lipgloss auf und lächelte mir aufmunternd im Spiegel zu.

Nur noch fünfundzwanzig Tage. Das würde ich irgendwie überleben. Irgendwie. Vielleicht hatte Dad ja auch nach einer Woche genug und wir würden doch noch an einen Strand fahren, wo im Juli zwar Tausende andere Touristen wären, aber Strand war besser als kein Strand. Selbst wenn man ihn mit halb Europa teilen musste.

Ich schlich in mein Zimmer zurück und zog mein Bett ab. Die Hauseigentümerin, eine Frau mittleren Alters mit strengem Gesicht und dunklen Haaren und Augen, würde mich vermutlich schelten, weil ich auch heute neue Bettwäsche wollte. Aber was sollte ich machen, wenn ich die Laken schon wieder durchgeschwitzt hatte? Immerhin half ich ihr auch, die Dinger aufzuhängen. Dabei textete sie mich in einer Mischung aus gebrochenem Englisch und sehr viel Griechisch zu und ich lächelte nur freundlich und nickte, was sie im besten Fall mit einem Nicken quittierte und im schlechtesten mit griechischen Kraftausdrücken. Wobei ich mir da nicht sicher war, immerhin konnte ich kein Griechisch.

Das Zimmer war eigentlich recht nett, wenn auch sehr spartanisch eingerichtet. Das uralte Bett stammte vermutlich noch aus der Zeit, als Griechenland eine Monarchie gewesen war. Eine antike Kommode und ein wackeliger Schrank boten genug Platz für meine Kleidungsstücke. Also garantiert keine Luxuseinrichtung, mit der meine Unterkunft hätte punkten können. Allerdings entschädigte der Ausblick für fast alles.

Mein Fenster war östlich ausgerichtet und der Sonnenaufgang hinter den malerischen Hügeln sah einfach unbeschreiblich schön aus. Jeden Morgen zu erleben, wie der neue Tag begann, die goldene Sonnenscheibe emporstieg, ließ mich fast allen Ärger vergessen. Hätte ich künstlerisches Talent besessen, wäre ich hier wohl nie weggegangen und hätte einen Sonnenaufgang nach dem anderen auf die Leinwand gebracht.

Da es noch ein wenig dauern würde, bis die Sonne aufgehen würde oder jemand anderer als ich wach war, beschloss ich, nach draußen zu gehen und diesmal von der Terrasse zuzusehen, wie der Tag anbrach.

Außerdem nahm ich mir vor, meinen Wecker ab jetzt später zu stellen. Offenbar hatte ich den Zeitpunkt des Sonnenaufgangs falsch recherchiert und von meiner Familie schien auch niemand auf die Idee zu kommen, so früh aufzustehen. Also konnte ich mir einige Minuten mehr Schlaf gönnen.

Ich schnappte mir einen Becher und schüttete das Instantkaffeepulver hinein, das es hier statt echtem Kaffee gab, kochte Wasser auf, goss es auf das Pulver und rührte um. Das Zeug löste sich nicht gut auf und ich fischte leise fluchend einige Klümpchen heraus, bevor ich damit hinaus in die Dämmerung trat.

Ich nahm einen Schluck von meinem Getränk und verzog das Gesicht. Egal, wie oft ich das Zeug trank, es schmeckte gewöhnungsbedürftig. Aber besser als kein Kaffee. Vor allem nach dieser Nacht.

Ich schloss für einen Moment die Augen und genoss die Stille, bis die mürrische Stimme unserer Vermieterin Angeliki mich hochschrecken ließ.

»Kalimera«, rief sie mir von ihrem Zimmer zu, bevor sie ihr Laken ausschüttelte.

Ich lächelte trotz ihres beißenden Tonfalls und rief ebenfalls »Kalimera« zurück, bevor ich mich wieder der Sonne zuwandte. Aus Purpur wurde ein dunkles Rot, das sich langsam orange färbte. Die

Wolken erstrahlten golden, als das Licht der neugeborenen Sonne auf mein Gesicht schien.

Sie wird wiedergeboren, so wie auch du wiedergeboren wurdest. Er wird dich bald finden, hörte ich eine Frauenstimme und zuckte zusammen.

Ich drehte mich zu allen Seiten um, konnte aber niemanden entdecken, der mit mir gesprochen haben konnte.

Verlor ich gerade meinen Verstand?

Fast dankbar seufzte ich, als meine Mutter neben mir stand, einen Becher mit Kaffee in der Hand, das Gesicht nach ihrem ersten Schluck angewidert verzogen. »Guten Morgen, mein Schatz«, murmelte sie und stellte den Becher auf den wackeligen Gartentisch. »Grauenhaftes Zeug. Nicht mal richtigen Kaffee bekommt man hier.«

»Guten Morgen, Mum. Hast du gut geschlafen?«

Sie winkte ab. »Reden wir nicht davon. Ich hoffe, der Tag wird heute nicht so anstrengend, wie ich ihn mir vorstelle.« Sie wischte sich verstohlen über das Gesicht.

Ich wusste, sie weinte wieder.

»Mum, wenn es irgendetwas gibt, über das du mit mir reden möchtest …«, begann ich, aber meine Mutter winkte erneut ab.

»Schon gut, Pen. Ich … Ich kann nicht.« Sie schluchzte leise, nahm ihren Becher und ging an den Gartenliegen vorbei zu den Obstbäumen, wo sie aus meinem Blickfeld verschwand.

Ich sah ihr seufzend nach. Offenbar stand es um die Ehe meiner Eltern schlechter, als mir bisher bewusst gewesen war.

Angeliki trat aus dem Haus und knurrte etwas Unverständliches, bevor sie begann, das Frühstück anzurichten. Da die Sonne bereits aufgegangen war und ich Ablenkung jetzt gut gebrauchen konnte, beschloss ich, ihr zu helfen.

Nach und nach kamen meine Geschwister und mein Vater hinunter und setzten sich an den gedeckten Tisch. Mum schlurfte mit einer leeren Tasse in der Hand zu uns und ließ sich wortlos neben mir nieder.

Aus Rücksicht auf uns hatte Angeliki Müsli besorgt, sonst gab es seltsames Weißbrot, Obst und Joghurt. Die Lunchpakete, die sie für uns zubereitete, enthielten fast das gleiche Essen.

Ich stieß den Atem aus, während ich in meinem Obst herumstocherte. Zumindest das Abendessen war meistens köstlich, wenn Angeliki griechische Spezialitäten auffuhr. Sie hatte sogar zu erklären versucht, wie man ein Moussaka wirklich zubereitete, als ich ihr Essen am zweiten Abend lobte. Nicht, dass ich sie verstanden hätte. Aber sie hatte mir danach noch eine Portion gegeben und sich bei meinem Lunchpaket besondere Mühe gemacht und mir nur Dinge eingepackt, die ich wirklich gern aß.

Mum war nicht der häusliche Typ und wenn wir nicht gerade ein Au-pair hatten, das kochen konnte, gab es meistens etwas Mitgebrachtes oder Brote.

Die Stimmung am Tisch war noch bedrückender als an den Tagen zuvor. Wir alle schwiegen. Sogar Dad sagte nichts, allerdings hatte der seine Nase in ein Buch gesteckt und machte sich Notizen. Vermutlich wollte er uns etwas über unseren Ausflug erzählen, während wir mit dem viel zu kleinen Auto über viel zu holprige Straßen fuhren.

Vicky saß mit einem griesgrämigen Gesicht vor einer Schüssel Obst und betrachtete ihre perfekt manikürten Nägel. Sie hatte sich aufgebrezelt, als würde sie auf einen Ball gehen. Ihre blondierten Haare waren in einer aufwendigen Frisur aufgesteckt und ihr Make-up sah aus, als würde sie bei einem Vogue-Shooting erwartet. Natürlich trug sie völlig unpassende Kleidung für eine Grabung, aber sie hatte sich entschieden geweigert, bequeme Hosen anzuziehen.

Günter hingegen wirkte einfach nur müde. Seine fast schwarzen Haare und die dunklen Augen passten kaum zum Rest der Familie mit unseren hellbraunen Haaren und grünbraunen Augen. Er kaute auf einem Stück Brot herum und blickte in die Ferne. Überhaupt erschien er mir sehr nachdenklich, seit wir hier waren. Nachdenklich und erstaunlich schweigsam.

Mein Bruder war knapp drei Jahre jünger als ich, aber er hatte sich stets wie mein Beschützer aufgespielt. Er war immer sehr groß für sein Alter gewesen, allerdings waren seine Schultern eher schmächtig. Trotzdem drohte er jedem, der mich ärgerte. Victoria gegenüber hatte er sich nie so verhalten.

Wir hatten unsere Teller noch nicht ganz geleert, da scheuchte Dad uns bereits zum Auto. »Los jetzt, wir sollten keine Zeit verlieren!«, trällerte er und reichte jedem von uns die Lunchpakete, auf denen unsere Namen standen.

Meine Geschwister und ich quetschten uns auf die Rückbank, während Mum sich seufzend auf dem Beifahrersitz niederließ. Dass der Wagen keine Klimaanlage besaß, war das Tüpfelchen auf dem i und wir schwitzten schon allein von dieser Fahrt mehr, als gut für uns war.

Immerhin hatte Angeliki uns jede Menge Wasser eingepackt. Und: Sie hatte mir eine Extraportion von den köstlichen Oliven in meinen Rucksack gesteckt. Offenbar hatte sie bemerkt, wie gern ich sie aß.

Vicky knurrte und stieß mir den Ellbogen in die Rippen. »Mach dich nicht so breit, Penelope!«, fauchte sie und ich warf ihr einen zornigen Blick zu.

»Hör auf, mich so zu nennen! Und außerdem hast du allein mehr Platz als Günter und ich zusammen.«

»Unsinn!«, giftete meine Schwester und fuhr sich genervt über das Gesicht. »So nah wie du mir sitzt, könnte man denken, du hast Körperkontakt bitter nötig.«

»Deinen sicher nicht«, murmelte ich und verschränkte meine Arme.

»Den von einem Mann wohl auch nicht! Man könnte meinen, du wärst eine Nonne.«

Ich hasste es, wenn sie mich Penelope nannte. Jeder nannte mich Penny oder Pen. Warum mussten meine Eltern gerade bei *mir* einen so ausgefallenen Namen aussuchen? Und dann brachte sie jedes Gespräch auf den Punkt, dass ich schon seit gut zwei Jahren keinen Freund mehr hatte. Immer wieder zog sie mich auf und meinte, ich solle mich nicht so zieren.

Ich zierte mich nicht, aber das mit Lukas hatte einfach nicht geklappt und danach blieb mir kaum Zeit, fortzugehen. Das Studium war recht fordernd und ich wollte nicht mit fünfunddreißig noch an der Uni sein. Das Ziel meines Lebens war bestimmt nicht, wie Vicky einen reichen Mann zu heiraten und höchstens Hausfrau und Mutter zu werden.

Ich wandte mich Günter zu, der mit leidender Miene aus dem Fenster starrte und nichts von unserem Streit mitzubekommen schien. Er wirkte so verloren, dass ich ihn nicht ansprechen wollte, sondern einfach nur seufzte und mich zurücklehnte.

Vicky war bissiger als gewöhnlich und Günter viel zu still. Es kam mir so vor, als hätten sie in diesem Urlaub ihre Persönlichkeit verändert. Oder intensiviert. Meine Schwester war nie einfach gewesen, aber so zickig hatte sie sich nie verhalten. Und mein Bruder war nachdenklich, aber nicht *so* extrem in sich gekehrt.

Nach einer gefühlten Ewigkeit kamen wir auf einem staubigen Parkplatz an, auf dem nur wenige Autos standen. Ein Schild mit griechischen Buchstaben prangte an einem Maschendrahtzaun und daneben befand sich eine quietschende Schwingtür, an der ein Mann stand und uns neugierig musterte.

Offenbar verirrten sich nicht viele Touristen hierher. Vielleicht lag es an dem Zaun, der das Areal umgab und mich an Filme über Sträflinge in den USA erinnerte, die in ihrer schicken schwarzweißen Kleidung auf Steine einschlugen. Ich konnte mich jetzt in ihre Lage hineinversetzen. Vermutlich würden wir auch Steine zerklopfen.

Dad versuchte erst, in seinem Touristen-Griechisch mit ihm zu sprechen, dann ging er doch zu Englisch über und erklärte, wer wir waren.

Der Mann nickte und untersuchte unsere Rucksäcke. Ich verstand die Kontrollen bei Vergnügungsparks oder Konzerten. Aber selbst wenn wir Sprengstoff mitgehabt hätten, er hätte ihn nicht gefunden, so wie er in den Taschen herumstocherte. Nachdem er zufrieden war, drückte er jedem von uns eine Werkzeugtasche in die Hand und bedeutete uns, zu warten.

Schließlich kam er mit einem zweiten Mann zurück, den er als Ianis vorstellte, bevor er grußlos in einem kleinen Häuschen verschwand.

»Familie Bauer«, begrüßte Ianis uns mit einem Grinsen und einem lustigen Akzent. »Willkommen bei der Ausgrabungsstätte. Ich darf Sie heute begleiten und Ihnen Fragen beantworten.«

Während er sprach, führte er uns durch die Schwingtür und deutete über das weitläufige Areal. Es erinnerte mich mehr an eine Wüste, so kahl wie der Boden war.

Nur wenige Bäume spendeten Schatten und die Erde sah aus, als hätte es seit Monaten nicht mehr geregnet. Die letzten Grasbüschel, die um ihr Überleben kämpften, hingen schlapp hinunter und erregten mein Mitleid.

Dad schien trotzdem zufrieden. Er stellte Ianis einige Fragen und dieser beantwortete sie geduldig. Wir anderen trotteten ihnen einfach hinterher, bis wir an die uns zugewiesene Stelle kamen.

»Hier werden Sie den Tag verbringen. Ich werde immer wieder vorbeisehen.« Ianis drehte sich um und zeigte auf eine Hütte, die auf einem Hügel stand. »Falls Sie etwas benötigen, ich bin da vorn in dem Häuschen.« Er nickte uns zu und verließ uns mit einem Grinsen, das ich nicht deuten konnte.

Vicky warf stöhnend ihren Rucksack und ihre Werkzeuge unter einen Baum und setzte sich in dessen Schatten. »Müssen wir das hier wirklich machen? Ich will mir die Nägel nicht ruinieren!«

»Wir machen das als Familie«, erklärte Dad mit seiner festen Stimme und warf ihr einen genervten Blick zu. Dabei war er es doch, der sich monatelang von der Familie entfernt hatte.

Meine Schwester erhob sich mit einem tiefen Atemzug und fischte eine kleine Schaufel aus ihrer Werkzeugtasche. »Ich weiß noch nicht mal, was das hier ist!«

Endlich lachte Günter und klopfte sich auf den Oberschenkel. »Hast du ein Glück, dass du hübsch bist, sonst hättest du es wirklich schwer.«

Vicky rümpfte die Nase und stellte sich neben Mum, die auf das Quadrat auf dem Boden starrte. Es war mit Schnüren umspannt und in sechzehn kleinere Quadrate unterteilt. Scheinbar diente das der besseren Orientierung.

»Ob wir hier wirklich irgendetwas finden werden?«, fragte Mum, ohne aufzusehen.

»Vielleicht sogar eine neue Sensation!«, rief Dad begeistert und teilte jedem von uns ein Areal zu, in dem wir beginnen sollten, zu graben.

Ich unterdrückte ein gequältes Seufzen, nahm eine Schaufel und einen überdimensionalen Pinsel und ging in das Feld, das Dad mir zugewiesen hatte. Die Sonne brannte schon ziemlich heftig vom Himmel und obwohl ich einen Sonnenhut trug, schwirrte mir der Kopf. Wie sollte ich das einen ganzen Tag aushalten?

Plötzlich verschwand die Sonne und es wurde dunkel. Und mir lief es eiskalt den Rücken hinunter.

2

Verschwunden waren die Schnüre, die gerade mein Quadrat von den anderen abgegrenzt hatten, ebenso wie meine ganze Familie und die Sonne. Es war bitterkalt geworden. Ich saß mitten auf einem fast schwarzen Boden und stand schwankend auf. Seltsame Geräusche umfingen mich und aus der Dunkelheit, die mich umgab, drangen plötzlich angsteinflößende Lichter, die wie rot leuchtende Augen aussahen. Zitternd hob ich meine Schaufel und meinen Pinsel, als könnten sie mich vor Unheil bewahren.

»Wer ist da?«, rief ich, aber ich bekam keine Antwort.

Stattdessen wurden die Lichter größer und ich erkannte die Umrisse von gewaltigen Leibern, die gekrümmt zu gehen schienen.

Wollte ich wirklich wissen, was da aus der Dunkelheit auf mich zukam? Nein. Also lief ich los. Ganz egal, wohin. Hauptsache, weg von diesen durchdringend roten Augen und den Kreaturen.

Meine Flucht wurde jäh gebremst, als direkt vor mir weitere rot flammende Augen auftauchten.

Verflucht, wo war ich hier gelandet?

Ich drehte mich in alle Richtungen und stellte fest, dass ich umzingelt war. Langsam, ganz langsam, kamen die Kreaturen näher. Ich konnte sie immer noch nicht genau erkennen, aber ihre Augen wurden riesig und sie stießen fauligen Atem aus. Knurrend und schmatzend rückten sie immer enger zusammen und versperrten mir jeden Fluchtweg.

Ich hielt die Luft an und hob noch einmal Schaufel und Pinsel. Vielleicht dachten sie, es wären gefährliche Waffen, und es würde sie abhalten, mich zu zerfleischen.

Mein Herz schlug so laut, dass ich den gellenden Schrei fast nicht hörte, der von weit weg erklang. Die Kreaturen reagierten allerdings und wandten sich sofort in die Richtung, aus welcher der Laut gekommen war.

Trotz der Dunkelheit erkannte ich den Mann, der aus der Schwärze dieses Ortes hervorbrach, sehr eindeutig. Er erstrahlte förmlich in einem glimmenden grünlichen Licht, während er mit einem gewaltigen Schwert auf die Kreaturen zulief. Er war groß, schlank und ganz in Schwarz gekleidet. Ein Helm verhüllte fast sein gesamtes Gesicht und er schwang die mehr als mannshohe Klinge mit einer Leichtigkeit, als wäre sie winzig klein.

Kreatur um Kreatur fiel unter seinem Streich, bis wir vollkommen allein voreinander standen. Sein stoßweiser Atem warf graue Wölkchen in die kalte Luft und er wandte mir nur halb den Kopf zu, das Gesicht immer noch verborgen.

Fast meinte ich, er würde sich umdrehen und gehen, aber er fuhr plötzlich zu mir herum und nahm seinen Helm ab. Helle grüne

Augen blickten mich prüfend an, als er sich durch sein lockiges kurz geschnittenes schwarzes Haar fuhr. Sein Gesicht wirkte jung und doch schien es schon viele, viele Jahre alt zu sein. Markante Wangenknochen und fast schon zu perfekte Lippen vervollständigten sein Äußeres.

Er sah verflucht gut aus.

Erst jetzt bemerkte ich, dass er eine schwarze Rüstung trug. Sie war genauso dunkel wie sein Umhang. Er erinnerte mich an einen dunklen Ritter und irgendwie ... kam er mir bekannt vor.

Sein Schwert verpuffte zu schwarzem Rauch und er schritt langsam auf mich zu. Ich wäre gern fortgelaufen, aber meine Beine versagten mir den Dienst. Zu einer Salzsäule erstarrt, konnte ich den Blick nicht von diesen unsagbar faszinierenden Augen nehmen.

Er blieb nur wenige Zentimeter vor mir stehen und ich fühlte seinen warmen Atem auf meiner Haut, als er mich musterte. Da lag so viel Schmerz in seinem Blick, so viel Trauer und etwas, das ich nicht greifen konnte.

Ich schluckte und fragte mich, warum er mich so anstarrte und kein Wort sagte.

Zögerlich legte er mir eine Hand an die Wange. Als seine Fingerspitzen mich berührten, fühlte ich ein Knistern, das auch er zu spüren schien. Er hob eine Augenbraue und zog seine Hand hastig wieder zurück.

»Du solltest nicht hier sein. Noch nicht ...«, flüsterte er, ohne den Blick von meinem Gesicht zu nehmen.

Ich schluckte erneut und wünschte mir, ich könnte etwas erwidern, aber es ging einfach nicht. Diese Stimme ... Warum kribbelte mein Körper, als ich seine tiefe, sanfte Stimme hörte?

Er seufzte und wandte sein Gesicht ab. »Du weißt nicht, wer ich bin, oder?«, stellte er mit seltsamer Trauer fest, bevor er mich wieder ansah. »Es wäre auch zu einfach gewesen. Mein Bruder spielt niemals fair.«

Ich verstand kein Wort, aber als ich diesen verzweifelten Ausdruck in seinen Augen bemerkte, bewegte sich mein Körper wie von selbst und ich legte ihm meine Hand an die Wange. So etwas war nicht meine Art, ganz und gar nicht, und auch er schien überrascht zu sein, bevor er gequält lächelte.

Er ergriff meine Hand und zog mich an sich. »Ich werde dich beschützen, Persephone. Warte auf mich in deiner Welt.« Er legte seine Lippen an meine Schläfe und ein seltsam vertrautes Gefühl breitete sich in meinem Körper aus. »Ich brauche noch ein wenig, aber ich werde da sein. Vertrau mir.«

Mir war in dem Moment egal, wie er mich nannte. Oder dass ich ihn nicht kannte und er mich hielt, als wären wir ein Liebespaar. Alles in mir kribbelte und ich wollte mich an ihn schmiegen, meine Hände in seinen Haaren vergraben. Aber noch ehe ich mich bewegen konnte, schob er mich weg.

»Geh jetzt. Du bist hier nicht sicher.« Er sah mich ernst an. »Du bist noch nicht so weit und solltest dich von hier fernhalten. Warte auf mich, Persephone. Ich kann dich jetzt endlich wahrnehmen. Bald bin ich bei dir.«

Ich wollte etwas sagen, aber da verschwand er vor meinen Augen und es wurde wieder hell.

»Penelope!«

Warte! Du kennst meinen Namen doch …

»Liebe Güte, wo bleibt das Riechsalz?«

Ich sehe dich nicht … Wo bist du?

Etwas unangenehm Riechendes stieg meine Nase hinauf. Ich verzog angewidert das Gesicht und versuchte, vor dem Gestank zurückzuweichen.

Hustend riss ich die Augen auf und blickte in das entsetzte Antlitz meiner Mutter, die sich mit einem kleinen Fläschchen über mich gebeugt hatte und erleichtert aufatmete. Mein Dad hielt meine Füße hoch und sah mindestens so elend aus, wie ich mich gerade fühlte.

»Lieber Gott, ich hatte Todesangst!«, schluchzte Mum.

»Was … Wo ist er hin?«, stammelte ich und musste einen Würgereiz unterdrücken, als meine Mutter mir dieses eklige Fläschchen wieder vor die Nase hielt.

»Wer?«, fragte mein Vater und musterte mich mit hochgezogenen Augenbrauen.

»Dieser Mann … Er hat mich gerettet!«

»Schätzchen, du bist einfach ohnmächtig geworden. Vermutlich hast du geträumt«, erklärte Mum und schloss endlich das Fläschchen.

Sie reichte es Ianis, der auch ziemlich mitgenommen aussah. Vermutlich hatte er schon mit rechtlichen Konsequenzen gerechnet.

Endlich konnte ich wieder atmen, ohne zu würgen.

»Hermann, ich habe dir gesagt, diese Hitze wird uns noch umbringen!«, fuhr Mum meinen Dad an und warf ihm einen entrüsteten Blick zu.

»Dabei hat sie genug getrunken … Ich kann das nicht nachvollziehen«, stammelte er und ließ meine Beine los, als ihm bewusst wurde, dass es nicht länger nötig war, sie zu halten.

»Diese Hitze! Warum müssen wir mitten in der prallen Sonne herumgraben?«, keifte meine Mutter weiter und zog mich behutsam auf die Füße. Mir entgingen ihre Tränen nicht, die sie unbeholfen wegwischen wollte.

Schwankend lehnte ich mich an sie und hielt mir den Kopf. Günter reichte mir eine Flasche Wasser und stützte mich, als Mum mich losließ. Sie stürmte in Richtung Auto und ich warf Dad einen auffordernden Blick zu.

»Ingrid, sei vernünftig! Es ist doch nichts geschehen«, versuchte mein Vater, mit ihr zu reden, doch sie hielt nicht an und fauchte ihm etwas für mich Unverständliches zu.

Erst nach rund einer halben Stunde beruhigten sich alle. Dad überredete Mum irgendwie, den Tag hier zu verbringen. Sie stimmte zu, verlangte aber dafür, nicht wie geplant bis zum Anbruch der Nacht zu bleiben und am Abend etwas Ruhigeres zu unternehmen. Mein Vater untersuchte mich und entschied, dass es besser wäre, wenn ich den restlichen Tag nur zusehen würde. Am besten im Schatten, mit mehreren Flaschen Wasser.

Vicky war fuchsteufelswild, weil sie sich weigerte, eine Ohnmacht vorzutäuschen, und dennoch in den Schatten wollte. Irgendwie hatte ich fast Mitleid mit ihr, aber als sie zu jammern begann, grinste ich ihr schief zu und setzte mich nach einem genüsslichen Strecken unter einen Baum. So hatte ich ein wenig Ruhe. Das führte jedoch dazu, dass ich an diese intensiven, traurigen grünen Augen und den gut aussehenden Mann denken musste.

Hatte ich ihn mir wirklich nur eingebildet? Aber dieses Kribbeln, als ich ihn sah, dieses Knistern bei seiner Berührung … das hatte ich doch eindeutig gefühlt … oder nicht?

Ich knabberte an meinen Oliven, lehnte mich an den Baumstamm, der knorrig und vollkommen schief gewachsen war, und fragte mich, wie ich mir solche Augen einbilden konnte. Und wie lange mein Dad meine Familie noch quälen wollte.

Es war schon später Nachmittag und eigentlich hatte ich gehofft, wir würden langsam aufbrechen und zurückfahren. Immerhin hatte Mum eindeutig erklärt, sie wolle nicht lange blieben. Ich freute mich auf das Abendessen von Angeliki und überlegte, was sie wohl zubereiten würde.

Vicky schnaubte bereits und jammerte noch lauter, dass sie gehen wollte, um ihren Verlobten endlich anzurufen. Ich war mir sicher, sie würde wieder über den mangelnden Luxus nörgeln und ihn überreden, sie nach dem Familienurlaub in ein Luxusresort zu bringen. Sie liebte Spas und früher waren wir oft gemeinsam über das Wochenende weggefahren. Nur wir zwei Schwestern.

Wann hatten wir uns so voneinander entfernt, dass wir uns nur noch angifteten?

Je tiefer die Sonne sank, umso mehr wuchs meine Ungeduld. Ich wollte hier weg und nicht ständig an diesen mysteriösen Mann denken, der mich vor – vor was eigentlich? – gerettet hatte.

Irgendwann meinte meine Mutter genervt, dass es genug für heute war. Ianis kam bei ihren Worten zufällig aus seiner Hütte und nahm uns die Werkzeuge ab. Er bedankte sich für unser Interesse, reichte jedem von uns eine Urkunde und einen Stein als Andenken und brachte uns zum Parkplatz.

Gefunden hatten wir natürlich nichts, aber Dad war trotzdem zufrieden mit dem Tag, von meiner Ohnmacht wohl abgesehen. Wir anderen stiegen eher schlecht gelaunt ins Auto.

Zu unser aller Überraschung fuhr Dad nicht zum Bauernhof zurück, sondern in ein Dorf, nicht weit von unserer Unterkunft entfernt. Er sah meine Mum zufrieden an, als wir vor einer gemütlich aussehenden Taverne hielten.

Vicky bekam eine mittelschwere Krise, da sie keine Zeit hatte, sich neu zu stylen, und ihrer Meinung nach nicht vorzeigbar war. Günter rollte die Augen und zwinkerte mir dann zu.

Dad parkte das Auto und führte uns hinein. Ein älterer Mann wies uns einen Tisch zu und brachte uns die Speisekarte. Er sprach kein Wort Englisch und wirkte nervös.

Mich störte es nicht. Meine Lieblingsgerichte konnte ich auch auf Griechisch bestellen. Ich lächelte zufrieden, als ich die Seiten mit den drei Vor- und drei Hauptspeisen überflog, und überlegte, wie viel davon ich wohl essen konnte, bevor mir schlecht wurde. Allerdings verschwand mein Lächeln und mein Mund klappte auf, als ein junger Kellner an den Tisch trat. Er hatte hellgrüne Augen und obwohl er in einer schwarzen Jeans und weißem Hemd ganz anders aussah als der Mann, der mich gerettet hatte, wusste ich, dass er es sein musste.

»Guten Abend, ich bin Ajax und bediene Sie heute«, begrüßte er uns.

Mir fiel fast die Speisekarte aus der Hand, als ich ihn musterte. Ich war so überrascht, dass mir beinahe nicht aufgefallen wäre, wie perfekt sein Deutsch klang. Das ließ die Frage aufkommen, warum ein Kellner im Hinterland eines wirtschaftlich angeschlagenen Landes diese Sprache so gut beherrschte.

Meinen Dad schien das nicht zu beeindrucken. Er bestellte eine gemischte Vorspeisenplatte für uns alle, während jeder seinen Hauptgang selbst auswählen durfte.

Ich stammelte etwas von Gyros mit Pommes, während ich nicht aufhören konnte, Ajax anzustarren. Wie war es möglich, dass er dem Mann aus meinem Traum so ähnlich sah?

Irgendwann stieß mein Bruder mich in die Seite und schnalzte mit der Zunge. »Hör auf, den Kerl so anzusehen. Der denkt noch, du willst ihn hypnotisieren«, tadelte er mich und grinste. »Und mach es nicht so offensichtlich vor unseren Eltern, die lassen dich sonst die nächsten Tage sicher nicht aus den Augen.«

Ich nickte und zwang mich, Ajax nicht nachzustarren. Im Gegensatz zu meiner Schwester, die ihm mit klimpernden Wimpern hinterher lächelte. »Hach, endlich mal ein Grieche, der richtig gut aussieht. Rasiert und gepflegt, ganz anders als diese Bauarbeiter vorhin.«

»Das sind archäologische Facharbeiter, Kind«, korrigierte Dad sie und Vicky knurrte.

»Mir egal! Die haben seit Wochen keinen Frisör mehr gesehen oder jemals was von Handcreme gehört. Und was die anhatten ...«

Ich verdrehte die Augen und ein Blick auf meinen Bruder bestätigte mir, dass wir gerade das Gleiche über unsere Schwester dachten. Victoria hatte sich nie über den Aufzug anderer Menschen beschwert. Wieso war ihr das gerade hier so wichtig?

Sie hatte sich allerdings immer viel aus Kleidung und ihrem eigenen Aussehen gemacht. Während Günter und ich im Dreck gespielt hatten, lackierte sie sich mit zehn Jahren die Nägel. Mit sechzehn sah sie aus wie ein Cover-Model. Aber sie hatte sich nie über mich und mein eher legeres Aussehen lustig gemacht. Bis vor Kurzem.

Sie hatte sich bisher auch nie für jemand anderen als Martin interessiert. Er entsprach genau ihrem Typ und außerdem las er ihr jeden Wunsch von den Augen ab. Nun aber ließ sie kaum eine Gelegenheit aus, sich auf andere Männer zu stürzen, wenn sie ihr gefielen. So wie unser Kellner.

Doch Ajax schenkte ihr in etwa so viel Aufmerksamkeit wie den Flecken auf unserer Tischdecke, als er unsere Getränke brachte. Obwohl Vicky wirklich alles versuchte, um mit ihm in ein Gespräch zu kommen, schwieg er.

Er hob nur einmal kurz seinen Blick und streifte damit wie zufällig über mein Gesicht. Ich hätte schwören können, dass er dabei seine Mundwinkel ein Stück anhob, doch genauso schnell, wie er diese Regung gezeigt hatte, war sie auch verschwunden. Er stellte alle Gläser ab und verschwand wortlos in der Küche.

Danach verging einige Zeit, bis wir ihn wieder zu Gesicht bekamen. Außer uns hatte sich kein Gast eingefunden, trotzdem schien es ewig zu dauern, bis unsere Vorspeisenplatte fertig war. Mit einem entschuldigenden Lächeln servierte Ajax die köstlich duftenden Speisen. Er wünschte uns einen guten Appetit und verließ den Gastraum wieder.

Vicky schlug genervt mit der flachen Hand auf den Tisch. »Wir hätten zuerst zurückfahren sollen. Kein Wunder, dass er mich nicht beachtet, so schmuddelig, wie ich aussehe.«

»Darf ich dich daran erinnern, dass du nächstes Jahr heiraten möchtest?«, fragte Mum kopfschüttelnd.

»Na und? Anhimmeln darf mich jeder Mann«, erklärte Vicky und verschränkte ihre Arme.

»Obwohl er vermutlich nicht reich ist und dir kein Leben im Luxus bieten kann?«, warf Günter ein und ich fühlte mich noch verbundener mit ihm. Fast dieselben Worte lagen mir nämlich auf der Zunge.

»Dafür sieht er unglaublich gut aus. Wie kann man so intensive Augen haben?«, schwärmte meine Schwester und seufzte, bevor sie sich über ein gefülltes Weinblatt hermachte.

Das fragte ich mich allerdings auch.

Ajax stand mittlerweile hinter dem Tresen und putzte einige Weingläser. Als würde er meinen Blick bemerken, drehte er sich um und schmunzelte. Ich wandte mich schnell ab und widmete mich meinem Teller voller Köstlichkeiten. Es war mir peinlich, dass er mitbekommen hatte, wie ich ihn anstarrte.

Bevor die leere Vorspeisenplatte abgeräumt wurde, entschuldigte ich mich und ging nach draußen, um frische Luft zu schnappen. Irgendwie war es mir in dem Raum zu stickig, obwohl wir immer noch die einzigen Gäste waren.

Draußen war es angenehm kühl geworden und die ersten Sterne erschienen am purpurnen Himmelszelt. Ich lehnte mich an eine von Weinreben überwachsene Wand und atmete tief durch. Seufzend schloss ich die Augen und genoss die angenehme Frische des Abends.

»Langer Tag?«, hörte ich eine Stimme und fuhr herum.

Neben mir stand Ajax, mit einer Zigarette im Mund, und grinste mich verwegen an.

»Bist ganz schön leicht zu erschrecken.«

Sein Grinsen vertiefte sich, als er mir die Zigarettenschachtel hinhielt. Ich starrte darauf und schüttelte den Kopf. Irgendwie gelang es mir nicht, auch nur ein Wort zu sagen.

Wieso machte mich der Typ so nervös?

Ajax zog die Schachtel schulterzuckend zurück, zündete seine Zigarette an und lehnte sich ebenfalls an die Wand. Seine grünen

Augen blickten in den Sternenhimmel und für einen kurzen Moment dachte ich, er hätte eine schwarze Rüstung statt seiner Jeans und einem Hemd an. Ich blinzelte und sie verschwand. Mein Kopf musste etwas von der heftigen griechischen Sonne abbekommen haben …

Von der Seite betrachtet wirkte Ajax traurig, während er an seiner Zigarette zog. Doch als er sich mir zuwandte, war davon nichts mehr zu erkennen.

»Hat es dir die Sprache verschlagen, meine Hübsche?« Sein rechter Mundwinkel zuckte amüsiert, als er den Zigarettenrauch ausblies und mich musterte.

»Ich… entschuldige … ähm … kennen wir uns … zufällig?«, fragte ich ihn und beobachtete jegliche Reaktion in seinem Gesicht. Nur in seinen Augen blitzte kurz etwas auf, ansonsten regte sich nichts.

Ajax schüttelte den Kopf. »Bin nicht aus der Gegend, ist meine erste Saison hier«, erwiderte er und drückte die Zigarette aus. »Bleibst du noch länger in diesem Dorf? Ist nicht gerade ein Touristenziel, wenn du mich fragst.«

»Mein Vater möchte noch länger hierbleiben«, gab ich zurück und bemerkte, wie seine Augen wieder funkelten.

»Wenn du möchtest, könnten wir uns mal treffen. Viel ist hier nicht los, aber vielleicht wird es doch interessant«, schmunzelte er. »Übrigens bringe ich gleich eure Hauptspeise, also solltest du langsam hineingehen.«

Ich nickte und sah ihm nach, als er wieder im Gebäude verschwand. Hatte er gerade wirklich mit mir gesprochen? Und mich auf ein Date eingeladen?

Als ich meine Schockstarre überwunden hatte, ging ich zurück zu meiner Familie. Ajax servierte in diesem Moment die dampfenden Teller und zwinkerte mir zu, als ich mich hinsetzte. Obwohl ich gerade noch riesigen Hunger gehabt hatte, stocherte ich in meinem Essen herum.

Warum hatte ich plötzlich ein ganz seltsames Gefühl, wenn ich an Ajax dachte? Und wieso sah er aus wie ein Mann, den ich offenbar in meinem Ohnmachtsanfall gesehen hatte?

»Wenn du nicht gleich isst, werde ich mich über deinen Teller hermachen«, verkündete Günter und starrte gierig auf mein Essen.

Ich knurrte ihn an und begann, mir Gabel um Gabel in den Mund zu schieben. Himmel, schmeckte das Essen hier gut. Nicht so gut wie das von Angeliki, aber doch einfach nur köstlich. Ein Glück, dass ich nicht auf meine Brautfigur achten musste wie meine Schwester, die lustlos auf ihrem Salat herumkaute. Das Leben mit gutem Essen war einfach viel besser.

3

Leuchtend rote Augen verfolgten mich, als ich durch einen fremdartigen Wald lief. Wurzeln knarrten unter meinen Füßen und ich stolperte immer wieder. Meine Haut wurde von den dornigen Ästen aufgerissen, während ein lautes Heulen meinen Herzschlag beschleunigte.

Dann fiel ich. So sehr ich es wollte, ich konnte nicht mehr aufstehen und die Kreaturen der Dunkelheit umringten mich.

»Persephone!«

Ich fuhr hoch und keuchte. Es war stockfinster in meinem Zimmer und meine Laken waren wieder durchgeschwitzt. Angeliki würde mich lynchen.

Zitternd tastete ich nach einem Glas Wasser und trank es gierig aus. Mein Herz pochte immer noch so schnell, dass es sich förmlich überschlug, während ich versuchte, meinen Atem zu beruhigen.

Dieser Traum … er fühlte sich so real an. So verflucht real.

Ich tastete mein Gesicht ab, aber da waren keine Kratzer, obwohl ich sie wirklich erwartet hatte.

Nur ein Traum. Nur ein Traum. Aber diese Stimme … das war er!

Ich stöhnte leise und hielt mir den Kopf. Was zur Hölle ging hier vor?

Ein Knacken vor meinem Fenster ließ mich mit einem erstickten Kreischen zusammenfahren. Ich zog die verschwitzte Decke über mich und verbarg mich darunter. Bis mir bewusst wurde, dass ich deswegen leider nicht unsichtbar war. Aber vielleicht konnte ich, was auch immer dieses Geräusch gemacht hatte, als Gespenst in die Flucht schlagen?

Wieder knackte es und ich stand ungelenk auf, um zu meinem geöffneten Fenster zu schleichen.

Der Hof war in silbernes Mondlicht getaucht und die Berge hoben sich dunkel von dem sternenklaren Nachthimmel ab. Ein Blick nach unten genügte und ich wusste, wer dieses Geräusch verursacht hatte.

»Ajax?«, fragte ich leise und der Kellner lächelte zufrieden.

»Na endlich, Prinzessin. Dachte schon, du erhörst mich nie«, grinste er und vollführte eine Verbeugung. Er trug noch immer die schwarzen Jeans und das weiße Hemd.

»Woher weißt du, wo ich wohne?«, flüsterte ich und ein kalter Schauer lief mir über den Rücken. Er kannte ja noch nicht einmal meinen Namen, woher wusste er dann, wo wir uns eingemietet hatten?

»Dein Vater hat mir eure Adresse aufgeschrieben, als er bezahlt hat. Meinte, ich könnte ja mal vorbeikommen. Das habe ich hiermit getan«, erwiderte er und grinste noch breiter. »Kommst du runter oder soll ich raufkommen?«

Ich brauchte einen Moment, um seine Worte zu begreifen. Mein Vater hatte ihm die Adresse gegeben? Wieso sollte er so etwas tun? Noch dazu, wo er in den letzten Monaten noch nicht einmal mit seiner eigenen Familie gern Kontakt hatte. Das machte alles keinen Sinn.

Ajax wurde inzwischen ungeduldig, denn er machte sich bereits an der Regenrinne zu schaffen.

»Warte, ich komme hinunter!«, rief ich hastig und starrte an mir hinab. Abgesehen von der Bettdecke trug ich eine kurze Pyjamahose und ein ausgeleiertes T-Shirt. Wollte ich wirklich, dass er mich so sah? Andererseits … Falls ich zu lange brauchte, kletterte der Wahnsinnige vielleicht tatsächlich herauf.

Seufzend warf ich mir etwas vorzeigbarere Hosen und ein Sport-Top über und schlich mich die Treppe hinunter zur Terrasse. Ajax saß auf einem Liegestuhl und starrte in den Nachthimmel. Als ich die Tür öffnete, drehte er sich sofort um und schenkte mir ein gut gelauntes Lächeln.

»Hatte schon überlegt, ob ich nicht doch hochklettere …«

»Und wenn du dir dabei den Hals gebrochen hättest?«, fragte ich und entlockte ihm ein heiteres Lachen.

»Prinzessin, ich bin schon auf viel höhere Häuser geklettert, ohne mir etwas anzutun.«

Er klopfte auf den Stuhl neben sich und ich ließ mich dort nieder. Was dachte ich mir dabei? Er war ein Wildfremder und ich war mitten in der Nacht zu ihm hinausgelaufen, ohne jemandem davon zu erzählen. Hatte ich sie noch alle?

Ajax schmunzelte, als ich an meinem Oberteil herumzupfte und mich ständig räusperte. »Bist du immer so wortkarg, Prinzessin?«

»Willst du mich nicht nach meinem Namen fragen?«, entgegnete ich patzig, was ihn wohl noch mehr amüsierte, denn er grinste noch breiter.

»Nur wenn ich vorhätte, dich so zu nennen«, entgegnete er, während er eine Flasche und zwei Gläser auf den Tisch zwischen uns stellte.

Es war Metaxa, offensichtlich sogar recht guter. Zumindest hatte die Flasche einige Sterne und ich meinte mich zu erinnern, dass die Anzahl der Sterne etwas über die Qualität aussagte.

Verwirrt sah ich ihn an. »Entschuldige, ich trinke so etwas nicht«, stammelte ich und er grinste noch breiter – falls das überhaupt möglich war.

»Nun, wenn du mir sagst, was du lieber magst, lasse ich das nächste Mal das mitgehen.«

Ich riss die Augen auf und er lachte.

»Schau nicht so. Ich bezahle danach für die Portionen, die wir uns genehmigen. Scheint ja nicht viel zu werden.«

Er goss den Metaxa in die zwei Gläser und hielt mir eines davon auffordernd hin. Als ich zögerte, lachte er noch einmal.

»Wenn ich dich nach deinem Namen frage, trinkst du dann mit mir?«, neckte er mich, ohne das Glas zu senken.

»Einverstanden«, versuchte ich, genauso neckisch zu erwidern, aber es klang eher zittrig.

»Gut, Prinzessin, dann sag mir mal, wie du heißt.«

»Penelope.«

Ajax prustete und schüttete dabei fast den Metaxa aus. »Ehrlich? Und das ist besser als Prinzessin? Dazu fallen mir alte Omas ein!«

Ich biss mir auf die Lippen und funkelte ihn an. »Hey, nur zu deiner Information: Ajax ist bei uns der Name eines Reinigungsmittels«, fauchte ich und verschränkte die Arme. »Außerdem nennen mich alle Penny oder Pen. Was mir doch eindeutig lieber ist als Prinzessin.«

Er schüttelte immer noch lachend den Kopf. »Schon gut, schon gut, dann Penny oder Pen.« Er hielt mir das Glas Metaxa noch näher vor die Nase. »Also stoßen wir auf unsere Freundschaft an?«

Ich nahm das Glas mit unsicheren Händen und Ajax schmunzelte wieder. »Freundschaft?«, fragte ich und er nickte entschlossen.

»Immerhin kenne ich jetzt deinen Namen, Penny Bauer.«

»Und du bist?«

»Dachte, du kennst meinen Namen?«

»Deinen Vornamen.«

»Okay.« Er hob das Glas und stieß mit mir an. »Auf Penny Bauer und Ajax Talanos.«

Ich nickte ihm zu und trank die brennende Flüssigkeit ex. Ein warmes Gefühl machte sich in meinem Bauch breit, allerdings schüttelte es mich dermaßen gewaltig, dass Ajax wieder zu lachen begann.

»Das müssen wir noch üben, Prinzessin.«

»Hör auf, mich so zu nennen. Ich habe dir meinen Namen gesagt!«

»In Ordnung, Pen. Dann sag mir mal, was ich dir das nächste Mal mitbringen soll«, erwiderte Ajax und zog seine Zigaretten aus der

Hosentasche. Auffordernd hielt er mir das Päckchen hin und ich verneinte.

»Ich rauche immer noch nicht«, erklärte ich entschlossen.

Er zog mit dem Mund eine Zigarette aus der Packung. »Gute Entscheidung. Könnte dir mal das Leben retten«, sagte er und zündete sich die Kippe an. »Also, Pen. Was soll ich bei unserem nächsten Treffen mitnehmen?«

Ich lehnte mich auf dem Stuhl zurück und blickte in den Nachthimmel. »Ich trinke gern Wein …«

»Weißen?«

»Roten, möglichst schweren.«

»Hm«, machte er und klang überrascht. »Dachte immer, so hübsche junge Mädchen wie du bevorzugen leichte Weißweine.«

»Tja«, erwiderte ich und grinste ihn an. »Falsch gedacht.«

Ich ignorierte die Tatsache, dass er mich *hübsch* genannt hatte, geflissentlich und wandte mich wieder den Sternen zu, während Ajax mich musterte.

»Also gut, schwerer Rotwein. Mal sehen, was wir im Lokal haben.«

Dann schwiegen wir und er drückte seine Zigarette aus, ehe er noch mal zwei Gläser Metaxa einschenkte.

»Hör mal, Prin… Pen …«, begann er und räusperte sich. »Ich habe morgen frei und falls du noch nichts vorhast, würde ich gern mit dir den Tag verbringen.«

Ungläubig hob ich eine Augenbraue und starrte ihn an. »Mit mir?«

Das konnte er doch nicht ernst meinen. Er kannte mich nicht und wollte tatsächlich mit mir etwas unternehmen? Waren alle Griechen so forsch oder hatte ich ein besonderes Exemplar erwischt?

Er nickte und wirkte auf einmal sehr ernst. »Es gibt hier nicht viele so hübsche Mädchen wie dich. Außerdem habe ich das Gefühl, dass man sich gut mit dir unterhalten kann, was auch nicht gerade oft vorkommt.«

Fast hätte ich ihn gefragt, ob er mich auf den Arm nehmen wollte, denn ich war nun wirklich keine Spaßkanone. Aber seine Augen musterten mich so ernst, dass ich den Gedanken verwarf und stattdessen seufzte. »Mein Dad hat sicher irgendeinen Ausflug geplant. Offenbar will er uns zur Wiege der Kultur zurückführen.« Ich rollte so theatralisch die Augen, wie Vicky das immer machte, aber Ajax schien es nicht zu bemerken.

»Okay. Aber falls er nichts geplant hätte …«

»… wäre ich frei und würde mich mit dir treffen«, erwiderte ich, ohne lange nachzudenken. Vermutlich wollte ich wirklich Zeit mit ihm verbringen, immerhin war er nett und gefiel mir. Aber es war sowieso einfach, ihm zuzusagen, denn mein Vater hatte bestimmt wieder einen Familienausflug vor und ich wäre ohnehin nicht frei.

Ajax nickte zufrieden. »Gut, dann komme ich morgen früh und frage nach, ob du Zeit hast«, meinte er und reichte mir den Metaxa. »Auf unseren gemeinsamen Tag«, verkündete er und unsere Gläser klirrten.

Ich schenkte ihm ein Lächeln und trank aus. Fast war ich traurig darüber, morgen nichts mit ihm unternehmen zu können.

4

Ich wusste nicht, wie spät es war und wie viele Metaxa ich noch gehabt hatte, bevor Ajax sich mit einem Händeschütteln verabschiedete.

Irgendwie war ich darüber enttäuscht. Mein alkoholangereicherter Verstand hatte wohl sehnsüchtig erwartet, er würde sich zu mir runterbeugen. Der Kerl war unglaublich groß, aber vielleicht kam es mir auch nur so vor, weil ich gerade mal einen Meter sechzig maß.

Zumindest schlief ich danach wie ein Stein und nutzte ganze drei Mal die Schlummerfunktion meines Weckers. Immerhin konnte ich in Ruhe meine eiskalte Dusche genießen, bevor ich nach unten schlurfte, wo meine ganze Familie bereits beim Frühstück saß.

Mum warf mir einen besorgten Blick zu und fühlte gleich nach meiner Stirn. »Penny, du siehst so mitgenommen aus. Geht es dir nicht gut?«

»Ich habe nur nicht so gut geschlafen«, gestand ich.

Dass es daran lag, dass ich mit einem gutaussehenden Griechen bis spät in die Nacht Metaxa getrunken hatte, verschwieg ich besser. Sowohl Mum als auch meine Schwester hätten das bestimmt nicht gut gefunden.

»Hermann, sie ist ganz offensichtlich nicht in der Verfassung für einen weiteren Tag Ausgrabungen«, bemerkte meine Mutter recht bestimmt und warf meinem Dad einen finsteren Blick zu.

Der verschluckte sich fast an seinem Müsli, räusperte sich schließlich und sah uns alle eindringlich an. »Das hatte ich heute sowieso nicht vor«, erklärte er und schob seine fast volle Schüssel von sich. »Nach dem gestrigen Tag habe ich gedacht, wir könnten eine meiner geplanten Pausen heute schon nehmen und uns ein wenig erholen.«

Ein erstauntes Raunen ging durch den Raum und ich hob erschrocken meine Augenbrauen. Das hieße, falls Ajax wirklich vorbeikäme ... Ich schluckte schwer und zwang mein Stück Brot wieder den Hals hinunter, das gerade auf dem Weg hinaus war.

Vicky fand als Erste ihre Sprache wieder. »Großartig, dann nehme ich das Auto und fahre in die nächste Stadt. Ich muss dringend ein wenig shoppen.«

Das schien meinem Dad nicht zu gefallen. »Victoria, eigentlich hatte ich gehofft, du würdest einmal nicht nur ans Einkaufen denken, sondern vielleicht etwas Sinnvolles unternehmen ...«

»Was ist am Einkaufen denn schlecht? Ich unterstütze die Wirtschaft und die kann es wirklich gebrauchen«, hielt meine Schwester dagegen und Günter lachte bei ihren Worten.

»Was für eine Argumentation, Vicky. Beeindruckend.« Er wischte sich eine nicht vorhandene Träne aus dem Augenwinkel und ich konnte nicht anders, als mit ihm zu lachen.

Meine Schwester rümpfte verächtlich die Nase und setzte schon zu einer Erwiderung an, als meine Mutter sich einmischte.

»Genug damit. Ich denke auch, die Mädels und ich sollten mit dem Auto in die Stadt fahren und uns ein wenig verwöhnen. Die letzten Tage waren für uns alle sehr anstrengend.«

Ich schluckte und rang nach Worten. Einerseits hatte ich gehofft, meine Mutter würde lieber mit meinem Vater den Tag verbringen wollen. Und dann war da noch Ajax. Alles in mir wollte sich mit ihm treffen, obwohl mein Verstand immer noch meinte, ich sei von Sinnen.

Doch noch bevor ich etwas sagen konnte, läutete es an der Tür und Angeliki ging mit einem Murren nach vorn, um sie zu öffnen. Unsere Vermieterin unterhielt sich lautstark auf Griechisch und ich hörte, wie eine Männerstimme antwortete. Ein angenehmes Kribbeln durchfuhr mich, als ich sie erkannte, und kurz darauf trat Ajax hinter Angeliki ein.

»Guten Morgen«, begrüßte er uns mit einem strahlenden Lächeln und ich konnte nicht anders, als ihn wieder anzustarren. Er trug eine helle Jeans und ein graues T-Shirt, das unglaublich eng anlag und jeden seiner Muskeln erkennen ließ. Gott, war der Mann durchtrainiert.

Ich räusperte mich unbehaglich, als sich unsere Blicke trafen, aber er grinste nur noch breiter.

»Ajax, richtig?«, fragte mein Vater und stand auf, um ihm die Hand zu schütteln. »Schön, dass Sie mein Angebot angenommen haben, uns zu besuchen. Setzen Sie sich doch.«

»Danke«, gab unser Gast höflich zurück und ließ sich dann auf dem freien Platz neben mir nieder.

Ich und alle anderen starrten Dad verwundert an. Er hatte tatsächlich einem wildfremden Mann unsere Adresse gegeben und bereute es nicht. Ein Blick zu Mum genügte, um zu wissen, dass sie gerade mit sich rang, meinen Vater nicht nach seinem geistigen Befinden zu befragen.

Ajax lehnte sich zurück und als unsere Knie sich berührten, wurde mir gleichzeitig heiß und kalt. Er würde bestimmt mein Versprechen einfordern. Das freute mich einerseits, andererseits machte es mich nervös.

»Ich möchte Sie auch gar nicht lange stören, aber ich habe mich gestern mit Penny gut unterhalten und ihr angeboten, ihr ein wenig von der Gegend zu zeigen. Also falls Sie heute keine Pläne mit ihr haben, würde ich sie gern herumführen.«

Seine Stimme war so wunderschön. Am liebsten hätte ich mir selbst eine Ohrfeige verpasst. Ich war mir ziemlich sicher, dass ich ihn gerade anhimmelte, während er meinen Vater ansah.

Aus den Augenwinkeln nahm ich meine Schwester wahr, die sich in Pose geworfen hatte, indem sie ihr perfekt geföhntes Haar nach hinten warf, eine Hand an ihre Wange legte und sich damit abstützte, während sie ihm einen hollywoodreifen Augenaufschlag schenkte. Bei seinen Worten kippte sie fast um. »Mit Penelope?«, keuchte sie und hielt sich eine Hand aufs Herz. Ich erkannte den Zorn in ihren Augen, aber sie lächelte falsch. »Das geht leider nicht. Meine Mutter und ich haben uns schon so auf einen Mädchentag gefreut, da unser Vater keine Pläne hat.«

»Aber das können wir auch zu zweit machen«, winkte Mum ab und ich verstand die Welt nicht mehr.

Mein Dad gab einem uns völlig fremden Mann unsere Adresse und meine Mutter schickte mich ohne Bedenken mit ihm mit? Allein?

War ich in irgendeinem Paralleluniversum gefangen und hatte es nicht bemerkt? Selbst meine Mutter, die meinen Dad gerade noch mit Blicken hatte töten wollen, schien wie ausgewechselt, was Ajax betraf. Nur Günter und Vicky irgendwie nicht.

»Geht nur, ihr zwei. Genießt den Tag«, fügte Mum hinzu.

»Ganz meine Meinung«, erklärte mein Vater und lächelte mich an. »Was Besseres könnte dir gar nicht passieren.« Dann wandte er sich an Ajax, der mit seinen Fingerspitzen sanft mein Knie berührte, was mich noch mehr aus dem Konzept brachte. »Müssen Sie am Abend arbeiten? Sonst wäre es mir eine Freude, Sie zu uns zum Abendessen einzuladen. Angeliki kocht hervorragend!«

Ich musste träumen! Das passierte gerade nicht wirklich. Was zur Hölle war mit meiner Familie los?

Unsere Vermieterin warf meinem Vater einen düsteren Blick zu und knurrte etwas Griechisches, das nicht besonders freundlich klang, bis mein Dad ihr zwanzig Euro zusteckte. Danach sah sie ihn nur finster an, unterließ aber ihre leisen Beschimpfungen.

»Das würde mich sehr freuen«, erklärte Ajax und stand auf. »Wollen wir?« Er hielt mir seine Hand hin und sah mich auffordernd an.

Wollte ich? Ich kannte ihn immer noch nicht und wer wusste schon, was er mit mir vorhatte? Am Abend hätte mich zumindest jemand gehört, wenn ich um Hilfe rief, aber wenn wir irgendwo allein waren, sah die Sache anders aus.

Wider besseren Wissens nickte ich und nahm seine Hand. »Ich bin gespannt«, erklärte ich und grinste. Hauptsächlich deswegen, weil Vicky wieder so schön keuchte.

Angeliki drückte mir einen Rucksack in die Hand und tätschelte meine Wange. Ich dankte ihr und folgte Ajax dann nach draußen.

Er hielt mir einen altersschwachen Helm ohne Visier vor die Nase, den ich murrend nahm. Nachdem er beide Hände frei hatte, verstaute er meinen Rucksack an seinem Motorrad, wo noch ein Rucksack hing, vermutlich sein eigener.

Unsicher blieb ich vor seiner Maschine stehen. »Damit sollen wir fahren?«, fragte ich entsetzt und ärgerte mich, als er wieder lachte.

»Zu Fuß ist es ein wenig weit, Prinzessin. Ich meine, Pen.« Er hob die Augenbrauen, während er seinen Helm aufsetzte. »Traust du meinen Fahrkünsten nicht?« Er funkelte mich verschmitzt an und schloss den Kinnriemen.

Verdammt, damit sah er fast noch heißer aus. Was war nur los mit mir?

Ohne auf meine Antwort zu warten, stieg er auf und hob seine Augenbrauen. »Was ist jetzt? Kommst du?«

Schnaubend setzte ich mir den Helm auf, schwang mich ungeschickt hinter ihm auf das Motorrad und versuchte, ein wenig Abstand zu ihm zu halten.

Ajax lachte erneut. »Du musst schon näher kommen und deine Hände um meine Taille legen. Sonst wirst du hinunterfallen.«

Unbehaglich rückte ich näher und schlang meine Arme um ihn. Himmel, hatte der Bauchmuskeln. Und er roch so verboten gut nach etwas Herbem und doch Süßem, fast wie ein Dessert. Es kostete mich wirklich Überwindung, meine Nase nicht an seinen Rücken zu pressen und tief einzuatmen.

Ajax startete die Maschine. »Bereit?«, fragte er und ich gab ein leises Ja von mir, bevor er losfuhr.

Der Wind pfiff mir um das Gesicht und fühlte sich erstaunlich angenehm an. Fast hätte ich mich entspannt, wenn ich nicht jede Bewegung von Ajax' Muskeln gespürt hätte, wenn er in die Kurven ging oder den Gang wechselte. Um mich abzulenken, versuchte ich, mir den Weg einzuprägen. Nur zur Sicherheit. Man wusste nie …

Ajax fuhr ziemlich gekonnt durch die schmalen Gassen und über die holprigen Straßen. Erst passierten wir das Dorf, dann einen unscheinbaren Weg den Hügel hinauf. Dort fuhren wir einige Zeit entlang, bis wir vor einem verlassenen Gutshof hielten.

»Wir sind da«, verkündete er und stellte den Motor ab. Mit einem schiefen Grinsen drehte er sich zu mir um. »Pen, wenn du nicht absteigst, schmeiße ich dich beim Versuch, vor dir hinunter zu kommen, wahrscheinlich vom Motorrad.«

Ich räusperte mich und ließ ihn schließlich los, um abzusteigen. Sah vermutlich nicht so anmutig aus, wie ich es gern gehabt hätte, denn meine Beine waren ziemlich weich.

»Wo sind wir hier?«, fragte ich, während ich meinen Kinnriemen löste und den Eingang zum Hof betrachtete. Er erinnerte mich mit dem großen Holztor, dem weitläufigen Gebäude und den großen Ställen, die allesamt leer zu stehen schienen, an eine Ranch.

»Das war einmal ein Pferdegestüt«, erklärte Ajax mit einem Schulterzucken und streckte seine Hand nach dem Helm aus. Er befestigte ihn an seiner Maschine und ich beobachtete ihn, wie er an dem Motorrad hantierte. Er hielt mir den Rucksack hin und räusperte sich, als ich ihn nicht gleich nahm. Hatte ich ihn wirklich gerade wieder angestarrt?

»Du wolltest mir einen verlassenen Ponyhof zeigen?«, erwiderte ich überrascht und merkte, wie meine Mundwinkel wieder nach oben wanderten. Was fand ich so komisch, dass ich wieder dämlich grinsen musste?

»Nicht ganz. Wir parken nur hier. Da, wo ich mit dir hinmöchte, kommen wir mit dem Motorrad nicht hin.« Er zwinkerte und mein Magen verkrampfte sich.

Was hatte er denn bitte vor?

Bevor ich zu lange nachdenken konnte, schritt Ajax wie selbstverständlich über den Hof. Da ich mich nicht bewegte, blieb er stehen und sah mich an. »Hast du etwa Angst, Prinzessin?«, fragte er amüsiert und kam wieder zu mir zurück.

»Du führst mich in die Berge. Allein.« Ich zog mein Handy aus dem Rucksack und blickte darauf. »Empfang gibt es hier auch nicht. Also ja, ich habe irgendwie Angst.«

Er kam noch näher und breitete die Arme aus. »Erstens gibt es hier keine Berge und zweitens kannst du mich gern nach Waffen durchsuchen«, grinste er.

»Sehr witzig. Du bist einen Kopf größer als ich, du könntest mich auch mit deinen bloßen Händen umbringen.«

Hatte ich das gerade wirklich gesagt?

Ajax warf seinen Kopf zurück und lachte. »Hör schon auf. Ich schwöre hiermit feierlich, dir nichts anzutun.« Er hob seine Hand und war mit einem Mal wieder ernst. »Ein Schwur ist für uns heilig.«

Ich nickte, obwohl ich noch immer nicht überzeugt war. Mein Verstand brüllte mich nach wie vor an, aber mein Herz hatte längst eingewilligt.

So gingen wir über den Hof, bis wir zu einem verschlungenen Pfad gelangten, der den Hügel hinaufführte. Das spärliche Gras sah verdorrt aus. Vermutlich hatte es auch hier seit Tagen nicht mehr geregnet. Vereinzelt wuchsen knorrige Bäume entlang des Weges. Die Luft war genauso trocken wie das Gras und es dauerte nicht lange, bis mir die Puste ausging.

Ajax warf mir einen besorgten Blick zu und griff nach meiner Hand. Irgendwie durchströmte mich neue Kraft und ich schaffte es, mit ihm Schritt zu halten.

Schließlich kamen wir an einer Baumgruppe an, die ein wenig Schatten spendete. Ich stieß den Atem aus und sank an einem Baumstamm zu Boden.

»So schlimm?« Ajax' Augen funkelten so intensiv, dass ich am liebsten darin versunken wäre.

Ich konnte nichts erwidern, ich starrte ihn einfach an.

»Pen?«, fragte er besorgt und eine Falte legte sich zwischen seine Augenbrauen.

»Ich … ähm … entschuldige, es ist nur …«, versuchte ich zu erklären, aber ich wusste nicht, was ich ihm sagen sollte.

»Stadtmädchen, hm?«, gab er von sich, bevor er seinen Rucksack löste und sich neben mich setzte.

Ich umfasste meine Schienbeine mit den Armen und suchte angespannt die Umgebung ab. »Sind wir schon da?«, fragte ich und Ajax schüttelte den Kopf.

»Ein Stück ist es noch, aber ich dachte, du brauchst eine Pause, bevor du mir umkippst.«

»Ich wäre nicht umgekippt«, erwiderte ich entschlossen. Selbst in meinen Ohren klang das mehr als unglaubwürdig.

»Nicht? Es hat aber so ausgesehen«, schmunzelte er und stupste mich mit einem Finger an der Schulter an. »Aber keine Sorge, wir sind nicht mehr weit weg. Der See liegt ein wenig versteckt. Vielleicht solltest du etwas essen, um deine Stimmung zu heben. Du hast so glücklich ausgesehen, als ich euch das Essen gebracht habe.«

Ohne auf meine Antwort zu warten, holte er einige Plastikdosen aus seinem Rucksack und reichte sie mir. Es roch verführerisch nach frischem Feta, Oliven und diversen Aufstrichen. Ich mochte die griechische Küche einfach.

»Wein habe ich heute nicht mit. Ich hoffe, lauwarme Cola ist in Ordnung?«, fragte er und reichte mir eine Flasche.

»Bei der Hitze ist Wein vielleicht ohnehin keine gute Idee«, gab ich zurück und trank einen Schluck. »Ist dir nicht heiß? Ich meine, du hast eine lange Jeans an und ich frage mich schon in meinen Shorts, wie ich den Tag überstehen soll.«

Ajax schmunzelte verwegen. »Du kannst sie mir jederzeit ausziehen, Prinzessin.«

Ich setzte schon zu einer empörten Erwiderung an, da lachte er und schüttelte den Kopf.

»Schon gut, war ein schlechter Scherz. Lass uns essen, damit wir dann weiterkönnen.«

Er brach ein Stück Brot ab und reichte es mir. Gierig tauchte ich es in einen hellgelben Aufstrich, der einfach nur köstlich schmeckte, und stöhnte genüsslich. Ajax hob vielsagend eine Augenbraue. Räuspernd wandte ich mich ab und nahm mir vor, ab jetzt leiser zu essen.

Kaum waren wir fertig, lehnte ich mich zurück und genoss den sanften Wind, der aufgekommen war. Wenn ich daran dachte, dass ich um ein Haar mit Mum und Vicky in dem beengenden Auto gelandet wäre und nun durch die Straßen einer kleinen Stadt lief, damit meine Schwester ihre dreihundertste Tasche bekam, musste ich grinsen. Das hier war so viel besser.

Gähnend lehnte Ajax sich zurück und unsere Hände berührten sich für den Bruchteil einer Sekunde. Aber es genügte, um meinen Körper wieder verkrampfen zu lassen.

Er drehte seinen Kopf zu mir und schmunzelte. »Willst du noch einen Moment ausruhen oder sollen wir weiter?«

»Du hast etwas von einem See gesagt?«

»Ja. Ein kleiner See, aber wirklich schön. Kennt fast niemand.«

Ein seltsames Gefühl überkam mich und ich schluckte.

Ajax musterte mich fragend. »Woran denkst du, Pen?«

»Ich … Ach nichts.«

Was sollte ich ihm antworten? *Ajax, danke für den Tag, aber ich bin mir immer noch nicht sicher, ob es klug ist, mit einem fremden Mann allein an einen See zu gehen*?

Er schien meine Gedanken erraten zu haben, denn sein Blick wurde ernst und nun griff er absichtlich nach meiner Hand. »Ich werde dir ganz sicher nichts tun, Pen. Das habe ich vorhin doch geschworen.«

»Es …«, stammelte ich.

Tja. Was konnte ich erwidern? *Nein, Ajax, ich vertraue dir vollkommen*? Oder: *Weißt du, ich habe keine Ahnung, wieso ich mitgekommen bin, da ich dich ja gar nicht kenne*?

Ich entschied mich für Letzteres: »Weißt du, Ajax, ich finde es schön, mit dir Zeit zu verbringen, aber ich kenne dich doch kaum und ...«

Er grinste wieder. »Deswegen unternimmt man ja etwas gemeinsam. Um sich kennenzulernen. Aber für unser nächstes Treffen werde ich etwas weniger Abgelegenes auswählen, in Ordnung?«

Ich nickte und lehnte mich wieder zurück.

»Wir sollten dann weiter, Pen«, erklärte Ajax unvermittelt und zog mich auf meine Beine. Was keine gute Idee war, denn meine Knie waren wohl immer noch aus Gummi und ich fiel fast vornüber. Zum Glück fing er mich auf.

Liebe Güte, der roch immer noch so gut.

»War wohl etwas zu schnell, hm?«, flüsterte er ganz nah an meinem Ohr und ich zitterte mit einem Mal. »Brauchst du noch einen Augenblick?«

Ich schüttelte den Kopf. »Geht schon«, gab ich mit bebender Stimme zurück und schob mich ein Stück von ihm weg.

Er nickte und hielt meine Hand, während wir weitergingen. Ganz so nah, wie ich gehofft hatte, war der See nicht. Es dauerte einige Zeit, bis die Luft auf einmal kühler wurde und der Geruch sich veränderte. Ich blieb stehen, hob meine Nase und atmete tief ein. Mit einem leisen Seufzen lehnte ich mich ein wenig zurück und fühlte plötzlich Ajax' Brust an meinem Rücken und seine Lippen an meiner Schläfe.

»Gleich haben wir es geschafft«, raunte er und wieder durchlief ein Schauer meinen Körper. Ich machte einen Satz nach vorn und ging hastig weiter. Aber Ajax konnte ich natürlich nicht abhängen. Seine Nähe bereitete mir Kopfzerbrechen und ich konzentrierte mich auf den Anblick, der sich mir bot.

Vor mir lag ein wunderschöner See, dessen Wasser im Sonnenlicht wie pures Gold glitzerte. Ein lautloses »Wow« stahl sich über meine Lippen.

Ajax stellte sich neben mich und grinste zufrieden. »Hat sich doch ausgezahlt, oder?«

Ich nickte und fuhr herum, als er sich das Shirt über den Kopf zog. »Was zur Hölle machst du da?«

Er zuckte mit den Schultern und zwinkerte. »Ich gehe ungern in Kleidung schwimmen.« Noch während er sprach, öffnete er den Knopf der Hose und ich hob panisch die Hände.

»Halt!«, rief ich und Ajax lachte.

»Was ist, Prinzessin? Willst du nicht schwimmen?« Er hatte mittlerweile nur noch seine Boxershorts an.

»Hättest du nicht etwas sagen können, bevor wir losgefahren sind? Dann hätte ich Schwimmsachen daruntergezogen.«

Er zuckte nur wieder mit den Schultern. »Und was ist an Unterwäsche anders als einem Bikini, Pen?« Er grinste noch breiter und sah mich auffordernd an. »Deine Entscheidung. Du kannst natürlich mit Kleidung hinein, sie trocknet bestimmt. Aber angenehmer ist es nur in Unterwäsche.«

Ajax zwinkerte und lief dann los, ohne auf mich zu warten. Mit einem eleganten Sprung landete er im Wasser und tauchte daraus auf. Seine schwarzen Haare glänzten und er schmunzelte, als er mich musterte.

Ich seufzte, legte den Rucksack auf den Boden und begann, meine Schuhe, mein T-Shirt und meine Hose auszuziehen. Irgendwie hatte er ja recht. Was war an Schwimmsachen anders als an Unterwäsche? Immerhin war das, was ich trug, ziemlich vorzeigbar und passte mehr oder minder gut zusammen.

Mit einem mulmigen Gefühl lief ich los und sprang in den See, als es um mich herum wieder dunkel wurde.

5

Irgendwo auf einem Berg, wenige Tage zuvor

Er lief nervös auf und ab, während er vor dem beeindruckenden, mit Gold beschlagenen Tor wartete. Natürlich wusste er, warum sein Bruder ihn sehen wollte. Er hatte sie auch gefühlt, die zarte Seele, deren Erinnerungen langsam erwachten. Erinnerungen, die sie seit Tagen in diese grauenhaften Träume zwangen. So viele Jahrhunderte hatte er gewartet, sie in ihrem ewig scheinenden Schlaf bewacht.

Als sie aus der Unterwelt verschwand, hatte er sie verloren. Nun wusste er endlich ungefähr, wo sie sich befand, denn durch die Träume konnte er sie spüren, ihre zarte Magie endlich wieder wahrnehmen. Es fehlte noch etwas, um ihre Kräfte vollends zu erwecken, also musste er sich beeilen. Denn wenn er sie gespürt hatte, hatte sein Bruder sie ebenfalls bemerkt.

Diese Überlegung ließ ihn noch nervöser werden, vor allem da er zwar her zitiert worden war, nun aber vor verschlossenen Türen stand. Für gewöhnlich war das die Art seines Bruders, ihn von etwas Wichtigem abzulenken.

Er durfte sie nicht noch einmal verlieren. Noch einmal drei Jahrtausende zu warten, würde er nicht durchstehen.

Endlich öffnete sich das Tor und ein kleiner Mann trat heraus. Das schmierige Lächeln des persönlichen Assistenten seines Bruders war ihm nur zu vertraut. Wie sehr er ihn hasste!

Der Diener verneigte sich viel zu knapp und deutete in den Raum hinein. »Seine Lordschaft erwartet Euch«, säuselte er und trat dann zur Seite, um ihn vorbeizulassen.

Hinter ihm schlossen sich die Türen und er stand seinem Bruder gegenüber, der lässig an einem Tisch lehnte. Seine blonden Haare waren viel zu lang und er trug mal wieder nur eine knappe Boxershorts.

Wen wollte sein Bruder mit seinem Körper beeindrucken? Natürlich musste er selbst nicht in einer dunkeln Rüstung hier erscheinen, aber er wäre nie auf die Idee gekommen, jemanden so spärlich bekleidet zu empfangen.

»Bruder, willkommen in meinem bescheidenen Reich«, rief der Hausherr ihm zu und öffnete seine Arme.

Doch er hob die Hand und schnaubte. »Seine Lordschaft?«

Der blonde Mann lächelte. »Gewiss. Ich denke, dieser Titel ist nur angemessen.«

Er lachte ungläubig und blickte sich in dem Raum um. Vor einem Spiegel, der bei seinem letzten Besuch noch nicht dort gestanden hatte, hielt er inne. Er und sein Bruder hätten nicht unterschiedlicher sein können, weder vom Charakter noch von ihrem Äußeren. Während sein Bruder mit den lässigen blonden Locken, dem aufgesetzten Lächeln und den blitzblauen Augen in der heutigen Zeit wohl als Surfer durchgegangen wäre, war er dunkel. Seine Haare waren pechschwarz und seine Augen grün. Außerdem lächelte er kaum. Warum auch? Mit seiner schwarzen Rüstung und dem Helm, der fast sein gesamtes Gesicht bedeckte, wirkte er angsteinflößend, und genau das wollte er. Selbst vor seinem kleinen Bruder.

Obwohl er längst ahnte, warum der Jüngere ihn hatte kommen lassen, verschränkte er die Arme und lehnte sich an eine Säule, die protzig mitten im Raum stand. »Was verschafft mir die Ehre, heute im Hohen Haus anwesend sein zu dürfen?«, fragte er und beobachtete seinen jüngeren Bruder genau.

»Das weißt du ebenso gut wie ich, nicht wahr? Sie wurde wiedergeboren.«

Er verzog keine Miene, sondern musterte sein blondes Gegenüber, das boshaft lächelte.

»Und sie wird sehr bald ihren einundzwanzigsten Geburtstag feiern. Du erinnerst dich bestimmt, was das bedeutet.«

»Sie ist noch nicht so weit«, entgegnete er und ballte seine Faust. Selbst wenn er sie früher gefunden hätte, wäre sie nicht so weit gewesen. Aber es stimmte. Ihre Seele hatte vor rund einundzwanzig Jahren die Unterwelt verlassen. Bis dahin hatte er sie in einem der vielen Becken gesehen, in denen die verdammten Seelen darauf warteten, eine neue Chance zu erhalten. Er war erleichtert und gleichzeitig ängstlich gewesen, als er sie nicht mehr finden konnte.

Sein Bruder zuckte mit den Schultern. »Und das ist jetzt mein Problem, weil …?«

»Weil du sie in eine Prüfung schicken willst, die keine Sterbliche bestehen kann. Schon gar nicht, wenn sie nichts von ihrer Herkunft weiß.«

Der Blonde lachte. »Oh, mein Bruder. Genau darin liegt ja der Spaß. Vor allem, weil es dich so fürchterlich quälen wird, wenn sie wieder versagt. Aber ihr habt damals zugestimmt, dass wir diese Prüfung so lange wiederholen, bis sie unsterblich ist. Ein ausgesprochenes Unglück, dass es beim ersten Versuch nicht geklappt hat.«

Mit einem schnellen Schritt war er bei ihm und packte ihn an der Kehle. »Du spielst unfair. Hast du schon immer«, zischte er und rang mit sich selbst, seine Kräfte zu zügeln, die gefährlich aufloderten. Dies war das Reich seines Bruders. Er hätte nie gegen ihn bestehen können, wenn der Jüngere es darauf angelegt hätte. Schwer atmend zwang er seine Hand, die er zum Schlag erhoben hatte, nach unten. »Das letzte Mal hast du mich in meinem eigenen Reich in Ketten gelegt, damit ich zu spät komme, und dieses Mal willst du sie unvorbereitet kämpfen lassen? Sie hatte vor dreitausend Jahren schon keine Chance ohne mich, und da wusste sie von Geburt an, wer sie ist!«

»Und sie war auch schon jahrelang deine Geliebte«, krächzte der Blonde und lächelte spöttisch. »Vergiss das nicht.«

Er drückte noch ein wenig fester zu und sein Bruder röchelte leise.

»Nur zu, tu es. Versuche, mich umzubringen. Es wird dir nicht gelingen, und das weißt du«, brachte er mit sichtlicher Anstrengung hervor.

Der Dunkle ließ ihn los und blickte voller Verachtung auf ihn hinab, als er zu Boden sank, sich an die Kehle fasste und nach Luft rang. »Dann sprich! Nenne mir deine Spielregeln.«

Der blonde Bruder blickte auf und verzog sein sonnengebräuntes Gesicht zu einem kalten Lächeln. »Dieselben Regeln wie beim letzten Mal. Gewinnt sie, bekommt sie Unsterblichkeit und darf zu dir, um deine Gemahlin zu werden. Verliert sie, wird ihre Seele warten müssen, bis sie wiedergeboren wird. Allerdings …« Sein Lächeln wurde noch kälter. »Allerdings wirst du sie zuerst für dich gewinnen müssen, denn ich fürchte, sie weiß nicht mehr, wer du bist. Und du weißt, ohne diesen ach so bedeutungsvollen ersten Kuss werden ihre Kräfte nicht richtig erwachen.«

»Dir ist wirklich unsagbar langweilig, nicht wahr?«

»Nur ein klein wenig«, stimmte der Blonde zu. »Aber du hast ja noch über eine Woche Zeit, sie dazu zu bringen, dich zu lieben. Hat das letzte Mal doch deutlich kürzer gedauert, oder? Je schneller du bist, umso schneller kannst du ihr beibringen, zu kämpfen. Dazu wirst du aber einen Weg in die Welt der Sterblichen finden müssen. Und außerdem weiß sie eben nicht mehr, wer du bist. Könnte also unterhaltsam werden und ich bin gespannt, wie du es anstellen willst.«

»Und ich darf sie dieses Mal wieder verteidigen?«

»Natürlich. So du nicht wieder irgendwo in der Unterwelt angekettet bist.« Er kräuselte seine Lippen und fuhr sich durch die Haare. »Viel Glück, großer Bruder. Unterhalte mich.«

Damit wandte der blonde Mann sich um und die Tore öffneten sich wieder.

Mit hastigen Schritten lief der Dunkle hinaus. Seine Rüstung knarrte genauso laut wie seine Gedanken. Sieben Tage waren viel zu kurz, um sie zu retten. Aber er durfte sie nicht noch einmal verlieren.

Er würde Hilfe benötigen. Zum Glück wusste er genau, an wen er sich wenden konnte.

Heute am See

Wo war die Sonne hin? Sie hatte doch gerade noch am Himmel gestanden. Aber es war plötzlich dunkel geworden und so sehr ich es auch versuchte, ich konnte nicht wieder an die Oberfläche gelangen. Ich sank immer tiefer hinab in das dunkle Wasser.

Wie tief war dieser See? Er hatte gar nicht so groß ausgesehen.

Unter mir regte sich etwas. Bevor ich meinen Kopf gedreht hatte, sah ich eine gewaltige Schlange, die sich blitzschnell um meinen Körper wand und mich noch tiefer hinunterzog.

Ein Schrei entrang sich meiner Kehle, kostbare Luftblasen stiegen auf und ich strampelte gegen das Ungetüm an. Erfolglos. Meine Lunge brannte, als mir der Atem ausging.

Wieso war ich in diesen verfluchten See gesprungen?

Aus den Augenwinkeln nahm ich eine weitere Bewegung wahr. Eine Hand fasste nach meiner, während ein riesiges Schwert auf die Schlange niederfuhr und sie in unzählige Teile zerriss. Ich hob meinen Blick und starrte in die grünen Augen des Mannes, der mich schon einmal gerettet hatte.

Ajax?, dachte ich, doch er schüttelte den Kopf. Hatte er meine Gedanken gehört? Sein Blick wurde plötzlich traurig, wie ich es bei Ajax nie gesehen hatte.

Mir wurde schwarz vor Augen, als er seine Lippen auf meine legte und mir seinen Atem schenkte.

Ich werde dich beschützen! Vertrau mir…, hörte ich seine Stimme, bevor ich die Besinnung endgültig verlor.

Keuchend riss ich die Augen auf und hustete. Ajax kniete schwer atmend neben mir und musterte mich besorgt. Behutsam drehte er mich auf die Seite, damit ich das Wasser ausspucken konnte und mein halbes Mittagessen gleich mit.

»Himmel, Prinzessin … Wenn du nicht schwimmen kannst, sag das doch!«, fuhr Ajax mich an, aber er klang mindestens so erschrocken, wie ich mich fühlte.

»Ich kann schwimmen«, verteidigte ich mich und hustete noch einmal. »Ich weiß nicht, was das war. Ich glaube, ich bin ohnmächtig geworden.«

Er tätschelte mir den Rücken und hielt meine Haare aus meinem Gesicht, während ich wieder hustete.

Wie peinlich …

»Ohnmächtig?«, wollte er wissen, als ich mich aufsetzte.

Ich erstarrte, als mir bewusst wurde, dass wir beide nur Unterwäsche trugen. Erst glühten meine Ohren, dann verschränkte ich die Arme vor meinem Körper und zog die Beine an. Ich war definitiv ein Spätentwickler, was Erfahrung mit dem anderen Geschlecht anging. So wenig bekleidet hatte mich bisher nur meine Familie gesehen.

Ajax schnaubte, stand auf und ging zu seinem Rucksack. Er zauberte ein riesiges Handtuch hervor, das er mir fürsorglich um die Schultern legte. Meine Zähne klapperten und ich schlotterte. Er rückte ein Stück näher und rieb über meine Arme.

»Passiert dir das öfter?«, fragte er schließlich sanft und setzte sich neben mich. Ich wünschte mir sehnlich, dass er einen Arm um mich legte und mich zu sich zog, aber er tat es nicht. Warum auch? Wir kannten uns kaum und er hatte mir gerade beim Spucken zugeschaut …

Seufzend nickte ich. »Ja, gestern ist mir das auch schon passiert«, erzählte ich und hielt dann inne. Sollte ich ihm sagen, dass ich dann ständig einen Mann sah, der ihm wie aus dem Gesicht geschnitten war, allerdings mit einem riesigen Schwert und einer schwarzen Rüstung? Würde Ajax mich dann für verrückt halten? Oder von ihm besessen? Obwohl ich diesen Mann zum ersten Mal gesehen hatte, bevor ich Ajax kannte …

»Woran denkst du gerade, Pen?«, holte seine Stimme mich zurück.

»Ich … Keine Ahnung. Ich habe in letzter Zeit wirre Träume und sehe seltsame Dinge, wenn ich ohnmächtig bin«, antwortete ich und hielt mir den Kopf. Meine Hände zitterten und ich schluckte die Tränen hinunter, die mir in die Augen traten.

Nun legte Ajax mir doch einen Arm um die Schultern und zog mich an sich. »Hey, Prinzessin«, flüsterte er und legte seine Lippen an meine Stirn, während er mir die nassen Strähnen aus dem Gesicht strich. »Alles gut.«

»Nichts ist gut. Ich studiere Medizin, und glaub mir, einfach ohnmächtig zu werden, ist nicht normal! Und dann diese Träume. Ich glaube … Ich glaube, ich habe einen Hirntumor.«

»*Das* glaube ich nun nicht«, erwiderte er und ich konnte hören, dass er schmunzelte.

»Weil du Arzt bist?«, fauchte ich und er schüttelte den Kopf.

»Ich glaube, du hattest einfach recht viel Stress vor deinem Urlaub und der fällt jetzt ab und dein Körper braucht eine Pause.«

Ich sah ihn erstaunt an. »Ja, ich hatte Stress, aber …«

»Siehst du? Und deine Träume … Jemand hat mir mal gesagt, dass Träume ein Versuch sind, etwas aus dem Leben zu verarbeiten, das man bisher nicht verarbeiten konnte.«

Bei diesen Worten wurden seine Augen so traurig wie jene des Mannes, der ihm so ähnlich sah. Sein Blick ging in die Ferne und er seufzte, während er über meine Wange strich.

Ich lehnte mich wieder an seine Schulter und musterte verstohlen seinen Körper. Seine Muskeln hoben und senkten sich, während er atmete. Bei genauerem Hinsehen erkannte ich Dutzende Narben, die über seinen Oberkörper verteilt waren. Manche waren nur wenige Zentimeter lang, andere zogen sich fast quer über seine Brust.

Ich hob mein Gesicht an und sah ihm in die Augen. Sein Blick war seltsam verklärt, als er mir durch meine Haare strich und dann einen Daumen auf meine Lippen legte. Ganz sanft fuhr er meinen

Mund nach und ich hielt den Atem an, als er sein Gesicht näher an meines brachte.

Es fühlte sich so vertraut an, so richtig … Wie konnte das sein, wo ich ihn gerade erst kennengelernt hatte? Ich war doch sonst nicht so. Lukas hatte ich wochenlang nicht erlaubt, mir so nahe zu kommen.

Fast enttäuscht seufzte ich, als er nur seine Stirn auf meine legte.

»Mach mir nie wieder solche Angst, ja? Sonst nehme ich dich nicht mehr zum Schwimmen mit!«

Ich räusperte mich und nickte. »Danke übrigens, dass du mich rausgeholt hast«, flüsterte ich und er grinste.

»Gern, Prinzessin. Hoffentlich vertraust du mir ab jetzt ein wenig mehr.«

Nachdem wir wieder trocken und angezogen waren, gingen wir zurück, um noch ein wenig bei meiner Unterkunft zu quatschen. Ajax hatte auf dem Weg dorthin bei dem Restaurant, in dem er arbeitete, angehalten, war hineingehuscht und grinsend mit einer Flasche Rotwein zurückgekehrt.

Ich genoss den Abend richtig, nachdem wir es uns auf der Terrasse gemütlich machten. Wir unterhielten uns über mein Studium und die Vorzüge des griechischen Festlands gegenüber dem Strand, als meine Mutter mit meiner Schwester zurückkam.

Vicky entdeckte Ajax sofort und warf sich wieder anmutig ihr langes blondiertes Haar über die Schulter, während sie lächelnd auf uns zuschritt. Sie baute sich so auf, dass er sie ansehen musste, und säuselte, wie schön es sei, ihn zu sehen.

Ich war mir sicher, dass Ajax auf sie anspringen würde, aber er nickte nur, bevor er meinte: »Entschuldigung, aber ich unterhalte mich gerade mit Penny.«

Meine Schwester ließ erst ihre Hände sinken, bevor sie diese zu Fäusten ballte und schnaubend davonstapfte.

Ich warf Ajax einen fragenden Blick zu. »Du hättest bei ihr ernst zu nehmende Chancen«, sagte ich und hätte mich dafür selbst ohrfeigen können.

Er schmunzelte nur und beugte sich vor. Mit seinem Finger bedeutete er mir, näher zu kommen, und ich lehnte mich zu ihm. »Ich habe was viel Besseres im Auge«, flüsterte er und legte mir verstohlen zwei Finger auf die Wange.

Da war sie wieder, diese Unfähigkeit, auch nur einen klaren Gedanken zu fassen, als ich in seinen grünen Augen versank. Und dieses Lächeln. Ich kannte es so gut und doch war es mir so fremd.

Aber schließlich kamen doch Worte über meine Lippen. »Und warum bist du dann hier?«

Er hob amüsiert die Augenbrauen und lachte. »Du bist manchmal ein wenig schwer von Begriff, Pen, oder?«

Er hauchte mir einen Kuss auf die Wange und ich bekam Schnappatmung.

Ich kam nicht dazu, etwas zu erwidern, denn Angeliki läutete zum Essen – sie hatte wirklich eine kleine Glocke – und wir gingen hinein. Zu meiner Überraschung war neben dem Extra-Gedeck für Ajax noch ein weiterer Platz vorbereitet. Erwarteten wir noch jemanden zum Essen?

Ich ignorierte es vorläufig, denn Ajax griff nach meiner Hand und zog den Stuhl für mich zurück, damit ich mich hinsetzen konnte, bevor er neben mir Platz nahm. Wieder streiften seine Finger wie zufällig mein Knie und ich hielt den Atem an.

Hastig trank ich ein Glas Wasser und wartete darauf, dass Angeliki uns das Essen brachte. Es roch einfach verführerisch und als sie den Schmortopf auf den Tisch stellte, lief mir das Wasser im Mund zusammen.

Ich konnte es kaum abwarten, mit dem Mahl zu beginnen, als ein junger Mann den Raum betrat und jegliche Gespräche verstummten. Selbst Ajax starrte ihn an, wobei sein Blick mit einem Mal finster wurde.

Der Mann sah ziemlich gut aus. Er war groß und schlank, seine Haare blond. Sie hingen lockig bis zu seinen Schultern hinunter. Seine blauen Augen strahlten intensiv und sein Lächeln war schon fast zu perfekt für diese Welt.

»Guten Abend zusammen«, sagte er gut gelaunt. »Ich bin Cris und werde einige Tage hier verbringen.«

Ich konnte seinen Akzent nicht zuordnen, als er Deutsch mit uns sprach, aber dass es nicht seine Muttersprache sein konnte, war eindeutig.

Vicky fuhr gleich wieder ihre schweren Geschütze auf, während Günter eher gelangweilt wirkte und meine Eltern ihn interessiert musterten. Ajax hingegen verkrampfte sich merklich neben mir und ich fragte mich, warum er sich so verhielt. Kannte er Cris?

»Penny, hörst du mir zu?«, riss mein Vater mich aus meinen Gedanken.

»Wie bitte?«, fragte ich verwirrt und lächelte Dad entschuldigend an.

»Ob dein Tag schön war? Was habt ihr gemacht?«

Ich beobachtete, wie Ajax Cris mit angespanntem Gesichtsausdruck anstarrte, bevor ich zu sprechen begann. »Wir sind ein wenig gewandert. Die Landschaft ist wirklich unglaublich schön, obwohl es ziemlich trocken ist und viele Pflanzen die Hitze wohl nicht mehr ertragen.«

»Ja, das sind die Sommer hier«, seufzte Mum und stocherte lustlos in ihrem Essen herum. »Ausgerechnet in der Waldbrandsaison sitzen wir hier fest.«

Dad ignorierte sie und nickte anerkennend. »Es freut mich, wenn du Spaß hattest. Morgen werden wir einen Ausflug als Familie machen. Aber vielleicht möchte Ajax mitkommen?«

Ich hatte keine Ahnung, woher die Sympathie meines Vaters für Ajax kam. Er hatte ja noch nicht einmal Vickys Verlobten eingeladen, uns zu begleiten. Warum dann einen Wildfremden?

Als er nicht reagierte, stupste ich ihn an und endlich wandte er sich mir zu. Ich deutete mit meinen Augen zu meinem Vater.

Ajax schüttelte den Kopf und fragte höflich: »Wie bitte?«

»Ob Sie uns morgen auf einen Ausflug begleiten möchten?«

»Oh, das würde ich gern, aber ich muss arbeiten«, erwiderte er und wandte sich wieder Cris zu, der ihn interessiert musterte. Ajax schüttelte noch einmal den Kopf und sah dann mich an. »Ich hatte gehofft, du würdest morgen Abend beim Restaurant vorbeikommen und ich könnte dich dann nach Hause bringen.«

Ich bemerkte, wie er nervös schluckte, als hätte er Angst, ich würde ablehnen. »Ja, das würde ich sehr gern«, stimmte ich lächelnd zu und legte ihm meine Hand auf das Knie. Bevor ich sie zurückziehen konnte, weil mir bewusst wurde, was ich da tat, legte er seine Hand über meine.

»Gut. Vielleicht kann ich euch ja ein anderes Mal begleiten?«

Dad murmelte nur etwas von »jederzeit« und dann konzentrierte er sich wieder auf sein Essen. Ajax blickte lächelnd auf meine Hand auf seinem Knie hinab, bevor er Cris wieder mit Blicken tötete. Der unterhielt sich mit Vicky und ignorierte uns den restlichen Abend.

Ich war fast erleichtert, als das Essen endlich endete und Ajax und ich nach draußen flüchteten, wo er mit geballten Fäusten unter einem Baum stehen blieb.

»Kennst du Cris?«, fragte ich und stellte mich neben ihn, während er sich eine Zigarette anzündete und sich gegen den Baum lehnte.

»Flüchtig«, antwortete er und zog an der Zigarette.

»Und du magst ihn nicht?«

»Niemand sollte ihn mögen«, flüsterte Ajax und sah mich traurig an.

Da war er wieder, dieser Blick, den der Mann aus meinen Träumen auch hatte.

»Es steht mir nicht zu, dir etwas zu sagen, aber ich würde dir raten, ihm nicht zu nahe zu kommen«, murmelte er und blies Rauch aus.

Ich hob amüsiert die Augenbrauen. »Hatte ich nicht vor.«

»Dann ist es gut.« Er drückte die Zigarette aus und trat vor mich. Zögerlich griff er nach meiner Hand und betrachtete sie im immer schwächeren Licht des Tages. Ein angenehmer Schauer lief mir über den Rücken, als ich in seine Augen blickte und er kaum merklich schmunzelte. »Soll ich hier warten, bis die anderen schlafen, oder soll ich später wiederkommen, damit wir den Wein gemeinsam trinken?«, fragte er so leise, dass ich es kaum hörte.

»Ich schätze, wir werden keine Ruhe haben, wenn du nicht gehst«, seufzte ich und betrachtete unsere Finger, die sich ineinander verhakten. »Aber gegen elf Uhr sollte hier jeder schlafen.«

»Also komme ich um elf?«

Es klang wie eine Frage und ich nickte schnell. »Unbedingt«, hauchte ich und er lächelte erleichtert.

»Dann verabschiede ich mich schon einmal von deiner Familie«, meinte Ajax und ließ meine Hand los.

Ein Zittern erfasste mich und ich wollte seine Hand noch einmal nehmen, hielt mich aber zurück. Sehnsüchtig musterte ich seinen Rücken, als ich ihm nach drinnen folgte.

7

Ich zog mich zurück, als Ajax das Haus verlassen hatte. Meine Mutter fragte noch einmal, ob es mir gut ginge, was ich wahrheitsgemäß bejahte und erklärte, ich wäre einfach noch müde. Aus Vorsicht verschwieg ich, dass ich wieder ohnmächtig gewesen und dabei auch noch in dem See geschwommen war, besonders als Cris um mich herumschlich. Ajax musste mich nicht vor ihm warnen, irgendetwas an ihm gefiel mir nicht. Keine Ahnung, woher diese Regung kam, aber ich wollte es tunlichst vermeiden, mit ihm allein zu sein.

Angeliki hatte ihn am Ende des Flurs einquartiert, also war er zumindest schön weit weg von mir. Trotzdem hatte ich irgendwie das Gefühl, er wäre mir deutlich zu nah.

Als die Lichter gelöscht worden waren, wartete ich noch einige Zeit, bevor ich mich in einer Jeans und mit T-Shirt bekleidet aus meinem Zimmer schlich. Der Boden knarrte ein wenig, aber ich kannte mittlerweile die meisten Stellen und wich ihnen geschickt aus. Fast hatte ich die Treppe erreicht, als ich ein leises Lachen hörte und innehielt.

»So spät noch hungrig?«, fragte Cris, der unschwer an seinem Akzent zu erkennen war.

»Nein, ich muss frische Luft schnappen«, entgegnete ich und schlang meine Arme um mich. Irgendwie hatte ich das Gefühl, ich müsste mich vor ihm verstecken.

Er saß auf einem Stuhl mitten im Flur und erhob sich lautlos, um zu mir zu kommen. Ich reckte mein Kinn und hielt seinem Blick stand, als er mich mit eiskalten blauen Augen seltsam musterte.

»Soll ich dich begleiten? Da draußen soll es Wesen geben, die nicht ungefährlich sind.« Seine Stimme klang warm, aber etwas Bedrohliches schwang darin mit.

»Nein, ich würde lieber allein sein«, erwiderte ich und lächelte unverbindlich. Das Wesen direkt vor mir versetzte mich in größere Angst als alles, das da draußen sein könnte. Außerdem wartete Ajax auf mich, aber das musste ich ihm ja nicht auf die Nase binden. »Also entschuldige mich bitte …«

Ich wollte schon die Treppen hinuntergehen, da packte er mich am Oberarm und hielt mich mit eisernem Griff fest. Mein Kopf fuhr herum und ich funkelte ihn zornig an.

»Lass mich sofort los«, zischte ich und erschrak, als ich seinen frostigen Blick bemerkte.

Er schüttelte sachte den Kopf und lächelte dann wieder gewinnend. »Oh, aber es gab einmal eine Zeit, in der du gern mit mir zusammen warst«, flüsterte er und beugte sich zu mir. »Wie wäre es mit einem Kuss, der alten Zeiten wegen?«

»Wovon redest du?«, fuhr ich ihn an und riss mich los. »Bleib mir gefälligst vom Leib. Ich habe dich noch nie in meinem Leben gesehen und um ehrlich zu sein, machst du mir Angst.«

Sein Lächeln gefror und er hob die Augenbrauen. »In diesem Leben nicht. Aber du kennst mich und du wirst dich an mich erinnern«, meinte er selbstgefällig bevor er wieder sein Zahnpastalächeln zeigte. »Gute Nacht, Penelope.«

Damit verschwand er in seinem Zimmer und ich blickte ihm verwirrt nach. Wovon sprach der Typ?

Ajax saß auf seiner Liege und rauchte eine Zigarette, als ich hinaustrat. Ich wollte es ihm nicht zeigen, aber die Begegnung mit Cris hatte mir stark zugesetzt und meine Beine zitterten wie Espenlaub, als ich mich neben ihm niederließ.

Bevor ich ein Wort sagen konnte, setzte er sich auf und musterte mich besorgt. »Was ist geschehen?«, fragte er und drückte die Zigarette aus.

Seufzend fuhr ich mir über die Augen und sah mich um. »Wo ist der Wein? Ich könnte jetzt wirklich etwas vertragen.«

Ajax zögerte nicht und schenkte mir in ein schönes Glas einen herrlichen Shiraz ein. Ich liebte Shiraz. Er reichte mir die dunkelrote Flüssigkeit und wartete, bis ich zwei Schluck getrunken hatte, ehe er erneut fragte: »Was ist geschehen?«

Ich ließ das Glas sinken und fühlte, wie meine Lippen bebten. Warum musste ich ausgerechnet jetzt heulen?

»Cris hat im Flur auf mich gewartet«, begann ich zu erzählen und Ajax verkrampfte sich neben mir. »Er hat gesagt, es hätte eine Zeit gegeben, als ich gern mit ihm zusammen war, und dann hat er sich vorgebeugt, um mich zu küssen.«

Ajax zog scharf Luft ein und verkrampfte seine Finger ineinander. »Und hat er es … geschafft?«, wollte er wissen und klang dabei, als müsse er sich stark beherrschen.

»Nein«, fauchte ich.

Warum versuchte er, ruhig zu bleiben? Wieso wurde er nicht wütend? Wieso störte es mich, dass er nicht tobte?

Ich räusperte mich, bevor ich mit leiser Stimme fortfuhr: »Ich habe mich losgerissen und ihm gesagt, er soll mir fernbleiben. Dann meinte er so etwas wie ›Du wirst dich noch an mich erinnern‹ und ist in sein Zimmer gegangen.«

Ich blickte zu Ajax, dessen Kiefer mahlten und der sich wohl gerade seine Finger brach, allerdings kein Wort sagte. Hastig trank ich mein Glas Wein leer und hielt es ihm auffordernd hin, damit er aus seiner Starre erwachte. Aber er rührte sich nicht.

Ich stieß den Atem aus und stellte das Glas weg. »Ajax?«, fragte ich vorsichtig und strich mit meiner Hand über seinen Oberarm.

Ein Ruck ging durch seinen Körper und er fixierte mich mit seinem Blick. Unsicher wollte ich die Hand wegnehmen, da griff er danach und zog mich zu sich. Er hatte so viel Kraft eingesetzt, dass ich mit vollem Schwung auf ihm landete und mein Gesicht auf seiner Brust lag, als auch er nach hinten kippte.

»Hey«, raunte ich und versuchte, mich von ihm zu lösen, aber er legte seine Arme um mich und hielt mich fest. »Ajax? Du machst mir Angst …«

»Entschuldige«, murmelte er und ließ mich wieder los.

Schwerfällig richtete ich mich auf und saß nun fast auf seinem Schoß, während er sich eine Zigarette in den Mund steckte und anzündete.

»Es ist nur … Ich traue diesem Typen nicht. Und die Vorstellung, dass er dir zu nahe kommt …« Er schnaubte und zog an der Kippe, schenkte mir wieder Wein ein und reichte mir das Glas. Ich nahm es mit zittrigen Händen und sah ihn an, doch er starrte nur in den Nachthimmel und schwieg.

»Woher kennst du ihn?«, fragte ich schließlich, als er fertig geraucht hatte.

»Cris? Wir sind zusammen aufgewachsen.«

»Das nennst du *flüchtig*?«

Er schwieg und mied meinen Blick.

»Und ihr konntet euch nie leiden?«, bohrte ich nach, da er immer noch nichts sagte.

»Ich war der Ältere und er immer auf alles eifersüchtig, was ich hatte. Also hat er begonnen, aus allem einen Wettstreit zu machen.« Er drehte seinen Kopf zu mir und nahm dann ein wenig ungeschickt meine Hand, über die er mit seinem Daumen strich.

»Heute auch noch?«, flüsterte ich und Ajax nickte.

»Besonders heute.« Er verschränkte seine Finger mit meinen. »Versprich mir, dass du versuchst, nicht mit ihm allein zu sein. Ich traue ihm nicht, besonders wenn es um dich geht.«

»Ich verstehe nicht …«, entgegnete ich, doch Ajax lächelte traurig. Als ich in seine grünen Augen sah, wollte ich nur eines: ihn an mich ziehen und trösten. Aber ich unterdrückte den Impuls und wartete, was er noch zu sagen hatte.

»Du bist wirklich ein wenig prüde, oder?«, fragte er stattdessen und ich zog scharf die Luft ein. Ziemlich genau diese Worte hatte Lukas gebraucht, als er sich von mir trennte. Weil ich nicht mit ihm schlafen wollte.

Ich entriss Ajax meine Hand und starrte ihn ungläubig an. Sein Blick veränderte sich und er seufzte betreten.

»Entschuldige, das stand mir nicht zu. Aber ich glaube, du siehst einfach nicht, welche Wirkung du sowohl auf ihn als auch auf mich hast.« Er lächelte traurig und hielt mir seine Hand mit der Handfläche nach oben hin, wartete geduldig, bis ich mich ihm wieder näherte und ihm meine Hand gab.

Da war es wieder, das Kribbeln, das ich in seiner Nähe empfand. Vermutlich leistete mein Herz gerade ganze Arbeit und pumpte alles Blut in meine Wangen, denn die fühlten sich so heiß an, dass ich ein Spiegelei darauf hätte braten können.

Was war das nur? Klar, ich hatte Ajax gern und er sah verdammt gut aus. Aber wieso hatte ich solches Herzklopfen in seiner Nähe? Ich konnte doch unmöglich schon in ihn verliebt sein? Was wusste ich denn schon von Liebe?

Als er sich auch nach vorn lehnte, blieb mein Herz fast stehen und ich wich panisch zurück. Er ließ den Kopf sinken und fuhr sich durch seine Haare. »Es ist schon spät, Pen. Du solltest schlafen gehen.«

War das Enttäuschung in seiner Stimme? Sicher, er hatte vermutlich sonst leichtes Spiel bei den Mädchen …

Ich trank meinen Wein aus und musterte ihn dabei, wie er gedankenverloren eine weitere Zigarette rauchte. Einem Impuls folgend, zog ich mein Handy aus der Tasche meiner Jeans und reichte es ihm. Verwirrt starrte er darauf.

»Gib mir bitte deine Nummer«, flüsterte ich und hasste meine Stimme dafür, dass sie sich fast überschlug. »Nur für den Fall …«

Er grinste wieder wie gewohnt, nahm mir das Telefon aus der Hand und gab eine Nummer ein, die ich sofort wählte.

Ein Surren war zu hören und er zog sein leuchtendes Handy aus der Hosentasche. Ich legte auf und er lächelte noch breiter. »Danke, Prinzessin«, meinte er und steckte das Telefon wieder weg.

Ajax drückte die Zigarette aus und half mir dann, aufzustehen. Irgendwie wünschte ich mir, er würde noch einmal sein Gesicht näher an meines bringen. Aber er tat es nicht, strich mir stattdessen eine meiner widerspenstigen Locken aus dem Gesicht.

»Wir sehen uns morgen nach eurem Ausflug?«, fragte er, während er eine Haarsträhne um seine Finger schlang.

Das Blut rauschte in meinen Ohren und ich hätte ihn fast nicht verstanden, nickte aber und biss mir auf die Lippen.

Warum machte mich seine Gegenwart so nervös?

Ajax lächelte und ließ seine Hand sinken, streifte dabei wie zufällig meine Wange und blieb dann einen Moment regungslos stehen. »Ich warte, bis du drinnen bist«, verkündete er entschlossen und nahm noch einmal meine Hand. »Und Pen? Schließ deine Zimmertür ab. Nur zur Sicherheit.«

Wieder nickte ich, bevor ich mich umdrehte und hineinging. Ich lief die Treppe hinauf, schloss, wie er es gesagt hatte, meine Zimmertür ab und eilte zum offenen Fenster, in der Hoffnung, ihn noch einmal kurz zu sehen. Aber er war natürlich schon längst weg.

Enttäuscht setzte ich mich auf mein Bett und fuhr mit meinem Daumen über die Stelle an meinem Gesicht, die er gerade wie zufällig berührt hatte. Sie kribbelte immer noch und ich seufzte, während ich die Augen schloss und mich nach hinten sinken ließ.

Mochte er mich? Und ich? Mochte ich ihn? Sollte ich ihm sagen, dass ich bald Geburtstag hatte und diesen gern mit ihm verbringen würde? Oder würde ihm das ein falsches Signal senden?

Himmel, ich musste wirklich schlafen! Wenn ich so wirre Gedanken hatte, konnte ich nur müde sein.

8

Kurz nach Mitternacht

Er saß in seinen Mantel aus Dunkelheit gehüllt auf dem klapprigen Stuhl in der Ecke und verschränkte seine Finger. Das Mondlicht fiel silbern auf Penelopes Gesicht und ließ sie noch schöner wirken. Wie gern hätte er sich einfach zu ihr gelegt. Aber das durfte er nicht. Noch nicht. Er traute seinem Bruder nicht und deswegen würde er hier sitzen und warten, bis die Nacht vorbei war.

Obwohl der Mantel ausgereicht hätte, um ihn für jeden Blick eines Sterblichen unsichtbar zu machen, trug er seinen Helm, der sein Gesicht verhüllte und nur seine Augen und seinen Mund preisgab. Er fühlte sich damit sicherer, besonders wenn er seinem Bruder gegenübertreten musste.

Ein Geräusch an der Tür ließ ihn den Kopf schütteln. Er hatte es gewusst. Penelope hatte die Tür zwar versperrt, aber das würde seinen Bruder nicht aufhalten.

Mit einem leisen Klicken schwang die Tür auf und er trat ein, wie immer in viel zu kurze Hosen gekleidet, ohne Oberteil und in goldenes Licht gehüllt. Cris schlich zum Bett und kniete sich davor, ein seltsames Lächeln auf den Lippen, während er ihren Kopf zu sich drehte und sich über sie beugte.

»Nimm deine Hände von ihr!«, fuhr er den Blonden an, der sich mit einem heiteren Lachen umdrehte und in seine Richtung blickte.

»Hallo, *Ajax*«, schmunzelte er und betonte seinen Namen besonders amüsiert.

Ajax stand auf und blickte seinen Bruder an. »Hallo, *Cris*«, entgegnete er finster und legte ebenfalls eine Betonung auf den Namen, allerdings klang es eher gereizt als amüsiert.

»Ich hätte mir denken können, dass du hier bist«, meinte Cris und stand auf.

Ajax deutete mit seinem Kinn in Penelopes Richtung, die ihre Unterhaltung nicht hören konnte. Dafür hatte er gesorgt und sie mit einem besonderen Schlafzauber belegt. Sie brauchte eine traumlose Nacht und auch wenn er dem Gott der Träume dafür etwas schuldete, hatte er ihm diese Gunst abgerungen. »Der Kuss funktioniert nur, wenn er freiwillig von ihr gegeben wurde.«

Cris lächelte kalt. »Ist das so? Auf einen Versuch würde ich es ankommen lassen, und wenn es nur ist, um dich leiden zu sehen.« Er verschränkte die Arme. »Sie hegt keinerlei Gefühle für dich und dennoch bist du eifersüchtig. Irgendwie finde ich das sehr unterhaltsam.«

»Warum willst du sie? Sie bedeutet dir nichts!«, fuhr Ajax ihn an und Cris lachte.

»Oh, du unterschätzt mich, Bruder. Sie bedeutet mir etwas«, erwiderte er und für einen kurzen Moment flackerte Bedauern in seinen Augen auf. Es verschwand sofort und Kälte beherrschte sein zu makelloses Gesicht. »Auch wenn ich jetzt nicht mehr sicher bin, ob es wirklich Zuneigung ist oder nur der Wunsch, dir wehzutun.«

»Wieso? Du hast doch alles, was du wolltest. Warum kannst du mir nicht wenigstens dieses bisschen Glück gönnen?«

Cris funkelte ihn zornig an. »Musst du das wirklich fragen? Denk darüber nach, wann und wo du sie getroffen hast. Dann kennst du die Antwort vielleicht.«

Ajax schnaubte und sein Bruder lachte wieder.

»Allerdings ... Wenn sie sich doch für mich entscheidet, schenke ich ihr die Unsterblichkeit und mache sie zu meiner Gefährtin.«

»Zu einer von vielen, meinst du?«, entgegnete Ajax zornig und ballte die Hände zu Fäusten. »Nur um mich zu quälen? Ich habe dreitausend Jahre darauf gewartet, dass sie wiedergeboren wird.«

»Du warst schon immer ein Langweiler«, winkte Cris ab. »Wer lebt schon dreitausend Jahre enthaltsam und sitzt in diesem dunklen Loch, nur um eine Seele zu bewachen?« Er lachte zynisch. »Aber überlege es dir. Sie würde nicht leiden. Sie könnte ewig leben, an meiner Seite über den Menschen thronen und die Nächte mit mir verbringen. Was hast du ihr schon zu bieten?«

»Meine aufrichtige Liebe.«

Nun lachte der Blonde noch zynischer und hielt sich den Bauch. »Köstlich, Bruder. Du willst ihr deine aufrichtige Liebe in diesem Loch schenken, in dem du deine Tage fristest? Wunderbar.« Er schritt auf Ajax zu und legte ihm eine Hand auf die Schulter. »Aber mal ehrlich, *Ajax* … du verschwendest deine Zeit damit, über ein Mädchen zu wachen, das dich nicht liebt und nie lieben wird. Denn spätestens wenn sie herausfindet, wer du wirklich bist, wird sie sich abwenden. Warum gibst du nicht gleich auf?«

Ajax wischte die Hand seines Bruders von der Schulter und blickte in Penelopes Gesicht, das friedlich lächelnd vor ihm lag. »Weil sie die Eine ist, für die es sich lohnt, zu kämpfen«, flüsterte er mehr zu sich selbst.

Sein Bruder lachte wieder und klopfte ihm auf die Schulter. »Dann viel Glück, du wirst es brauchen.« Er wandte sich um und wollte das Zimmer verlassen, aber Ajax rief ihm nach.

»Gibt es sonst noch Regeländerungen, die du mir verschweigst?«

Cris drehte sich um. »Was meinst du?«

»Du hast versucht, sie zu küssen. Also willst du sie so für dich gewinnen. Eine klare Regeländerung, Bruder.«

»Mein Spiel, meine Regeln, *Bruder*«, erwiderte er mit finsterem Blick. »Nimmt sie mich, gehört sie mir bis ans Ende der Zeit. Nimmt sie dich, wird in fünf Tagen der Kampf um ihre Unsterblichkeit beginnen. Wählt sie keinen, wird sie vermutlich sterben, denn der Kampf wird so oder so toben. Und dieses Mal werde ich dafür sorgen, dass ihre Seele für immer in den Tiefen der Unterwelt verweilt. Schlafend und für dich nicht mehr als ein Schatten der Frau, die du so sehr liebst.« Er hob sein Kinn und lächelte triumphierend. »Dann werde ich dich wohl auch nie wieder sehen, denn du wirst dennoch nicht von ihrer Seite weichen. Immerhin kannst du sie dann jeden Tag deines erbärmlichen Daseins sehen. So großzügig bin ich.«

Ajax richtete sich auf und trat nur wenige Zentimeter vor seinen Bruder, bis sich ihre Nasen fast berührten. »Halte dich von ihr fern. Ich werde sie vor dir und deinem abscheulichen Spiel beschützen.«

»Du wirst nicht immer da sein können, Bruder«, gab Cris zu bedenken. »Aber nur zu. Versuche dein Glück. Du hast noch fünf Tage, um ihre Liebe zu gewinnen und sie zu retten.« Er stieß Ajax von sich. »Mögen die Spiele beginnen.«

Damit verließ der Blonde den Raum und Ajax setzte sich schnaubend wieder auf den Stuhl in der Ecke.

Nein, er konnte nicht immer bei ihr sein, das würde sie vermutlich ängstigen. In diesem Leben erkannte sie ihn nicht und vielleicht war das für den Anfang besser. Sie hätte sich vor ihm gefürchtet, wenn sie wüsste, wer er wirklich war.

Es fiel ihm so schwer, sie nicht sofort in seine Arme zu ziehen, mit Küssen zu bedecken und nie wieder loszulassen. Sie hätte niemals verstanden, wie ein Fremder sie nach so kurzer Zeit so sehr lieben konnte. Und er liebte sie. Er hatte sie jeden Tag geliebt, seitdem er ihr begegnet war.

Sie sah immer noch aus wie damals. Die hellbraunen Locken, die so widerspenstig ihr Gesicht umrahmten. Selbst ihr Lächeln und ihr prüfender Blick waren gleich. Und manchmal, nur für einen kurzen Moment, meinte er, in ihren warmen Augen diese Liebe zu erkennen, die sie ihm vor so vielen Jahren entgegengebracht hatte. Diese Liebe, die ihn all die Jahre überstehen ließ, das Warten erträglich machte.

Sie hatte ihn geliebt, obwohl sie wusste, wer er war. Er konnte nur hoffen, dass sie es immer noch tat und er sie vor seinem Bruder beschützen konnte.

Er verschränkte seine Arme und wartete, bis die Sonne aufging und sie wieder sicher war.

9

Ich hatte überhaupt keine Lust auf das Frühstück, nachdem ich Cris' blonden Schopf von hinten sah. Immer noch zitterte ich, als ich an seine seltsamen Worte von gestern Nacht dachte, und wünschte mir, Ajax wäre hier. Auch wenn ich mich selbst wehren konnte, aber allein seine Anwesenheit beruhigte mich.

Leider war er nicht hier. Er musste arbeiten und ich würde den Tag mit meiner Familie in irgendeiner antiken Ruine, bei einer Ausgrabung oder zur Abwechslung in einem Museum verbringen. Weit weg von Cris. Das waren doch gute Aussichten. Außerdem hatte ich mal wieder eine Nacht ohne seltsame Träume verbracht. Ich fühlte mich so ausgeschlafen wie schon lange nicht mehr.

Dennoch hatte ich einen Knoten im Magen, als ich das Esszimmer betrat. Ich murmelte ein flüchtiges »Guten Morgen« und verschanzte mich dann hinter einer halb leeren Müslipackung. Zum Glück war mein Dad bester Laune und plauderte munter drauflos.

»Morgen, mein Engel«, lächelte er mich an, während er sein Buch schloss. »Hast du dir schon überlegt, wo du deinen Geburtstag am Samstag feiern möchtest?«

Hauptsache, nicht in einem Museum, dachte ich und schüttelte müde lächelnd den Kopf.

»Weißt du, ob Ajax Zeit hat? Ich würde ihn einladen, wenn du das möchtest ...«, fragte Dad und warf mir einen vielsagenden Blick zu.

Ich verschluckte mich fast an dem Müsli. Dad wollte Ajax einladen? Ajax? Den wir vor zwei Tagen kennengelernt hatten? Der mir Herzklopfen verursachte, obwohl ich nicht wusste, wieso?

Wollte ich, dass er an meinem Geburtstag bei mir war? Ich gab mir selbst die Antwort, als ich breit grinste. Ja, ich wollte den Tag mit ihm verbringen.

»Ich werde ihn fragen. Vielleicht können wir hier im Garten feiern ...«, erwiderte ich und vergrub meine Zähne in einem Stück Melone. Das Müsli war im Moment zu gefährlich.

Dad lächelte noch breiter und nickte. »Mach das. Ich spreche mit Angeliki, ob sie uns was zaubern kann. Cris, würden Sie auch mitfeiern wollen?«

Bei diesen Worten hätte ich mich beinahe an dem Obst in meinem Mund verschluckt. Ich sollte wirklich nicht mehr essen, wenn mein Vater in so seltsamer Stimmung war. Warum Cris? Alles, nur nicht der! Warum lud mein Vater jeden ein, den wir trafen? Das war doch nicht normal.

»Ich denke nicht, dass ich bereits Pläne habe«, entgegnete dieser Möchtegern-Surflehrer gut gelaunt und zwinkerte mir zu.

Verflucht, er machte mir echt Angst. Trotzdem zwang ich mich, ein fröhliches Gesicht aufzusetzen, und aß weiter. Hoffentlich hatte Ajax wirklich Zeit.

Nach dem Frühstück schickte ich ihm eine Nachricht und fragte ihn, ob er am Samstag freihatte. Den Grund, warum ich das wissen wollte, behielt ich zunächst für mich.

Es dauerte nicht lange, bis er mit einem ›*Ja*‹ antwortete und einen Smiley hinzufügte. Irgendwie hatte ich gehofft, er würde mich nach dem Wieso fragen. Den Gefallen tat er mir nicht.

Ich fragte ihn, ob er den Tag mit mir verbringen würde, und wieder kam sofort ein ›*Ja*‹ zurück.

Vermutlich hatte ich zu breit gegrinst, was Vicky zu stören schien, denn sie rempelte mich unsanft an, als wir zum Auto gingen, fauchte »Pass doch auf« und drängte sich an mir vorbei.

Fast wäre mir das Handy hinuntergefallen, aber Günter fing es auf. Er warf unserer Schwester einen finsteren Blick zu und schüttelte den Kopf.

»Mach dir nichts draus. Offenbar hat sie nicht nur bei Ajax, sondern auch bei Cris keine Chance. Und das schlägt ihr auf den Magen.«

Mein Bruder zwinkerte mir zu. Ich war allerdings immer noch verwirrt von Victorias Verhalten. Sie hatte es nicht nötig, sich so aufzuführen. Wollte sie so krampfhaft im Mittelpunkt stehen?

Niedergeschlagen, weil ich mit meiner Schwester keinen Streit wollte, zwängte ich mich ins Auto. Dad hatte irgendein Museum für Landwirtschaft ausgesucht. Etwas Langweiligeres konnte ich mir nicht vorstellen. Vielleicht war das der Grund, warum wir quasi die einzigen Besucher waren. Oder es lag daran, dass Dienstag kein guter Tag für Museen war, jedenfalls hatten wir die Ausstellung für uns allein. Was für ein Glück.

Ich streifte gedankenverloren durch die kühlen Räume. Immerhin hatte man Geld in eine Klimaanlage investiert und es roch nach Holz. In regelmäßigen Abständen zog ich mein Handy aus der Hosentasche und schaute nach, ob Ajax geschrieben hatte, aber ich wurde jedes Mal enttäuscht.

Weil ich dieses Schweigen zwischen uns unmöglich fand, fragte ich ihn, ob ich nach dem Ausflug zum Restaurant kommen sollte. Er schickte prompt einen Smiley zurück und nach wenigen Sekunden ein ›*Dachte, das hatten wir ausgemacht?*‹

Ich grinste wieder und drehte mich schnell von Vicky weg, die mir einen vernichtenden Blick zuwarf, bevor sie ihre Nase hob und schnaubte. Ich hakte mich bei Günter unter, der gerade konzentriert auf ein Werkzeug starrte, das wohl für den Ackerbau verwendet worden war. Zumindest stand das auf Englisch darunter.

»Sag mal, Brüderchen, du bist in letzter Zeit so schweigsam«, begann ich und zog ihn zur nächsten Vitrine, wo Lederbeutel und Messer ausgestellt wurden. »Stimmt irgendetwas nicht?«

Er seufzte und sah sich nach meiner Schwester um, bevor er flüsterte: »Ich glaube, Mum und Dad werden sich trennen, wenn ich ausziehe.«

Ich fuhr mit dem Kopf herum und suchte meine Eltern, aber sie befanden sich wohl in einem anderen Raum. »Wie kommst du darauf?«, gab ich fast hysterisch zurück.

»Sie streiten ständig. Du warst ja wegen deines Studiums kaum zu Hause, aber ich habe es immer mitbekommen.« Er blies den

Atem aus und scharrte mit seinem Fuß auf dem Boden. »Zuerst hat Mum noch versucht, mit ihm zu reden. Du weißt schon, seit dem Motorradunfall wollte Dad niemanden sehen. Mum gab nicht auf. Bis er ihr klargemacht hat, dass er sie genauso wenig sehen will wie jeden anderen. Anfangs war sie traurig, dann wütend, dann wieder traurig. Als Dad den Urlaub vorschlug, schien sie sich Hoffnung gemacht zu haben, dass alles wieder normal werden könnte. Aber dann rückte er damit heraus, was er für den Urlaub plante, und sie fingen an, sich zu streiten.«

Wir gingen zur nächsten Vitrine und begutachteten ein paar Abbildungen des antiken Ackerbaus. Hochgradig spannend.

»Erst freute ich mich«, gestand Günter und ich sah ihn ungläubig an. »Nein, ernsthaft, wenn man streitet, redet man zumindest. Die Fetzen flogen so richtig und ich dachte, sie würden sich endlich zusammenraufen. Aber danach hat Mum nur noch mehr geweint und Dad hat sich wieder in seinen Hobbyraum zurückgezogen und kein Wort mit uns gesprochen.«

»Ich denke, dass es sich wieder gibt«, versuchte ich, Günter zu beruhigen. »Vielleicht sollten sie einfach mal Zeit zu zweit verbringen. Es wundert mich, dass sie das bisher noch nicht gemacht haben.«

»Ich weiß nicht«, meinte mein Bruder schulterzuckend. »Wenn sie sich wirklich trennen, wird es ziemlich seltsam, besonders wenn ich dann so weit weg bin und heimkomme … Wohin soll ich dann gehen?«

Er wirkte unglaublich zerbrechlich, wie er mir seine Sorgen beichtete. Ich legte einen Arm um seine Schultern und lächelte aufmunternd. »Bei mir hast du immer zumindest Platz auf dem Fußboden«, schmunzelte ich und er grinste.

Meine Wohnung war wohl eher ein Schuhkarton, aber ich konnte sie mir allein leisten und war stolz darauf. Neben dem ohnehin anspruchsvollen Studium verdiente ich mir mein Geld durch einen unterbezahlten Job bei einer großen Lebensmittelkette. Aber ich war mit der Zeit recht flexibel und die Kollegen waren nett. Und ich musste nicht das Geld meiner Eltern annehmen, auch wenn das leichter gewesen wäre.

»Na herzlichen Dank, dass ich auf deinem Boden schlafen darf«, erwiderte er und knuffte mir in die Schulter. »Und jetzt erzähl mal von diesem Kellner«, wechselte er plötzlich das Thema und mein Lächeln verschwand.

»Da gibt es nichts zu erzählen«, meinte ich und wich seinem Blick aus.

»Hey, ich kenne dich. So hast du damals auch Lukas angesehen, was ich nie verstanden habe. Der hat nicht zu dir gepasst.«

Ich musste daran zurückdenken, wie Günter meinem Ex eine gescheuert hatte, weil er mich unschön abservierte. Vor meiner Familie. Als er mir vorwarf, dass ich prüde sei.

»Ach, und Ajax schon?«, wollte ich wissen und versuchte, die Erinnerung zu verdrängen.

Ging nicht.

»Irgendwie ja … Ich glaube, er mag dich wirklich. Und er scheint nicht nur an einem schnellen Abenteuer interessiert zu sein.«

Jetzt zuckte ich mit den Schultern und räusperte mich. »Denkst du, ja?«

»Ja. Immerhin ignoriert er Vicky, die momentan wohl Bestätigung braucht, und will Zeit mit dir verbringen.« Er schwieg einen Augenblick, bevor er noch leiser fragte: »Und du? Magst du ihn?«

Die Richtung, die unser Gespräch genommen hatte, machte mich nervös. Musste ich das jetzt beantworten?

Während mein Kopf noch darüber nachdachte, ob ich ihn mochte, gab mein Herz die Antwort: »Irgendwie schon.«

»Gut«, meinte mein kleiner Bruder und klopfte mir auf die Schulter. »Lass dir nicht zu viel Zeit. Vielleicht klappt es sonst nicht, bis wir abreisen.«

»Wir sind noch fast vier Wochen hier ...«

Günter rollte mit den Augen. »So schnell, wie du bist, wirst du vermutlich eher vier Jahre brauchen«, murmelte er und widmete seine Aufmerksamkeit einem zerbrochenen Tonkrug. Schien ihn wirklich zu interessieren, diese Ausstellung. Mit mir sprach er danach nämlich kaum noch.

Ich hingegen war froh, als wir das Museum am frühen Nachmittag verließen. Ich hatte Dad schon vorher gebeten, mich bei Ajax' Restaurant abzusetzen, was er kommentarlos tat. Sehr zum Leidwesen meiner Schwester.

»Warum darf sie Zeit ohne die Familie verbringen?«, keifte sie, als wir vor dem Lokal hielten.

»Weil ich finde, dass sie ein bisschen Freude verdient hat«, erwiderte mein Vater und auch Mum nickte zustimmend. »Aber Schätzchen, wenn ich dich abholen soll, ruf an. Egal wann.« Dad klang mit einem Mal sehr ernst und ich hauchte ihm ein Küsschen auf die Wange.

»Danke, Papa. Falls was ist, melde ich mich«, versprach ich und stieg aus dem Auto.

Froh, mich endlich wieder bewegen zu können, ging ich ein paar Schritte, nachdem meine Familie außer Sichtweite war, bevor ich das Lokal betrat. Es war ziemlich ruhig, nur an einem Tisch saß ein Pärchen, das ein wenig verloren wirkte und fast erleichtert aufatmete, als ich eintrat. Ich nickte ihnen freundlich zu und ließ meinen Blick dann durch den Raum schweifen. Ich fragte mich, wo Ajax wohl steckte, bis sich zwei Hände über meine Augen legten.

Vermutlich hätte ich geschrien, wenn ich nicht sicher gewesen wäre, dass Ajax hinter mir stand. Also grinste ich und legte meine Hände auf seine, bevor ich mich umdrehte.

Fast hätte ich nun *doch* geschrien, denn nicht Ajax hatte mich überrascht, sondern Cris. Geschockt trat ich einen Schritt zurück, als er amüsiert lächelte und seine Augen dabei kalt funkelten.

»Hallo, meine Schöne«, flüsterte er.

Ich wich noch ein Stück zurück und warf dabei einen Stuhl um, der polternd zu Boden fiel. Als ich noch weiter nach hinten ging, prallte ich gegen etwas. Oder viel mehr jemanden.

Ich jubelte innerlich, als ich mich umdrehte, aufsah und in Ajax' besorgte grüne Augen blickte. Er legte seine Hände auf meine Oberarme und hielt mich fest.

»Cris, Tisch für eine Person?«, fragte er mit tonloser Stimme.

»Ich dachte an einen Tisch für zwei. Für mich und Penelope.«

»Ihr Name ist Pen«, knurrte Ajax und wandte sich mir zu. »Möchtest du mit ihm essen?«

Ich schüttelte schnell den Kopf und mein Retter ließ mich los und nahm eine Karte vom Tresen. Auffordernd sah er Cris an, der die

Schultern zuckte und ihm an einen Tisch folgte, während ich mich zitternd auf einen Barhocker setzte und die beiden beobachtete.

Verfolgte der Typ mich? Hatte Ajax recht damit, dass Cris versuchte, mit ihm um meine Aufmerksamkeit zu wetteifern?

Ich schob den Gedanken beiseite, als Ajax zu mir kam und mir eine Cola hinstellte. Er grinste, als er dabei meine Hand wie zufällig berührte und mir die Karte hinschob. »Möchtest du etwas essen? Du musst nicht, aber falls du möchtest, wir hätten heute Meeresfrüchte im Angebot«, erklärte er und ich nickte. Das Lunchpaket war lecker gewesen, aber ich hatte tatsächlich noch Hunger.

»Meeresfrüchte klingen gut«, erwiderte ich und strich auch wie zufällig über seine Hand.

Einen Moment lang versank ich in seinen Augen, die so sehnsüchtig wirkten, so verletzlich und so … einsam …

»Entschuldigung!«, rief Cris und Ajax wandte sich ihm genervt zu. »Ich hätte gern noch etwas zu trinken.«

Ajax seufzte und entschuldigte sich, bediente die Gäste und gab meine Bestellung auf. Ich nippte an meinem Glas und sah mich im Lokal um. Das war mir bei meinem ersten Besuch nicht gelungen. Vermutlich, weil ich zu sehr damit beschäftigt gewesen war, einen gut aussehenden Kellner anzustarren.

Die Einrichtung wirkte alt, aber gepflegt. Die Bar war recht gut mit unterschiedlichsten Getränken ausgestattet. Ich fragte mich, ob man mit mehr Touristen gerechnet hatte, denn die Einheimischen konnten sich das Essen hier wohl kaum leisten. Vielleicht hätte ich doch nicht die Meeresfrüchte bestellen sollen. Andererseits … Wenn ich eine Fischvergiftung hatte, würde ich im Bett bleiben können und vielleicht hätte ich dann mehr Zeit für … Ajax?

Ich erschrak, als mir bewusst wurde, dass ich wirklich gern Zeit mit ihm verbrachte. Wann war das denn geschehen?

Als ein Arm um mich gelegt wurde, zuckte ich zusammen und sprang vom Hocker, denn Cris hatte sich lautlos angeschlichen und lächelte mich mit diesem perfekten Werbelächeln an.

»Und du willst wirklich nicht zu mir an den Tisch kommen? Wir könnten über deinen Geburtstag sprechen und was du dir von mir wünschst …«

Ich schüttelte den Kopf. »Danke, nein. Und ich wünsche mir auch nichts von dir.«

»Sicher?«, fragte er und hob amüsiert die Augenbrauen, während er wieder näher kam.

»Ganz sicher.«

Ich überlegte, wie ich von ihm wegkam, da schob Ajax sich zwischen uns und stellte einen Teller mit gegrilltem Oktopus, Muscheln und verschiedenen Fischen auf einen Tisch, daneben meine Cola und zwei Teller.

»Cris, dein Essen steht schon auf deinem Platz«, erklärte er und zog mir den Stuhl heraus, damit ich mich setzen konnte.

»Ach, danke«, meinte der und ging erhobenen Hauptes zu seinem Stuhl zurück.

Ajax sah ihm nicht nach, sondern setzte sich zu mir an den Tisch und servierte mir den Fisch und ein Stück Oktopus. »Ich hoffe, es ist in Ordnung, wenn ich mit dir esse?«, fragte er und wartete, bis ich nickte, bevor er sich etwas auf seinen Teller legte.

»Danke«, flüsterte ich und griff nach seiner Hand.

»Wofür?«, entgegnete er und zog eine Augenbraue nach oben.

»Dass du mir geholfen hast. Ich meine, ich hätte fast Krap Manga anwenden müssen.«

»Pen, das heißt Krav Maga«, korrigierte er mich schmunzelnd und ich schluckte mein Stück Oktopus geräuschvoll hinunter.

»Oh. Na dann das.«

»Aber ich weiß, dass du mit ihm allein klarkommen könntest«, sagte er und drückte meine Hand.

Ich war mir da nicht so ganz sicher, aber immerhin wusste ich doch ein paar Dinge, mit denen ich mich wehren konnte. Hoffentlich musste ich sie nicht einsetzen.

»Wie lange musst du heute arbeiten?«, erkundigte ich mich und spießte ein Stück Fisch mit der Gabel auf.

»In einer Stunde höre ich auf. Wir könnten dann ein wenig im Dorf spazieren gehen, damit du dich in meiner Nähe nicht fürchtest. Und ich nehme eine Flasche Wein mit«, erwiderte Ajax und grinste, als er meinen fragenden Blick sah. »Gestern hattest du noch Angst, dass ich dir etwas antun könnte …«

Ich lachte leise und schüttelte den Kopf. »Wir können auch irgendwo hingehen, wo es ruhiger ist. Solange Cris uns nicht folgt.«

Sein Blick wurde finster. »Keine Sorge, darum kümmere ich mich«, meinte er und begann zu essen.

Den Rest seiner Schicht bediente er, räumte ab und verschwand dann für einen Augenblick, um sich umzuziehen.

Cris nutzte die Zeit, um sich neben mich zu setzen, und versuchte wieder, mir näher zu kommen, was ich absolut nicht wollte und deswegen weiter wegrückte.

»Penelope, warum verbringst du deine Zeit mit diesem Kellner? Du könntest mit mir morgen ans Meer fahren und den Tag dort viel besser nutzen«, schlug er vor und lächelte.

»Warum fragst du nicht Vicky? Die würde sich darüber freuen«, entgegnete ich distanziert und bereitete mich innerlich darauf vor, ihm eine schallende Ohrfeige zu verpassen.

»Deine Schwester ist schön, aber nicht so schön wie du und gewiss nicht so reizvoll«, meinte Cris und lächelte auf einmal anzüglich. »Du hattest in diesem Leben noch keinen Mann, oder?«

Ich keuchte auf und sprang von meinem Stuhl. Wieso fing er wieder mit ›*diesem Leben*‹ an? »Das geht dich überhaupt nichts an, du … du …« Ich holte tief Luft und funkelte ihn aufgebracht an. »Halte dich fern von mir! Ich habe kein Interesse an dir. Und wenn du mir zu nahe kommst, zeige ich dir, wie gut ich Krav Maga beherrsche.«

Ich hätte mir in dem Moment gern selbst auf die Schulter geklopft, weil ich mir diesen komischen Namen gemerkt hatte. Aber Cris lachte nur, als er sich erhob, und warf mir einen vielsagenden Blick zu. »Du wirst schon sehen, was du davon hast«, flüsterte er und verließ dann das Lokal.

Um mich herum wurde es mit einem Mal dunkel und meine Hände kribbelten vor Kälte, während die Geräusche des Restaurants verschwanden und andere ihren Platz einnahmen.

10

Ich stand an einem Teich, auf dem sich ein blutroter Mond spiegelte. Panik erfasste mich, als mir bewusst wurde, dass ich wieder an diesem seltsamen Ort aus meinen Träumen gelandet war.

Aber wie? War ich ohnmächtig geworden, ohne es zu bemerken?

Kratzende Geräusche näherten sich und ich zitterte am ganzen Körper.

Verflucht, wie kam ich hierher? Und viel wichtiger: Wie kam ich wieder weg?

Das Wasser des Teichs schlug mit einem Mal Wellen und noch bevor ich reagieren konnte, schoss etwas Dunkles heraus, das wie ein Drache aussah, und schnappte nach mir. Kreischend taumelte ich zurück, aber es war zu spät. Das Ungetüm hatte meinen Fuß erwischt und versuchte, mich in das dunkle Wasser zu zerren.

»Nein! Lass mich los!«, brüllte ich, doch vergeblich. Das Monster gab mich nicht frei.

Ich krallte mich in die Wurzeln, die ich zu fassen bekam, und trat nach der schwarzen Bestie, doch sie ließ mich nicht los. Fauchend zog sie fester an mir, als sie meinen Widerstand bemerkte, und ich fühlte, wie meine Hände abzurutschen drohten.

Etwas brach aus dem Unterholz. Bevor ich erkennen konnte, was es war, sauste eine glänzende Klinge auf das Monster nieder und trennte den Kopf vom Körper. Zischend schoss Blut aus seinem Hals, verätzte den Boden, den es berührte. Immer mehr Blut quoll aus der Wunde, während die Bestie sich ein letztes Mal aufbäumte und mir gefährlich nahe kam.

Jemand warf sich zwischen mich und das Monster und keuchte leise, während ein ekelerregender Geruch in meine Nase zog. Als ich aufsah, kniete er vor mir, schützte mich mit seinem Körper. Ajax, der nicht mein Ajax sein konnte …

Moment, *mein* Ajax?

Er trug wieder eine schwarze Rüstung mit diesem dunklen Helm und dem Umhang, in der Hand das übergroße Schwert, das vom Blut des Monsters dampfte.

»Bist du in Ordnung?«, fragte er mich und seine grünen Augen schimmerten besorgt.

»Ja«, stammelte ich und sah an ihm hinab. An seiner linken Seite hatte sich das Gift des Ungetüms in die Rüstung gefressen und seine Haut verätzt. Ich hob meine Hand und wollte die geschmolzene Metallplatte ein Stück wegschieben, um die Wunde genauer zu begutachten, doch er fasste schnell nach meinem Handgelenk.

»Nicht! Du könntest dir wehtun«, keuchte er und fiel auf seine Hände.

»Du bist verletzt«, flüsterte ich und kniete mich vor ihn.

»Es geht schon«, meinte er und rang nach Atem. »Es ist gleich wieder vorbei.«

Kaum hatte er die Worte ausgesprochen, hörte ich ein Zischen und bemerkte, dass seine Haut wieder heilte. Selbst die Rüstung schloss sich darüber, als wäre niemals etwas gewesen.

Er stieß den Atem aus und setzte sich auf, um mich anzusehen.

»Wer bist du?«, schoss es aus mir heraus, bevor ich meine Worte zurückhalten konnte.

Der Fremde schüttelte den Kopf und schloss die Augen. »Es ist noch zu früh …«

Das war alles, was er erwiderte. Noch nicht mal einen ganzen Satz konnte er mir als Antwort geben.

»Warum hilfst du mir immer?«, fragte ich und fühlte, wie Tränen in meine Augen stiegen. »Und was mache ich an diesem verfluchten Ort?«

Er öffnete langsam die Lider und musterte mich amüsiert. »Ich sagte doch, es ist noch zu früh. Aber immer wenn du hier bist, werde ich dich beschützen, Persephone …«

»So heiße ich gar nicht!«

Ein trauriges Lächeln breitete sich auf seinem Gesicht aus. »Ich weiß.«

Ich hätte ihn gern mehr gefragt, aber laute Geräusche drangen wieder an meine Ohren und das Bild vor mir verschwamm.

»Penny!«

Jemand tätschelte meine Wange und rief meinen Namen. Es war wieder hell und überall roch es nach Essen. Wo befand ich mich jetzt schon wieder?

»Penny, komm schon!«

Ich riss den Kopf herum und erkannte Ajax, der sich über mich gebeugt hatte und besorgt musterte.

»Dem Himmel sei Dank«, hauchte er und zog mich ins Sitzen hoch. »Da lässt man dich einen Moment aus den Augen und schon kippst du einfach um.«

Ich hielt mich an ihm fest und sog seinen Duft ein. Wie konnte er nur schon wieder so verführerisch riechen?

»Zum Glück war ich rechtzeitig da, sonst wärst du wahrscheinlich mit dem Kopf auf dem Tisch aufgeschlagen«, meinte er und schob mich ein Stück zurück, um mich zu untersuchen. »Du hast dir doch nicht wehgetan?«

»Nein … ich war nur wieder …« Ich schluckte. »Ich hatte wieder einen seltsamen Traum …«

Seine Augen ruhten auf mir und er legte mir eine Hand an die Wange. »Vielleicht bringe ich dich besser nach Hause, damit du dich ausruhen kannst.«

Ich schüttelte den Kopf. »Es geht mir gut. Ich weiß nicht, warum ich ständig umkippe. Aber danach fühle ich mich gut.«

Er zog die Augenbrauen zusammen. »Vielleicht solltest du doch zu einem Arzt gehen«, sagte er, aber es klang nicht so, als würde er es ernst meinen.

Ich nickte nur stumm und ließ meinen Blick über ihn schweifen. Hatte er vorhin noch eine schwarze Hose und ein weißes Hemd getragen, trug er nun wieder helle Jeans und ein schwarzes T-Shirt. Er sah in beidem gut aus. Aber in dem T-Shirt konnte man wieder seine Muskeln erkennen, was einen Schauer über meinen Rücken laufen ließ.

Ajax warf mir einen belustigten Blick zu und zog mich schließlich auf meine Beine. »Bist du sicher, dass du nicht nach Hause willst?«, vergewisserte er sich noch einmal.

»Ganz sicher«, bestätigte ich und er schmunzelte zufrieden.

»Gut, dann los«, verkündete er, griff nach einer halb vollen Weinflasche von der Bar, die er in seinem Rucksack verstaute, rief etwas auf Griechisch in die Küche und zog mich an der Hand hinter sich her.

Wir traten aus dem Restaurant und ich atmete gierig die frische Luft ein. Irgendwie war es mir da drinnen plötzlich ziemlich stickig vorgekommen. Nachdem wir einige Schritte gegangen waren, wandte Ajax sich zu mir um. »Also, Prinzessin, Dorf oder etwas Ruhigeres?«

Ich wusste nicht, warum, aber ich wollte mit ihm allein sein. »Was Ruhigeres«, antwortete ich daher und er grinste.

Ajax führte mich durch das Dorf, an den weiß verputzten Häusern und den spielenden Kindern vorbei, bis es ruhiger wurde und wir auf ein weitläufiges Feld kamen. Die ganze Zeit hielt er meine Hand, bis wir zu einem Hügel gelangten, auf dem wohl einst Blumen geblüht hatten, die jetzt in der Hitze völlig verdorrt waren. Eine verfallene Mauer zog sich über den Hügel hinweg und Ajax brachte mich zu einem knorrigen Olivenbaum, der so stand, dass man von seinem Platz das ganze Tal und das Dorf überblicken konnte.

»Wow«, sagte ich beeindruckt.

»Schön hier, oder?«, meinte er und setzte sich unter den Baum, klopfte neben sich und zog dann die Weinflasche sowie zwei Gläser aus seinem Rucksack.

Ich ließ mich neben ihm nieder und nahm ihm die Gläser ab, damit er einschenken konnte. Wir stießen an und ich trank mit einem leisen Seufzen. Mutig lehnte ich mich gegen Ajax, der einen Arm um mich schlang und seine Wange an meinen Kopf legte.

Hier hätte ich wirklich bleiben können …

»Wegen Samstag«, begann er plötzlich und wirkte mit einem Mal angespannt.

»Du hast doch Zeit, oder?«, fragte ich mit ruhiger Stimme, obwohl ich nervös wurde.

»Natürlich … sagte ich doch«, erwiderte er schnell und räusperte sich. »Ich habe gehört, wie Cris meinte, es wäre dein Geburtstag …«

»Oh … Ja, das stimmt. Er hat es heute gehört, als Dad wissen wollten, ob ich Pläne hätte und ob du dabei sein würdest …« Ich sah in sein verkniffenes Gesicht und schmunzelte, weil er sonst nie so angespannt wirkte. »Was hast du, Ajax? Es ist nur ein ganz gewöhnlicher Tag. Ich habe mir nie etwas aus Geburtstagen gemacht.« Ich hielt inne. »Allerdings wäre es ein richtiges Geburtstagswunder, wenn meine Eltern sich wieder vertragen würden.«

Er beobachtete mich mit einem Blick, als wüsste er, wovon ich sprach, dann zog er mich wieder enger an sich. »Für mich ist es etwas Besonderes. Ich würde dir gern eine Freude machen.« Seine Stimme klang heiser und ich fragte mich, wieso.

»Dann komm zu uns, halte meine Familie aus und lass mich nicht mit Cris allein.«

Ich fühlte, wie seine Muskeln sich bei der Erwähnung von Cris' Namen verkrampften, während er ruhig antwortete: »Ich komme sehr gern, wenn du mich dabeihaben willst. Und vielleicht geschieht ja ein Wunder und deine Eltern können ihre Probleme aussprechen.«

»Das bezweifle ich, aber wer weiß«, murmelte ich.

Ich schloss die Augen und schmiegte mich an ihn. Er fühlte sich so perfekt an und er tat mir so gut. Wieso sollte ich ihn nicht dabeihaben wollen?

Ajax strich mir eine Strähne aus dem Gesicht. »Pen?«, hauchte er ganz nah an meinem Ohr und ich gab nur ein Knurren von mir. Ich fühlte seine Lippen an meiner Schläfe.

Genau wie in meinen Träumen, dachte ich.

»Schläfst du?«

»Nein … Ja … Irgendwie bin ich müde. Und wenn du da bist, habe ich keine Angst vor diesen Träumen.«

Seine Arme schlossen sich fester um mich. »Dann ruh dich ein paar Minuten aus, Prinzessin.«

Ich nickte und ließ mich von ihm halten während ich meine Augen schloss und durchatmete. Erst jetzt wurde mir bewusst, was ich ihm gesagt hatte. Aber aus mir unerklärlichen Gründen war es mir nicht unangenehm.

Ich hatte ihn wirklich gern.

Ajax hielt bei unserem Spaziergang zu meiner Unterkunft meine Hand. Irgendwie gab mir das Sicherheit und es fühlte sich gut an.

Nachdem ich mich ein wenig ausgeruht hatte, unterhielten wir uns und er versuchte, mir zu entlocken, was ich mir zum Geburtstag wünschte. Abgesehen von dem Wunder, dass meine Eltern ihre Probleme überwinden konnten, fiel mir aber nichts ein.

Allerdings … So sehr ich es auch versuchte, etwas über ihn in Erfahrung zu bringen, *er* hielt sich bedeckt. Ich wusste noch nicht einmal, wie alt er war oder wo er herkam. Er meinte nur, er wäre mal hier, mal da, habe keinen Kontakt zu seinen Eltern. Und warum Cris hier war, konnte er mir nicht beantworten. Auch nicht, ob sie Geschwister waren oder nur Sandkastenrivalen. Er verriet nur, dass sie gemeinsam aufgewachsen waren, und wies mich noch einmal darauf hin, dass ich ihm lieber aus dem Weg gehen sollte.

Was ich definitiv vorhatte, besonders nach heute Nachmittag.

Es war noch nicht spät, als wir am Bauernhof ankamen. Meine Eltern saßen mit Günter im Garten und spielten Karten, was mich verwunderte, da es sehr harmonisch wirkte. Wir gesellten uns zu ihnen und spielten mit. Ajax lernte das Spiel schnell und gewann die meisten Partien. Sehr zu Günters Leidwesen, denn an sich war *er* immer derjenige, der alles gewann.

Irgendwann zogen meine Eltern sich zurück, die ungewohnt friedlich miteinander umgingen, ja, fast liebevoll, als wäre alles wieder wie früher. Auch Günter wünschte uns eine gute Nacht, nicht ohne mir gut gelaunt zuzuzwinkern, hinter seinem Rücken auf Ajax zu deuten und seinen Zeigefinger und Daumen zu einem Kreis zusammenzuführen, um mir seine Zustimmung zu zeigen.

Ich rollte die Augen und Ajax grinste, als wüsste er, was hinter ihm vorging.

Nachdem wir also allein im Garten waren, zogen wir uns auf die Liegen zurück. Fast selbstverständlich teilten wir uns eine und ich lehnte mit dem Rücken an Ajax' Brust, meinen Kopf an seiner Schulter. Er hatte seine Arme um mich gelegt und sein Gesicht so nah an meinem, dass ich seinen Atem spürte.

»Was habt ihr morgen vor?«, fragte er mit leiser Stimme und ich zuckte mit den Schultern.

»Hättest du meinen Dad fragen müssen. Er macht die Pläne. Warum?«

»Ich muss nur bis Ende der Mittagsschicht arbeiten. Danach hätte ich Zeit …«

Ich lächelte und lehnte mich noch mehr zurück. »Ich schicke dir eine Nachricht, wenn ich etwas weiß.«

»Hmh«, machte er und spielte wieder mit einer meiner Strähnen. »Ich könnte dich in ein anderes Dorf mitnehmen und wir essen dort. Da ist ein wenig mehr los als hier. Oder wir könnten zum Meer fahren, aber dann sind wir erst spät zurück …«

»Meer klingt schön«, sagte ich schnell.

Er lächelte. »Du magst das Meer, oder?«

»Meine Mutter meinte immer, ich sei ein Fisch, so viel Zeit, wie ich im Wasser verbringe. Deswegen bin ich ziemlich sicher, dass ich schwimmen kann und das gestern eher ein dummer Zufall war.«

»Du bist kein Fisch, Pen. Du bist eine Meerjungfrau.«

Bei diesen Worten kribbelte es seltsam in meinem Magen und ich räusperte mich. »Irgendwie eine gruselige Vorstellung«, sagte ich schnell, um das Thema zu wechseln.

»Was?«

»Meerjungfrauen. Halb Mensch, halb Fisch. Ist doch total unpraktisch.«

»Aber immerhin ist die richtige Hälfte Mensch, denkst du nicht?«, schmunzelte er. »Ein Wesen mit Fischkopf und Menschenfüßen wäre nicht halb so schön anzusehen.«

Ich schauderte und er lachte leise.

»Ich sehe, du verstehst, was ich meine«, grinste er und wurde dann wieder ernst. »Könntest du dir vorstellen, an einem Ort zu leben, wo es kein Meer gibt?« Er musterte mich nervös, als er mir diese Frage stellte.

»Ich lebe an einem Ort, wo es kein Meer gibt«, erwiderte ich. Immerhin kam ich aus Österreich, da gab es Berge und Seen, aber sicher kein Meer.

»Was ich meine, ist … Wenn du dich entscheiden müsstest, an einen Ort zu ziehen, wo es kein Meer gibt, und du wüsstest, du könntest vermutlich nicht allzu oft von dort weg … würde dich das stören?«

»Worauf willst du hinaus?«, fragte ich, rutschte ein Stück zur Seite, um den Kopf zu drehen, und sah ihm in seine grünen Augen, die ungewohnt unsicher wirkten.

»Nichts, schon gut. War eine dumme Frage«, seufzte er und zog mich wieder an sich.

»Ajax?« Ich löste mich und setzte mich auf, um ihn richtig anzuschauen.

»Hm?«

»Würdest du an so einen Ort ziehen?«

Er lächelte traurig und schüttelte den Kopf. »Wenn ich wählen könnte, vermutlich nicht.«

Ich wusste nicht, wieso, aber ich musste ihm die Hand an die Wange legen und aufmunternd lächeln. »Dann zieh dort nicht hin«, erklärte ich.

Er nickte nur, seine Augen auf meine gerichtet. Mein Daumen strich über seine weichen Lippen und ich konnte nicht anders, als dort hinzusehen. Dieser Mund war genauso perfekt wie der Rest an ihm.

Wie es sich wohl anfühlte, ihn zu küssen?

Ich beschloss, es herauszufinden, und beugte mich ganz leicht zu ihm. Seine Augen funkelten plötzlich und ich sah, wie er nervös schluckte, bevor auch er sich ein Stück nach vorn lehnte und unsere Gesichter immer näher zueinander fanden.

War es mein Herz, das so schnell pochte, oder seines?

Verschwunden war sein lässiges Grinsen und er fixierte meinen Mund, während er mir immer näher kam. Ich schloss die Augen und fühlte schon seine Wärme, als eine Stimme uns auseinanderfahren ließ.

»Na, wenn das nicht unsere Turteltauben sind«, hörte ich meine Schwester kichern, als sie am Arm von Cris auf uns zuwankte. Offenbar hatte sie ein paar Metaxa zu viel erwischt.

Ajax warf Cris einen finsteren Blick zu, den dieser nur mit seiner Zahnpastawerbungsmiene und einem Schulterzucken quittierte. Eine unangenehme Spannung baute sich zwischen den beiden auf und ich fühlte, wie Ajax jeden Muskel in seinem Körper anspannte, so als wollte er gleich auf Cris zustürmen.

Meine Schwester kicherte wieder und kippte dabei um. Cris zuckte nicht einmal mit der Wimper, als sie fast vor seine Füße fiel, und tat nichts, um sie aufzufangen.

»Ich verstehe nicht, was du mit dieser Spaßbremse willst«, lallte Vicky und warf Ajax einen sehnsüchtigen Blick zu. »Mit mir hättest du mehr Spaß. Die da hat sich noch von keinem anfassen lassen. Glaube, die ist noch nicht mal geküsst worden.«

Cris lächelte immer noch gehässig während Ajax mir eine Hand zwischen die Schulterblätter legte, als wollte er mich damit beruhigen.

Ich wollte sein Mitleid nicht. Musste man mit einundzwanzig schon mit zehn Männern im Bett gewesen sein, um eine vollwertige Frau zu sein? Nein!

Entschlossen sprang ich auf, ohne ihn anzusehen, und ging zu meiner Schwester. Cris warf mir einen kühlen Blick zu, doch ich ignorierte ihn und half der Schnapsdrossel auf die Beine. »Komm, Vicky. Du hast heute genug getrunken. Du solltest ins Bett.«

»Aber nicht allein«, säuselte sie und versuchte, nach Cris zu greifen, doch der wich ihr mit einem Schritt zur Seite aus.

»Doch, allein. Du willst heiraten, schon vergessen?«

»Aber bis dahin kann ich Spaß haben«, kicherte sie und stützte sich auf mich, als sie wieder stand. »Irgendwie geht es mir gerade nicht so gut.«

Toll! Ich konnte nur hoffen, dass sie mir nicht auf die Schuhe kotzte.

Ich drehte meinen Kopf über die Schulter und sah Ajax entschuldigend an. »Ich schicke dir morgen eine Nachricht, in Ordnung?«

»Ja, in Ordnung. Gute Nacht, Prinzessin«, erwiderte er und klang dabei ein wenig enttäuscht.

»Gute Nacht, Penelope«, rief Cris mir zuckersüß hinterher, was ich gekonnt überhörte, denn ich war damit beschäftigt, meine kichernde Schwester die Treppe hinauf und in ihr Bett zu bugsieren.

Da sie einschlief, bevor sie auch nur ansatzweise richtig auf ihrer Matratze lag, ersparte ich mir das Ausziehen, nahm ihr nur die hochhackigen Schuhe von den Füßen und ging dann in mein Zimmer. Ich verschloss die Tür und sah aus dem Fenster, aber weder Ajax noch Cris befanden sich im Garten. Sollte mir nur recht sein, ich hatte keine Lust, den beiden bei einem Streit zuzusehen.

Was Ajax wohl jetzt von mir dachte, nachdem meine Schwester mich quasi als Jungfrau geoutet hatte?

Gähnend zog ich mich um und legte mich auf mein Bett. Kleine Schmetterlinge regten sich in meinem Bauch, als ich an seine Augen und den Blick dachte, als wir uns fast geküsst hätten.

Wobei *ich* ihn fast geküsst hätte. Was war nur in mich gefahren? Und warum kribbelte mein Körper jetzt noch an den Stellen, wo er mich berührt hatte?

12

Ajax wartete, bis die Terrassentür geschlossen wurde, dann hüllte er sich und seinen Bruder in schwarzen Rauch, um sie vor den Augen der Sterblichen zu verbergen. Mit Gebrüll stürmte er auf seinen Bruder zu, um ihn an der Kehle zu packen.

»Du elender Mistkerl!«, knurrte er, doch Cris lachte nur.

»Oh, Verzeihung, haben wir euch bei etwas Wichtigem gestört?«, fragte er amüsiert und stieß Ajax mühelos von sich.

»Du kannst es einfach nicht, oder? Du kannst einfach nicht fair spielen!«

»Aber lieber Bruder, wie hätte ich sonst unseren Vater besiegen sollen?« Cris hob sein Kinn stolz an. »Oder Herr über den Himmel werden können? Natürlich spiele ich nicht fair, aber ich halte mich an die Regeln.«

»Weil du sie ständig änderst!« Ajax versuchte erneut, sich auf ihn zu stürzen, aber sein Körper gehorchte ihm nicht mehr. Wütend funkelte er seinen Bruder an.

Dieser beobachtete ihn gelangweilt. »Oh nein, mein lieber Bruder, ich ändere sie nicht, ich *biege* sie. Gewaltiger Unterschied.« Er verschränkte die Arme und ging vor dem erstarrten Ajax auf und ab. »Aber ich muss gestehen, Hut ab. Sie hätte dich heute wirklich aus freien Stücken geküsst. Nach gerade einmal zwei Tagen, und das, obwohl sie in diesem Leben so prüde ist. Keine Ahnung, wieso sie gerade auf jemanden wie dich steht, aber es scheint, sie hat tatsächlich etwas für dich übrig. Schade, ich hätte sie gern für mich gehabt.« Cris hob die Hand und Ajax konnte sich wieder bewegen. »Dann werde ich mir etwas anderes einfallen lassen, damit du sie nicht bekommst.«

Ajax ballte die Faust und schlug zu, doch Cris fing den Schlag ohne Weiteres ab.

»Hier hast du kaum Macht, Bruder. Dies ist nicht dein Reich.«

»Deines auch nicht«, erwiderte Ajax und rammte seinen Bruder mit der Schulter.

Cris keuchte und schlug zurück, traf Ajax am Kinn und er ging stöhnend zu Boden. »Mein Reich ist der Himmel und damit habe ich hier mehr Macht als du!«, fauchte er, während Ajax sich über die Lippe fuhr, die blutete.

»Aber auch nur, weil du bei der Auslosung ebenfalls gemogelt hast!«

Cris lachte und wischte sich eine unsichtbare Träne aus den Augen. »Natürlich! Wer möchte über das Meer herrschen? Oder die Unterwelt?« Sein Blick verfinsterte sich und er lächelte kalt. »Und welche Frau bei klarem Verstand würde jemandem in die Unterwelt folgen? Ich tue dir und ihr einen Gefallen. Sie wird dich fallen lassen, sobald sie die Wahrheit kennt. Dann wird dein Schmerz nicht so groß, wenn sie wieder im Kampf fällt.«

Ajax sprang auf seine Beine und stürmte auf Cris zu, warf ihn zu Boden und legte seine Hände um seinen Hals. »Du wirst ihr kein Haar krümmen und zu deinem Wort stehen! Wenn sie gewinnt, schenkst du ihr Unsterblichkeit und sie darf zu mir kommen, wenn sie es will.«

Cris lächelte, während sich sein Gesicht verfärbte. »Du meinst, *falls* sie zu dir will«, röchelte er, bevor er seine Hand an den Arm seines Bruders hob.

Ein Blitz durchzuckte Ajax' Körper und er fiel seitlich von Cris hinunter.

»Sie wird nicht zu dir wollen, Bruder. Niemand will zu dir«, verkündete Cris und setzte sich auf. »Aber ich gab dir damals mein Wort vor Zeugen und es gilt nach wie vor: Überlebt sie den Kampf, soll sie unsterblich werden und deine Gemahlin, so sie es aus freien Stücken will.«

Er stand auf und beugte sich über Ajax, der leise keuchte und sich noch immer unter dem Blitz wand, der durch seine Adern fuhr. Cris trat zu und Ajax krümmte sich zusammen.

»Aber sie wird nicht überleben«, zischte er. »Selbst mit dir an ihrer Seite. Und wenn sie stirbt, verbanne ich sie für alle Zeiten in die Abgründe des Tartaros. Du weißt, wie es dort ist, du warst selbst dort unten gefangen. Überlege es dir. Lass sie meine Gefährtin werden und ich erspare ihr dieses Schicksal.«

Er trat noch einmal zu und Ajax stöhnte. »Sie wird nicht verlieren … Ich lasse nicht zu, dass du sie bekommst … Ich weiß, wie du mit Frauen umgehst!«, keuchte er und richtete sich mühsam auf.

Sein Bruder lächelte und schüttelte den Kopf. »Als ob du wüsstest, wie man Frauen behandelt.« Er drehte sich um, hob die Arme und der schwarze Nebel, in den Ajax sie gehüllt hatte, verschwand. »Schlaf gut, großer Bruder. Deine Zeit läuft langsam ab.«

Lachend verließ Cris den Garten und Ajax sank zurück auf seine Knie. Er begann, daran zu zweifeln, dass er Penelope retten konnte. Zumindest nicht allein. Morgen, nach Sonnenaufgang, würde er noch jemanden um Hilfe bitten, der seinen Bruder vermutlich ebenso sehr hasste wie er selbst. Aber nun musste er in Penelopes Zimmer und über ihren Schlaf wachen. Der Schlafzauber war aufgebraucht und sie hätte jederzeit wieder Träume haben können. Wenn sich ihr Geist in die Kampfarena aufmachte, musste er da sein und sie beschützen. Denn noch konnte sie sich nicht verteidigen und im Gegensatz zu ihm war sie sterblich.

Er durfte die Hoffnung nicht aufgeben. Ihm blieben noch drei Tage, um sie zu küssen und damit ihre Kräfte aufleben zu lassen. Er musste hoffen, dass sie immer noch in der Lage war, zu kämpfen, wenn sie sich nur wieder daran erinnerte.

13

Ich gähnte herzhaft und streckte mich, bevor ich aus dem Bett stieg und in den Garten hinunterblickte. Die Sonne erhob sich gerade hinter dem Hügel und tauchte alles in ein leuchtendes Orange, die Vögel zwitscherten munter und ich fühlte mich richtig ausgeschlafen. Kein Albtraum. Keine Monster. Leider auch kein Ajax. Aber ihn würde ich ja bald sehen.

Gut gelaunt schlenderte ich ins Bad, das an diesem Morgen wieder mir allein gehörte, duschte mit eiskaltem Wasser und wusch mir die Haare. Als ich fertig war, hopste ich in mein Zimmer zurück und suchte mir mein Lieblingsoberteil heraus: ein graues T-Shirt mit einem Traumfänger darauf. Dazu wählte ich passende Shorts in Schwarz, frisierte mein Haar und schminkte mich ganz dezent.

Als das Bett gemacht war, ging ich zum Frühstück hinunter, wo mein Vater wieder mit Cris am Tisch saß. Das vermieste mir die

Stimmung ein wenig, doch ich versuchte, es mir nicht anmerken zu lassen.

»Guten Morgen«, flötete ich und ging zu Angeliki, die gerade Obst schnitt, um ihr zu helfen.

Ausnahmsweise lächelte sie mich an und nickte, während wir schweigend schnippelten. Ich brachte einen Teller mit Früchten an den Tisch und setzte mich neben meinen Dad, der in sein Buch versunken war.

»Was steht heute auf dem Plan?«, fragte ich so neutral wie möglich und steckte mir ein Stück Apfel in den Mund.

»Wie? Oh, ja. Heute möchten deine Mutter und ich allein etwas unternehmen. Sie würde sich gern eine Kirche ansehen.«

Ich strahlte. Woher auch immer der Sinneswandel meines Vaters kam, ich fand ihn gut. Mum und er brauchten Zeit für sich, um wieder zueinanderzufinden. Vielleicht würde sich ihre Beziehung dann wieder kitten und mein Dad endlich wieder ein richtiger Teil der Familie sein. Scheinbar tat uns dieser seltsame Urlaub doch gut.

»Also sind wir heute sozusagen …«, begann ich und Dad zwinkerte.

»Ihr könnt machen, was ihr wollt. Immerhin seid ihr alle erwachsen.«

»Selbst wenn es spät werden würde?«, fühlte ich vorsichtig nach.

»Hab Spaß. Wenn du etwas brauchst, kannst du aber jederzeit anrufen, ja?«

Ich nickte und schaufelte mir das Essen in den Mund, bevor ich in den Garten stürmte und Ajax eine Nachricht schrieb.

›*Dem Strandausflug steht nichts im Weg. Diesmal nehme ich aber Schwimmsachen mit*‹, schrieb ich ihm.

Er antwortete sofort: ›*Bin um ein Uhr bei dir. Und schade ;)*‹

Ich grinste und setzte mich auf den Liegestuhl, um mich kurz auszuruhen. Als ich Schritte hörte, fuhr ich herum, bereit, Cris eine reinzuhauen, wenn er mir zu nahe kam. Ich stieß erleichtert den Atem aus, als Günter mit einer Tasse Kaffee neben mir stand und angewidert den Mund verzog, nachdem er davon getrunken hatte.

»Ich finde es gut, dass Mum und Dad allein sein wollen«, sagte er und nahm neben mir Platz. »Vielleicht raufen sie sich doch zusammen.«

Ich lächelte ihm zu. »Siehst du? Alles halb so wild.«

»Triffst du dich heute mit Ajax?«, fragte er beiläufig, aber ich sah das Zucken um seine Mundwinkel.

»Ja. Er holt mich um ein Uhr ab.« Ich drehte mich zum Haus um und beugte mich zu meinem Bruder, damit niemand anderes mich hören konnte. »Könntest du so lange bei mir bleiben? Ich möchte nicht riskieren, dass Cris zu mir kommt.«

Günter nickte. »Verstehe ich. Der Typ ist seltsam und er scheint es auf dich abgesehen zu haben.«

Ich schauderte und mein Bruder tätschelte meine Hand. »Keine Sorge, ich bleibe bei dir, bis dein Ritter in strahlender Rüstung dich vor dem Schurken rettet.«

»Mann, Günter, hast du schon wieder Mums Liebesromane gelesen?«

Mein Bruder zog eine beleidigte Schnute und brach dann in ein herrliches Lachen aus, das ich schon viel zu lange nicht mehr gehört hatte.

Wir gingen Angeliki mit der Wäsche zur Hand. Als sie uns fortscheuchte, weil wir genug getan hätten, spielten wir Karten, bis unsere Vermieterin einen Snack brachte, der aus den Resten vom Vorabend bestand: köstlich gebratenes Fleisch, Reis mit Tomaten und Erbsen sowie eine Alibi-Karotte.

Wir stürzten uns darauf und waren gerade fertig, als Ajax aus dem Haus kam und mich schmunzelnd musterte. »Du hast da was am Kinn, Prinzessin«, sagte er und deutete sich selbst an die Stelle.

Ich wischte peinlich berührt darüber und er schien ein Lachen unterdrücken zu müssen.

»Jetzt hast du es schlimmer gemacht«, meinte Günter und kicherte.

Bevor ich noch mal darüber wischen konnte, schnappte Ajax sich eine Serviette und tupfte mein Gesicht ab.

Wunderbar. Peinlicher ging es ja wohl kaum.

Aber Ajax schmunzelte immer noch, als er den Stofflappen weglegte. »Wollen wir?«, fragte er mit warmer Stimme und hielt mir die Hand hin.

Ich nickte und verabschiedete mich von meinem Bruder, bevor ich Ajax ins Haus folgte. Angeliki drückte mir meinen Rucksack mit den Schwimmsachen in die Hand und winkte mir mit etwas, das fast ein Lächeln hätte sein können, zum Abschied.

Zu meiner Überraschung stand ein Auto vor dem Haus und ich warf Ajax einen verwirrten Blick zu.

Er zuckte nur mit den Schultern. »Ist ein weiter Weg zum Meer, das ist mit dem Motorrad nicht ganz so bequem«, erklärte er, schloss auf und öffnete mir galant die Tür, um mich einsteigen zu lassen.

Es handelte sich um ein ziemlich altes Auto. Vermutlich war es älter als ich, aber es startete tadellos. Ajax fuhr mit ihm trotzdem gemächlicher als mit dem Motorrad. War bestimmt dem Umstand geschuldet, dass die Stoßdämpfer an dem Teil nicht wirklich vorhanden waren und sich jedes Schlagloch anfühlte, als würde man in eine tiefe Grube stürzen. Außerdem ging das Radio nicht, was mich aber nicht störte, bis Ajax mit mir reden wollte. Über den gestrigen Abend.

»Hör mal, Pen, wegen gestern ... Was deine Schwester da gesagt hat ...«

Ich fühlte, wie mein Magen sich schmerzhaft verkrampfte, und stützte das Gesicht auf die Faust, während ich aus dem Fenster blickte. Mussten wir das Thema wieder aufnehmen? Wollte er jetzt wirklich darauf eingehen, dass ich angeblich ungeküsst war?

»Ich wollte dir nur sagen, dass ich dich keineswegs als Spaßbremse sehe«, fuhr Ajax fort. »Ich verbringe meine Zeit gern mit dir und würde wahrscheinlich niemals mit Victoria zurechtkommen. Der Mann, der ihre Launen aushält, verdient meiner Meinung nach einen Orden.«

Ich drehte mich langsam zu ihm um und sah sein ernstes Gesicht an, bevor ich losprustete und mich kaum noch beruhigte. Ajax wirkte ein wenig verwirrt und musterte mich einen Augenblick, bevor er wieder auf die Straße achtete.

»Was ist daran so komisch?«, fragte er unsicher und ich versuchte, meinen Lachkrampf zu beenden.

Gelang mir nicht. Ich lachte, bis mir der Bauch wehtat, bevor ich es endlich schaffte, ein paar Worte zu sprechen. »Es ist nur ... Ich denke momentan genau das Gleiche über sie«, kicherte ich und räusperte mich, um meine Stimme wieder unter Kontrolle zu bekommen. »Sie war nicht immer so. Klar, sie wollte im Mittelpunkt stehen und das kann ziemlich anstrengend sein. Und vor einiger Zeit hat sie angefangen, sich weniger wie eine Schwester zu benehmen, und wir haben uns entfremdet. Aber seitdem wir hier sind, legt sie ein Divengehabe an den Tag, das unerträglich ist. Wenn sie so bleibt, wird ihr Verlobter echt gute Mittel brauchen, um das durchzustehen.« Ich schlug mir schockiert die Hände vor den Mund. »Oh, verflucht, ich habe das laut ausgesprochen. Das ist wirklich gemein, was ich über sie sage …«

Ajax schmunzelte. »Ich finde es in Ordnung. Sie ist viel fieser zu dir. Allein, wie sie sich gestern benommen hat …«

Und schwups, war mein Lachen weg und mein Magen verknotete sich wieder. »Weißt du, so unrecht hatte sie da nicht …«, stammelte ich, doch er unterbrach mich.

»Du musst nicht darüber reden, wenn du nicht willst«, sagte er und warf mir einen verständnisvollen Blick zu.

Ich wollte eigentlich wirklich nicht darüber reden. Aber andererseits …

»Es hat sich irgendwie nie ergeben …«

»Was?«, fragte er und zog die Augenbrauen hoch.

»Ich hatte schon Freunde. Mit einem war es mir richtig ernst. Aber nach einiger Zeit wollte er … eben mehr … und ich noch nicht. Und dann hat er Schluss gemacht.«

Ajax fuhr rechts ran und blieb stehen. Er stellte den Motor ab und nahm die Hände vom Lenkrad, während er mich ansah. »Warum erzählst du mir das, Penny?«, flüsterte er und in seinen Augen spiegelten sich alle möglichen Emotionen, die ich nicht richtig einordnen konnte.

»Ich … Ich weiß nicht … Damit du nicht überrascht bist, falls …«

»Falls?«

Ich holte tief Luft und versuchte, seinem intensiven Blick standzuhalten. »Könnten wir darüber reden, wenn wir nicht mehr im Auto sitzen? Und bevor du jetzt aufspringst – ich meinte eher, wenn wir am Strand sind.«

Ajax hob die Augenbrauen noch höher, falls das anatomisch überhaupt möglich war, nickte aber und startete den Motor erneut, der leise tuckernd gehorchte.

Den Rest der Fahrt verbrachten wir schweigend, bis das Meer in Sichtweite kam. Es funkelte wunderschön in der Nachmittagssonne und die Küstenlinie ließ es aussehen, als wäre es gemalt worden, so perfekt erschien es mir. Ich konnte es kaum erwarten, am Strand entlangzuspazieren.

Bis ich mich daran erinnerte, dass mir ein Gespräch mit Ajax bevorstand, in das ich mich hineinmanövriert hatte.

Gut gemacht, Pen. Ganz toll.

Als er das Auto abstellte, knetete ich nervös meine Hände und konnte ihn nicht ansehen. Er seufzte und stieg aus, um das Gepäck aus dem Kofferraum zu holen, während ich mit schwerem Herzen ebenfalls die Tür öffnete und den sicheren Beifahrersitz verließ.

Ich war wirklich überrascht, dass der Strand fast leer war. Ich hätte um diese Zeit deutlich mehr Touristen erwartet.

»Hast du es irgendwie geschafft, einen Privatstrand zu mieten?«, fragte ich deswegen und Ajax schmunzelte.

»Ich habe da meine Beziehungen«, erwiderte er und schulterte eine große Tasche, bevor er mir die Hand reichte und mir über eine kleine Mauer half, die den Strand vom Parkplatz trennte. Der Wind wehte mir den Geruch von Salz und Wasser zu und ich schloss die Augen und atmete zufrieden ein. Ich liebte das Meer so sehr.

Ajax legte mir eine Hand auf den Rücken und lächelte mich versonnen an. Seine grünen Augen leuchteten noch intensiver und ich verlor mich wieder darin, während die Sonne auf mein Gesicht schien und der Wind meine Haare sanft umspielte.

»Also«, begann ich und musste mir die Lippen befeuchten, die sich plötzlich furchtbar trocken anfühlten.

Er nahm meine Hand und führte mich ein Stück in Richtung Meer. Als er stehen blieb und die Tasche abstellte, bemerkte ich überrascht, dass er eine große Decke ausbreitete und mich mit einem Klopfen einlud, darauf Platz zu nehmen. Dann drückte er mir eine Tube Sonnencreme in die Hand und zog die Mundwinkel hoch. »Schmier dich besser ein, sonst hast du am Abend einen schönen Sonnenbrand«, riet er mir und packte weiter aus.

Ich gehorchte und cremte mir zuerst das Gesicht ein, bis ich mich erinnerte, dass ich Schwimmsachen mithatte.

»Ähm, Ajax … Wo kann ich mich hier umziehen?«

Er fuhr mit dem Kopf herum und musterte mich mit belustigtem Blick. »Also entweder läufst du circa zwei Kilometer in die Richtung«, erklärte er und deutete nach rechts. »Oder du ziehst dich hier um und ich schaue weg.«

Jetzt wurde mir richtig heiß. Ich sollte mich vor ihm umziehen?

»Vertrau mir«, flüsterte er und plötzlich kam es mir so vor, als hätte ich ihn schon einmal genau an dieser Stelle genau so sitzen gesehen.

Ein Bild tauchte vor meinen Augen auf: Ajax in vollkommen anderer Kleidung, umgeben von schwarzem Rauch, der neben mir an diesem Strand saß und mich zärtlich küsste. Ich kniff meine Augen zu und hielt mir den Kopf mit beiden Händen, während ich leise stöhnte.

»Pen?«, fragte er besorgt, aber ich hob abwehrend die Hand.

»Es geht schon. Ich sollte vielleicht mehr trinken«, murmelte ich und versuchte, ihn anzulächeln. »Drehst du dich jetzt um oder soll ich so bleiben?«

Er musterte mich verwirrt, nickte dann aber und drehte mir tatsächlich den Rücken zu. Trotzdem wickelte ich mir ein Handtuch um den Körper, als ich in meinen Bikini mit dem Neckholder-Oberteil schlüpfte.

Ich blickte an mir hinunter. Grün stand mir irgendwie besonders, fand ich. Dieser Bikini saß auch ausgesprochen gut. Deswegen fühlte ich mich in ihm richtig wohl. Wie wohl Ajax reagieren würde? Obwohl … Er hatte mich in Unterwäsche gesehen, und wie er richtig gesagt hatte: Was unterschied Unterwäsche von Badebekleidung?

»Du kannst wieder herschauen«, verkündete ich und machte mich daran, mich wieder mit der Sonnencreme einzuschmieren.

Ajax drehte sich um und riss seine Augen auf, während sein Mund ein lautloses »Wow« formte. Ich hätte gern an meinem Oberteil herumgezupft, ließ es aber und beobachtete ihn.

»Du bist wunderschön«, erklärte er und sah dabei aus, als würde er irgendetwas nicht aussprechen können, das ihm auf der Seele lag. Er drückte mir eine Wasserflasche und einen Sonnenhut in die Hand. »Trink ein wenig, die Sonne ist wirklich sehr intensiv«, meinte er und nahm neben mir Platz. »Soll ich dir den Rücken eincremen?«

Ich nickte und setzte mir den Sonnenhut auf, während Ajax sich an meinem Rücken zu schaffen machte. Seine Hände zitterten ein wenig, was ich irgendwie süß fand, und sein Atem kitzelte mich im Nacken.

Ich seufzte etwas enttäuscht, als er fertig war und mich wieder musterte. Sein Blick glitt über meinen ganzen Körper und ich konnte nicht anders, als verlegen wegzusehen.

»Also, wegen vorhin …«, begann ich wieder, denn ich wollte es hinter mich bringen.

»Ja …«, raunte er und lehnte sich auf seinen Unterarm zurück, während er mir ins Gesicht schaute.

Ich holte wieder tief Luft und presste meine Lippen zusammen.

Nur zu, Pen, du kannst das!, feuerte ich mich selbst an und atmete langsam aus. »Es ist so … Ich … Ich mag dich!«, stotterte ich und verfluchte meine Stimme, die sich dabei überschlug. »Und ich will nur, dass du weißt, auf was du dich einlässt, falls das mit uns intensiver wird …«

Ajax' Blick veränderte sich nicht und ich fragte mich gerade, ob er mir überhaupt zugehört hatte, als er mit seinem Finger über meinen Arm fuhr und schwer schluckte. »Ich mag dich auch, Pen … sehr sogar …«, murmelte er und schluckte erneut.

»Warum schaust du dann so traurig?«, flüsterte ich zurück und beobachtete, wie seine Augen nervös herumfuhren.

»Das ist schwer zu erklären«, begann er und räusperte sich, als seine Stimme bei den wenigen Worten brach. »Fangen wir damit an, dass ich … eine Vergangenheit habe …«

»Haben wir die nicht alle?«, entgegnete ich und lehnte mich zurück, damit wir auf Augenhöhe waren. »Oder hast du in deiner

Vergangenheit etwas angestellt, das mir Angst machen sollte und wegen dem ich besser jetzt sofort von hier verschwinde?«

Er schüttelte den Kopf. »Das ist nicht ganz das, was ich meine ...«

Ich legte ihm eine Hand an seine Wange und er schloss seufzend die Augen. »Was ist es dann?«, wollte ich wissen.

Ajax seufzte noch mal und biss sich auf die Lippen. Er wirkte mit einem Mal so unglaublich angespannt, dass ich panisch wurde.

Was konnte er mir denn nicht erzählen? Wovor hatte er solche Angst?

Ich wollte ihm erklären, dass alles gut war, da stand wie aus dem Nichts ein Mann neben uns und ich zuckte mit einem leisen Aufschrei zurück, während Ajax nur langsam seine Augen öffnete und den Mann anfunkelte.

»Deine Zeitwahl ist wie immer unübertrefflich, Panos«, sagte er, bevor er aufstand.

14

Ajax ging zu dem Mann, den er Panos genannt hatte, reichte ihm die Hand und zog ihn dann an seine Brust. Offensichtlich kannten sie sich, und wie es schien, mochten sie sich auch.

Ich musste meine Augen zusammenkneifen, denn aus irgendeinem Grund sahen sich die beiden Männer unheimlich ähnlich, wobei Panos kleiner als Ajax war. Dafür hatte er viel breitere Schultern und deutlich ausgeprägtere Muskeln. Mit seinen Oberarmen konnte er locker an jedem Bodybuilder-Wettbewerb teilnehmen.

Ajax ließ ihn los und wandte sich mir zu. »Penny, darf ich dir meinen Bruder vorstellen? Panos, das ist Penny.«

Ich stand auf, klopfte mir den Sand von den Händen und reichte dem braun gebrannten Panos die Hand. Seine Augen waren dunkelblau, aber ansonsten hatte er fast das gleiche Gesicht wie Ajax. Nur sein Lächeln war ganz anders.

»Penny, schön, dich kennenzulernen. Mein Bruder hat mir schon einiges von dir erzählt«, schmunzelte Panos, während er mich eindringlich musterte.

Irgendwie war mir sein Blick unangenehm und ich atmete erleichtert auf, als er meine Hand wieder losließ und sich Ajax zuwandte. Es schien fast, als würden die beiden über ihre Gedanken miteinander reden, denn sie schwiegen, aber ihre Augen veränderten sich immer wieder.

Ich räusperte mich unbehaglich. »Soll ich euch allein lassen?«, fragte ich und blickte zwischen ihnen hin und her.

Ajax sah mich an und schüttelte den Kopf.

»Nicht nötig, ich möchte euch nicht zu lange stören«, antwortete Panos. »Ich habe nur etwas, das ich dir geben wollte.«

Ich hob überrascht die Augenbrauen, als er mir eine halb verdorrte rote Blume hinhielt. Was sollte denn das? Deswegen war er hier?

Dennoch lächelte ich, als ich meine Hand danach ausstreckte und sie nahm. »Danke«, flüsterte ich und hielt dann erschrocken den Atem an.

Ein hellrotes Licht erschien zwischen meinen Fingern, hüllte die Blume ein, die ihre trockenen Blütenblätter wieder aufrichtete und mit einem Mal strahlend schön in meiner Hand ruhte. Sie wirkte, als wäre sie gerade frisch erblüht und stünde immer noch auf einer Wiese.

Entsetzt ließ ich sie fallen und starrte die beiden Männer vor mir an. Panos wirkte zufrieden und Ajax lächelte, bis er meinen Blick sah und gespielt die Augen aufriss, als wäre er genauso erschrocken wie ich.

»Was zum Teufel war das?«, zischte ich und als keiner der beiden etwas erwiderte, schrie ich es fast: »Was zum Teufel war das?!«

Panos warf Ajax einen prüfenden Blick zu, der wieder nur seufzte und seine Schultern hängen ließ. »Das solltet ihr untereinander klären«, verkündete der braun gebrannte Mann und lächelte mich freundlich an. »Falls du mich brauchst, *Ajax*, du weißt, wo du mich findest.« Er wandte sich um und winkte uns zum Abschied. »Genießt den Strand!«

Lachend lief er davon und ich starrte ihm nach, bis er aus meinem Blickfeld verschwand.

Ajax stand unverändert starr vor mir und blickte auf die rote Blume, die zu meinen Füßen lag. Sie blühte noch immer, als wäre sie gerade erst von der Blumenwiese gepflückt worden.

Ich hielt mir die Hände an den Kopf und sank auf die Knie. »Jetzt ist es amtlich, ich habe einen Hirntumor«, verkündete ich und brach dann in Gelächter aus. »Ich werde demnächst meinen Verstand verlieren, weil ich einen verfluchten Hirntumor habe, und dann werde ich als sabberndes Häufchen Elend sterben!«

Ich konnte mich nicht beruhigen, bis zu dem Moment, als Ajax sich zu mir kniete und meine Hände umfasste.

»Du hast keinen Hirntumor und du verlierst deinen Verstand nicht.«

»Ach nein?«, lachte ich und funkelte ihn böse an. »Dann hast du nicht gerade gesehen, dass die verdorrte Blume da plötzlich wieder wie frisch erblüht ausgesehen hat?«

Ich deutete energisch mit meinem Kinn auf die Blüte, die neben uns auf der Decke lag, aber er folgte meinem Blick nicht. Stattdessen hielt er seine Augen auf mich gerichtet und ich fragte mich erneut, was wohl in seinem Kopf vorging.

Schließlich stieß er den Atem aus und ließ meine Hände los. Eigentlich erwartete ich, dass er mir jetzt alles erklären würde, aber er streifte nur sein T-Shirt über den Kopf und öffnete seine Hose.

Ich hielt den Atem an und stieß dann entsetzt aus: »Was machst du da?«

Er sah mich mit einem Schmunzeln an. »Wir können über alles reden, aber das wird länger dauern. Und eigentlich sind wir ja wegen des Meeres hier, oder?«, erwiderte er amüsiert, zog sich die Hose hinunter und sprang auf. »Komm, Prinzessin, lass uns schwimmen gehen!«

Ich blickte auf seine ausgestreckte Hand und schüttelte ungläubig den Kopf. »Ist das dein Ernst?«

»Ja«, gab er zurück und lächelte unsicher. »Ich versuche nachher, es dir zu erklären. Gib mir nur diesen … diesen einen Moment … bitte.«

Seine Augen schimmerten so, dass ich nicht anders konnte, als aufzustehen und seine Hand zu ergreifen. Erst da bemerkte ich, dass er den Atem angehalten haben musste, denn er holte tief Luft und lief los. Mit mir, hinein in die Fluten.

Zu meiner Erleichterung verlor ich diesmal nicht das Bewusstsein, sondern sprang mit Ajax in das warme Wasser, das sich einfach herrlich anfühlte. Es war so schön friedlich, bis Ajax einen Krebs herausfischte und mich damit zu jagen begann.

Ich hatte nichts gegen Krebse, solange sie weit weg von mir waren oder gekocht auf meinem Teller lagen. Ein lebendes Exemplar, das garantiert wusste, dass ich seine Artgenossen verspeiste, mit verdammt scharfen Scheren und grimmigem Blick – den ich mir vielleicht nur einbildete, aber er sah einfach grimmig aus! –, wollte ich nicht in meiner Nähe haben.

Ajax schien es Spaß zu machen, mich mit dem Ding in der Hand zu jagen, denn er hatte eine unglaubliche Ausdauer und ließ mich nicht aus dem Meer. Also ging ich zum Gegenangriff über und trat Wasser nach ihm, sodass er lachend seinen Kopf zur Seite reißen musste und mich nicht mehr verfolgen konnte. Da ich offenbar gute Beinarbeit leistete, warf er den Krebs zurück ins Wasser und verfolgte mich mit einem Arm vor seinem Gesicht, bis er mich zu fassen bekam und niederriss.

Prustend versuchte ich, mich von ihm loszumachen, was ihn nur anspornte, mich fester zu halten und mit sich in das Wasser zu ziehen. Ich hielt die Luft an, bereit, getaucht zu werden, aber er drückte meinen Kopf nicht unter Wasser. Er hielt mich fest und obwohl er gerade noch gelacht hatte, war sein Blick plötzlich ernst, während er mir in die Augen starrte und meine Schultern fest umklammert hielt.

Eine seltsame Wärme breitete sich in meinem Magen aus, als mein Blick wieder zu seinen Lippen wanderte, die leicht geöffnet und von Wassertropfen bedeckt waren. Ich schluckte und sah ihm wieder in die Augen, die so verloren wirkten.

Wir rührten uns eine gefühlte Ewigkeit nicht, während die Wellen uns umspülten und meinen Körper näher an seinen heranbrachten.

Ajax schüttelte schließlich den Kopf und zog mich hoch, als er aufstand. Die Sonne senkte sich schon orange am Horizont herab und mir wurde plötzlich kalt, als wir nur noch knietief im Wasser standen.

»Wir sollten hinausgehen, es wird bald kühler«, murmelte er, nahm meine Hand und führte mich aus dem Meer. Fürsorglich wickelte er mich in ein Handtuch, bevor er sich abtrocknete und neben mich setzte. Wir starrten auf die Wellen, die sanft rauschend Gischt bis knapp vor unsere Füße trugen.

Meine Haare waren klatschnass und ich rubbelte mit dem Handtuch darüber, bevor ich mich räusperte und Ajax ansah. »Also …«, begann ich und er seufzte.

»Also«, wiederholte er. Dann schwieg er und ich knetete nervös meine Finger, während ich ihn beobachtete.

»Also«, sagte ich noch einmal und holte tief Luft. »Ich mag dich und du magst mich. Du hast eine Vergangenheit, die du mir nicht erzählen willst, und ich bin auf irgendeinen Trick von dir und deinem Bruder mit einer Blume hereingefallen. Habe ich das einigermaßen vollständig zusammengefasst?«

Er schmunzelte und schüttelte den Kopf. »Nicht mal im Entferntesten.«

»Dann erkläre es mir!«, forderte ich ihn auf und rückte näher zu ihm, legte meine Hand an sein Gesicht und drehte es zu mir, damit er mich ansehen musste. »Erkläre es mir … bitte.«

Ajax seufzte, schlang seine Arme um mich und zog mich an seine Brust. Das war zwar keine Erklärung, aber für den Moment würde ich es akzeptieren. Ich legte mein Ohr auf sein Herz und lauschte dem kräftigen Schlag, während meine Finger über seine Narben fuhren.

»Woher hast du eigentlich die Narben?«, fragte ich und er zuckte heftig zusammen.

»Was? Du ... Du siehst sie?«, keuchte er ungläubig und schob mich ein Stück von sich.

»Die sind kaum zu übersehen. Eine geht quer über deine Brust«, erwiderte ich unsicher und zeichnete die Stelle vorsichtig mit dem Finger nach.

Er riss die Augen auf und rutschte ein Stück zurück. »Das ... Das ist unmöglich!«, stammelte er und starrte mich entsetzt an.

Ich wollte etwas sagen, aber da verschwand er in einem nebeligen Sog und eisige Dunkelheit umhüllte mich.

15

Schmatzende Geräusche drangen durch den Nebel, in dem ich nur in meinem Bikini stand. Großartig, irgendwelche grauenhaften Monster lauerten auf mich und ich stand in meinem grünen Bikini hier in der Hölle und konnte ihnen nichts entgegensetzen. Hätte ich doch wirklich Krav Maga gelernt. Aber nein, ich hatte in der Schule Handball gespielt.

Etwas löste sich schlurfend aus der Dunkelheit und schritt mit roten Augen auf mich zu. Schon von Weitem roch ich den fauligen Atem der Kreatur und hörte ihr gieriges Knurren, als ihre Augen mich erfassten und fixierten. Ich hatte nicht einmal Zeit, zu schreien, denn sie stürzte sich bereits auf mich und ich hob abwehrend meine Hände.

Blühende Ranken schossen aus dem Boden und fingen das Monster ein, das sich winselnd darin verhedderte und sich gegen die

Fesseln wehrte. Keuchend stellte ich fest, dass rote Blumen auf den Ranken wuchsen. Genau so eine Blume hatte Panos mir gegeben.

Ich wich einen Schritt zurück und hörte ein Schmatzen hinter mir. Ich war umzingelt. Dutzende rote Augen starrten mich gierig an. Fauchend stürzten sich die Bestien auf mich.

Panisch riss ich die Hände hoch und hoffte, dass wieder ein Wunder geschah, und tatsächlich hörte ich, wie etwas aus dem Boden schoss. Wieder schlangen sich Ranken um die Monster, die strampelnd und brüllend darin festsaßen.

Dann sah ich ihn. Den Mann mit der schwarzen Rüstung. Der, der die gleichen Augen wie Ajax besaß und doch nicht Ajax sein konnte. Er hob überrascht eine Augenbraue und wirkte erleichtert, bevor er sein riesiges Schwert schwang und mit einem einzigen Streich alle Monster zu Staub zerfallen ließ.

Vor Kälte bibbernd, schlang ich die Arme um mich. Außerdem gefiel mir die Vorstellung nicht, nur im Bikini vor ihm zu stehen. Er hatte diese Ausstrahlung, die mich vermuten ließ, dass er kein gewöhnlicher Mensch sein konnte. Selbst in meinem Traum nicht.

Während sich seine Waffe in Rauch auflöste, hantierte er an seinen Schultern herum und nahm den Umhang ab, den er mir behutsam um meinen zitternden Körper legte.

Unsere Augen trafen sich und ich konnte nicht mehr länger warten. Ich wollte Antworten.

»Wer bist du? Wo bin ich hier? Und warum beschützt du mich?«

Er musterte mich und fuhr sich durch seine Haare. Warum trug er diesmal keinen Helm? »Das sind viele Fragen und die Antworten werden ihre Zeit brauchen. So lange solltest du nicht hier sein.«

»Dann erklär mir doch bitte, wie ich hier wegkomme und am besten nie wieder zurückkehre!«

Ich hatte die Worte ausgesprochen, da wurde mir schlagartig bewusst, dass ich ihn nicht verlassen wollte. Wieso nicht? Weil er wie Ajax aussah? Das war doch Unsinn. Ajax lebte in der echten Welt, wo es keine rotäugigen Monster gab. Warum schmerzte mich die Vorstellung, ihn nicht wiederzusehen, also so sehr?

»Ich bin gerade dabei, dich zurückzuholen«, entgegnete er gereizt, biss sich auf die Lippen und sagte dann: »Ich meine, ich versuche gerade, dich zurückzuschicken.«

»Du hast gerade ›mich zurückzuholen‹ gesagt«, flüsterte ich und seine Augen verengten sich. Doch bevor er etwas erwidern konnte, umhüllte mich ein gleißendes Licht und ich schloss die schmerzenden Augen.

Als ich sie wieder öffnete, stand ich vor einer gigantischen weißen Tür mit protzigen goldenen Verzierungen. Ich blickte an mir hinunter und stellte fest, dass ich ein hellgrünes Kleid aus Seide trug, das nur an einer Schulter mit einer silbernen Spange befestigt und in der Mitte von einem geflochtenen silbernen Gürtel enger gezogen war. Meine Schuhe bestanden aus weichem Leder und dünne Bändchen wanden sich um meine Waden, bis hinauf zum Knie. An meinem Handgelenk funkelte ein silbernes Armband mit einem Smaragd.

Was zum Teufel …?

Bevor ich den Gedanken fertig denken konnte, wurde die Tür geöffnet und ein kleiner Mann mit seltsamer Kleidung trat heraus. Er musterte mich streng und ich bekam Panik. Vermutlich durfte ich nicht hier sein und er würde mich jetzt in den Kerker werfen lassen.

Warte … Kerker?

»Prinzessin Persephone, Ihr werdet bereits erwartet«, begrüßte er mich überraschend höflich.

Ich hatte wirklich keine Ahnung, was ich erwidern sollte, und wollte schon in Schnappatmung verfallen, da hörte ich mich selbst sagen: »Götterbote Hermes, vielen Dank für die Einladung.«

Ich verneigte mich und hätte mir echt gern an mein Herz gefasst, das erstaunlich ruhig schlug, aber mein Körper reagierte nicht.

»Der Göttervater erwartet Euch sehnsüchtig«, erwiderte der Mann, der wohl Hermes war, und führte mich hinein.

Hoffentlich reagierte mein Körper nicht auf mich, denn ich riss die Augen auf und erstarrte, als ich Cris entdeckte, der in jedem Arm eine Frau hielt, die ihn verführerisch anschmachtete. Aber mein Körper folgte Hermes, der sich vor Cris verneigte, und auch ich fiel in eine tiefe Verbeugung.

»Göttervater, hier bringe ich Euch Prinzessin Persephone«, verkündete Hermes, ehe er sich aufrichtete und sich davonmachte.

Cris ließ eine der Frauen los und legte eine Hand unter mein Kinn.

»Mächtiger Zeus, ich danke Euch für die Einladung«, flüsterte ich und hob den Blick, als Cris mein Kinn hochzog.

»Persephone … Wie schön, dich zu sehen«, säuselte er und schenkte mir ein strahlendes Lächeln. Anders als bei dem Cris, den ich kannte, wirkte es echt und nur ein wenig aufgesetzt. »Erhebe dich, Tochter der Demeter. Dies ist eine Feier dir zu Ehren, also musst du dich nicht über Gebühren lange verneigen.«

Ich hätte wirklich gern die Augenbrauen gehoben. Tochter der Demeter? Die Demeter, die für Fruchtbarkeit und Ernte stand? Die in Büchern mit Obst im Haar dargestellt wurde? Und Feier mir zu Ehren? Oh Mann, meine geistigen Entgleisungen wurden immer extremer.

Cris wollte gerade noch etwas sagen, als ein Raunen durch die Anwesenden ging und er seinen Blick zur Tür schweifen ließ. Auch ich drehte mich um und entdeckte … ihn! Den Mann in der schwarzen Rüstung. Umgeben von dunklem Rauch, schritt er durch die Menge, die sich tuschelnd abwandte. Sein Blick wirkte ungewohnt feindselig, aber als er näher kam, erkannte ich, dass er traurig war.

»Hades!«, begrüßte Cris ihn und klopfte ihm auf die Schulter. »Welch seltener Anblick, Bruder. So oft habe ich dich eingeladen, und heute erscheinst du!«

Cris lächelte, aber mir blieb die Wut in seiner Stimme nicht verborgen. Offensichtlich wollte er Ajax … Hades? … nicht hier haben.

War ich im Olymp bei den Göttern gelandet? Wirklich? Ich mochte die griechische Mythologie, aber musste ich mir dann Ajax als Hades vorstellen? Als Gott der Unterwelt?

Ein Schauer überkam mich. Etwas in mir wusste, dass ich mir diese Szene nicht einbildete. Ich hatte sie erlebt. Und Ajax war wirklich Hades, der Gott der Unterwelt, während Cris Zeus war. Eine tiefe Gewissheit machte sich in mir breit und mein Magen verknotete sich, während ich weiterhin in meinem eigenen Körper nur beobachten konnte, was vor sich ging.

Hades nickte seinem Bruder zu und ließ seinen Blick über mich gleiten. »Ich dachte mir, ich sehe einmal, ob die Feiern im Olymp tatsächlich so erheiternd sind, wie du mir immer weiszumachen versuchst.«

Cris – oder Zeus – lachte verkrampft und klopfte ihm erneut auf die Schulter. »Wie dem auch sei, Bruder. Darf ich dir Persephone vorstellen? Sie ist die, von der ich dir erzählt habe.«

Dabei glitt Cris' Blick wieder über meinen Körper und ich hätte am liebsten meine Arme um mich geschlungen oder ihm eine gescheuert. Stattdessen lächelte ich und neigte meinen Kopf leicht.

Was war nur los mit mir? Er begutachtete mich wie ein Stück Vieh und ich lächelte?

Hades hob eine Augenbraue und nickte schweigend, während Zeus sich mit irgendwelchen Worten von uns verabschiedete. Ich beobachtete ihn, wie er mit den beiden Frauen, die er im Arm gehalten hatte, hinter einem Vorhang verschwand, während er ihnen die Zunge in den Hals steckte.

Würg.

Ich sah Hades an, der wohl genau das Gleiche dachte wie ich. Aber er lächelte freundlich und fragte: »Bist du zum ersten Mal hier im Olymp?«

Ich nickte. »Ja, ich wurde zu meinem Geburtstag eingeladen.«

Er hob die Augenbrauen. »Wie alt bist du denn, wenn ich fragen darf?«

»Sechzehn«, gab ich schüchtern zurück und versank in seinen grünen Augen.

Dann verblasste das Bild und Hades stand mir nicht mehr gegenüber, sondern lag über mir und nannte mich Penny.

16

Penny, zum Glück!«, hörte ich seine Stimme und brauchte einen Augenblick, um mich zu orientieren.

Ich lag auf einer Decke, in ein Handtuch gehüllt, meine Haare klebten feucht an meinen Wangen und Hades – nein, Ajax – kniete neben mir und musterte mich besorgt.

»Du warst diesmal ganz schön lange weg«, flüsterte er und fuhr mir über die Wange. »Ich hatte schon Sorge um dich.«

Das konnte ich hören. Seine Stimme zitterte ungewöhnlich und er wirkte angespannt.

Mein Blick huschte über seine Brust, an der ich noch immer die Narben erkannte. Er sah an sich hinab und räusperte sich unbehaglich.

»Komm, wir gehen zum Auto zurück. Du kannst dich auf der Fahrt ausruhen und …«, begann er, aber ich unterbrach ihn barsch.

»Ich gehe hier nicht weg«, erklärte ich mit bebender Stimme und setzte mich auf, damit ich in sein Gesicht blicken konnte, »bis du mir gesagt hast, was hier los ist … Hades …«

Er riss die Augen auf und ich wusste, dass ich ins Schwarze getroffen hatte. Bis zu diesem Moment war ich mir nicht sicher gewesen, ob die Person in meinen Träumen – falls es Träume waren! – nur aussah wie er oder ob er es wirklich war und mir verschwieg. Aber nach diesem letzten Ausflug in meine vermeintlichen Wahnvorstellungen gab es keine Zweifel mehr.

Er war Hades. *Er* war es auch, der mir an diesem dunklen Ort geholfen hatte. Aber warum? Und wie konnte das überhaupt sein? Er war der Gott der Unterwelt. Hieß das, dass ich irgendwie in die Unterwelt geraten war?

Ich verschränkte die Arme und funkelte ihn an. »Also … Hades … erklär es mir!«

Sein Blick wurde unsagbar traurig und er fuhr sich mit den Händen durch die Haare. »Woher weißt du es?«, fragte er nur und ich zuckte zusammen.

»Heilige Sch… Also bist du wirklich *der* Hades? Der Gott der Unterwelt?« Ich sprang auf und wich einige Schritte zurück. Ich hatte es gewusst, aber die Bestätigung zu bekommen, war dann doch etwas heftiger als erwartet.

»Pen …«, flüsterte er beruhigend und stand langsam auf, ging ein paar Schritte zurück, hob seine Hände und sprach ruhig weiter. »Du musst vor mir keine Angst haben.«

»Hast du sie noch alle?! Du bist ein verfluchter Gott!«, kreischte ich und wich weiter zurück.

»Mit dem *verflucht* triffst du ziemlich ins Schwarze«, flüsterte er wieder und ließ die Hände sinken. »Aber ich schwöre dir, ich bin nicht gefährlich. Ich will dir nichts tun. Ich will dich beschützen.«

»Dann waren das keine Träume und du warst wirklich bei mir, oder?«

Er nickte nur und ich merkte, wie mein Atem immer hektischer wurde.

»Was zum Teufel ist das dort? Und warum bist du auch dort?«

Mir wurde schwindelig, weil sich meine Atmung einfach nicht beruhigen wollte.

»Es ist eine Art Arena«, erwiderte Ajax, oder Hades, oder wie auch immer. »Du hast dort gekämpft, vor vielen, vielen Jahren …«

»Du hast mich dort Persephone genannt«, entfuhr es mir und ich fühlte, wie Tränen über meine Wangen liefen. »Heißt das, du hast mich dorthin entführt?«

Er schüttelte den Kopf und ich bemerkte, wie er die Fäuste ballte. »Du meinst den Raub der Persephone durch mich, nicht wahr? Das hat mein Bruder wirklich ganz hervorragend hinbekommen.«

Ich musterte ihn fragend und er seufzte.

»Ich habe dich niemals geraubt«, erklärte er und fuhr sich wieder durch seine schwarzen Haare. »Aber Zeus hat es nicht verkraftet, dass du mich wolltest und nicht ihn. Die ganze Geschichte, die unter den Menschen erzählt wird, ist eine verfluchte Lüge, die Zeus den Musen diktiert hat. Und die haben es wiederum den Menschen eingeflüstert. Ich hätte dich nie gegen deinen Willen in die Unterwelt geholt. Wer will dort schon freiwillig sein?«

Er seufzte noch einmal und blickte mich betrübt an. Etwas in mir regte sich. Ein seltsames Gefühl in meinem Herzen, das ich einfach nicht verstand. Er war der Gott des Todes, etwas Dunkles, Bedrohliches. Und doch … sehnte ich mich nach ihm.

»Also bin ich Persephone?«, fragte ich versöhnlicher und er nickte.

»Ihre wiedergeborene Seele. Du siehst genauso aus wie damals …«

In seiner Stimme lag eine derartige Sehnsucht, dass ich nur schluchzen konnte. Wie von selbst machten meine Beine einen Schritt auf ihn zu, dann noch einen.

»Pen, nicht …«, raunte er, rührte sich aber nicht von der Stelle.

Noch ein Schritt und noch einen trat ich näher, bis ich nah genug vor ihm stand, um meine Hand an sein Gesicht zu legen. Er zog scharf die Luft ein und ich erkannte das verräterische Glitzern in seinen Augen, während ich ihn anschaute.

»Pen«, hauchte er gequält.

Ich fühlte das Zittern in seinem Körper, als ich noch näher kam, und weil er sich immer noch nicht rührte, schlang ich meine Arme um ihn und zog mich näher an ihn heran. Er riss erschrocken die Augen auf, bevor er schwach lächelte und seine Arme um mich legte. Ich lehnte meinen Kopf wieder an seine Brust und schloss die Augen.

Wenn mir jemand vor wenigen Tagen gesagt hätte, dass ich eines Tages in den Armen des Gottes der Unterwelt liegen würde, hätte ich ihn für verrückt erklärt. Aber in diesem Moment fühlte es sich einfach nur richtig an, genau an diesem Ort mit ihm zu sein.

Widersprüchliche Gefühle kreisten in meinem Inneren, aber ich verdrängte sie. Ich wollte nur seine Nähe spüren, seinen Duft einatmen und sein Herz hören.

Ich merkte fast nicht, dass die Sonne bereits tief im Meer versunken war, hielt mich an ihm fest und fühlte mich in seinen Armen geborgen. Aber irgendwann schob er mich ein Stück zurück, damit wir uns ansehen konnten.

»Ich schulde dir noch so viele Antworten«, flüsterte er und nahm eine meiner mittlerweile getrockneten Haarsträhnen zwischen seine Finger.

»Zumindest weiß ich jetzt, wer du bist. Das hätten wir also geklärt.« Zu meiner eigenen Überraschung klang meine Stimme vorwurfsvoll. »Warum die Geheimniskrämerei?«

»Ich verstehe noch immer nicht, woher du es weißt ...«, ignorierte er meine Frage.

»Ich habe uns gesehen ... als wir uns vorgestellt wurden«, erklärte ich bereitwillig und hoffte, er würde mir nun sagen, warum er sich nicht gleich zu erkennen gegeben hatte. Offenbar hatten wir einmal sehr viel füreinander empfunden.

Seine Augenbrauen zogen sich zusammen. »Du hattest ... eine Erinnerung«, stellte er überrascht fest und lachte leise. »Das passt. Du wolltest schon immer sofort alles wissen. Offenbar hat deine Seele gemeint, es wäre Zeit, Licht in die Dunkelheit zu bringen.«

Verwirrt legte ich meinen Kopf schief und musterte ihn. »Irgendwie ist es unfair, dass du so viel von mir weißt und ich nichts von dir.« Ich seufzte. Ob es einen Grund gab, dass er mir nicht alles erzählte? »Wie soll ich dich jetzt eigentlich nennen? Hades oder immer noch Ajax?«

Er schmunzelte. »Du darfst mich nennen, wie du möchtest, wenn uns niemand hört. Aber vor anderen solltest du bei Ajax bleiben. Besonders vor Cris.«

»Der Zeus ist und damit dein Bruder …«

Hades nickte. »Ganz genau.«

»Und Panos? Du hast ihn *Bruder* genannt. Wenn Cris Zeus ist, dann ist Panos …«

»Poseidon«, sagten wir beide und Hades lächelte anerkennend.

»Ich habe ihn gebeten, uns zu helfen, und er meinte, er wolle dich zuerst prüfen«, erklärte er und blickte auf die Blume, die immer noch strahlend schön zu unseren Füßen lag.

»Uns helfen?«, fragte ich und er biss sich auf die Lippen.

»Das ist alles so viel auf einmal, Pen«, flüsterte er und ich fühlte seine Anspannung.

»Ich dachte, du willst mir die Antworten geben?«, warf ich ihm vor und er lachte freudlos.

»Es ist nur so viel zu erklären und vielleicht zu viel für dich, um es auf einmal zu verkraften. Immerhin stehst du dem Gott der Unterwelt gegenüber! Dass dein Verstand das fassen kann, ist schon beeindruckend.«

»Genau genommen halte ich den Gott der Unterwelt in meinen Armen«, erwiderte ich und Hades lächelte.

»Richtig«, raunte er und strich mir über die Wange. »Wenn du wüsstest, wie glücklich mich das macht …«

»Hades … erklär es mir bitte. Alles.«

»Das könnte ein wenig dauern und irgendwann sollten wir zurück, sonst wird deine Familie unruhig und Zeus misstrauisch. Und das wäre fatal. Er darf nicht wissen, dass du dich erinnerst.«

Ich zog die Augenbrauen zusammen. »Und du erklärst mir jetzt nicht, warum er es nicht wissen darf?«

Hades schüttelte den Kopf. »Nicht jetzt. Jetzt sollten wir uns auf den Weg machen.«

»Du bist ein Gott! Kannst du nicht einfach erscheinen, wo du willst?«, schnaubte ich.

Mal ehrlich, er musste doch über besondere Kräfte verfügen.

»Ganz so einfach ist es nicht, denn mein Reich ist die Unterwelt, Pen. Hier, auf der Erde, sind meine Mächte gering und bei manchen Dingen bin ich auf Hilfe angewiesen. Außerdem weiß ich noch nicht, wo ich anfangen soll …«

»Gut, dann … dann fahren wir eben mit dem Auto und du beginnst damit, mir zu erklären, warum Zeus so um mich herumschleicht und offensichtlich versucht, mich für sich zu gewinnen.«

Er nickte und blickte in den dämmrigen Nachthimmel, in dem die ersten Sterne zu erkennen waren. »Einverstanden, das ist ein guter Beginn. Dazu werde ich dir meine Erinnerung von unserem Kennenlernen schenken. Aber danach fahren wir zurück, abgemacht?«

»In Ordnung«, erwiderte ich.

Hades kniete sich auf den Boden und zog mich zu sich. »Es wäre möglich, dass dich die Erinnerung körperlich beeinflusst …«

»Was meinst du?«, fragte ich irritiert und er legte mir eine Hand an die Wange.

»Du könntest zittern oder Nasenbluten bekommen. Vielleicht auch in der Arena landen. Aber was auch immer geschieht, ich bin hier. Ich lasse dich nicht allein.« Er sah mir tief in die Augen und was er dann sagte, war nur ein Raunen. »Vertraust du mir?«

Ich versank in seinen Augen und schluckte. »Ja«, flüsterte ich und er stieß angespannt den Atem aus.

»Also dann«, meinte er und hob seine Hand höher. Mit seinem Zeigefinger berührte er meine Stirn und alles vor mir veränderte sich. Nur er … nur Hades blieb. Wir standen uns wieder gegenüber, er trug seine schwarze Rüstung und war von schwarzem Nebel umgeben. Und sein Blick war sehnsüchtiger als je zuvor.

17

Olymp, vor etwas mehr als dreitausend Jahren

Er wusste, dass es keine gute Idee gewesen war, hierherzukommen. Er nahm nie an den Festen seines Bruders teil, weil die anderen Götter ihn nicht mochten und ihn mieden, da er keinen Sinn darin sah, sich zu betrinken oder mit mehreren Frauen in einem Zimmer zu verschwinden, wie sein Bruder es gern tat.

Natürlich war er ein Mann und hatte Bedürfnisse, aber er wollte sie nicht mit sterblichen Frauen stillen, die sich ihm nur hingaben, weil er ihnen etwas versprach. Er wünschte sich Liebe, so naiv das auch klingen mochte. Immer wieder betonten die anderen Götter, dass sie kein Herz besaßen. Sie mussten neutral sein, durften sich nicht auf Gefühle reduzieren. Aber was wäre er, der Gott der Unterwelt, ohne Mitgefühl? Er war sich sicher, dass die Götter ein

Herz besaßen. Er hatte jedenfalls eines. Er wollte eine ebenbürtige Gefährtin an seiner Seite, eine, die er liebte und die ihn ebenso liebte. Aber wer könnte je für den dunklen Gott der Unterwelt wahre Gefühle hegen? Wer wollte schon freiwillig in sein Reich kommen und an seiner Seite sitzen?

Die Götter mieden diesen Teil der Welt, ebenso wie alle Halbgötter oder anderen Kreaturen. Es war ein trister Ort und er verfluchte seinen Bruder jeden Tag aufs Neue, dass er ihn bei der Auslosung der Reiche betrogen hatte. Es war richtig gewesen, den Himmel von den Meeren und der Unterwelt zu trennen und unter den drei Brüdern aufzuteilen. Und dass Zeus machthungrig war und den Himmel wollte, war kein Geheimnis. Also schien er Poseidon und Hades ausgetrickst zu haben, als die Reiche zugeteilt wurden.

Andererseits ... Er wäre kein guter Göttervater gewesen, denn ihm lag dieses Leben nicht. Er genoss insgeheim seine Ruhe und Abgeschiedenheit. Obwohl ihn die Einsamkeit langsam zermürbte.

Als Hermes die Tür öffnete, wäre er fast aus seinen Schuhen gekippt und Hades konnte sich ein Grinsen kaum verkneifen. Offenbar hatte niemand damit gerechnet, dass er der Einladung tatsächlich nachkommen würde.

Hades schritt an dem perplexen Götterboten vorbei, der wohl mehr ein Mädchen für alles für seinen Bruder war, und hielt auf Zeus zu, dem eine junge Frau mit langen hellbraunen Haaren gegenüberstand. Er ignorierte das Getuschel der anderen Götter und ging auf seinen Bruder zu, der ihm zwar sein bekanntes Lächeln schenkte, obwohl er unumwunden feindlich zu ihm sprach.

Dann fiel sein Blick auf das Mädchen. Persephone. Er hatte vor einiger Zeit zum ersten Mal von ihr gehört. Es hieß, sie war so schön, dass die Sonne neidisch wurde, und zugleich voller Güte und Verstand. Heimlich hatte er sie in den Spiegeln der Unterwelt gesucht und in der Menschenwelt beobachtet. Seitdem hatte er nur an sie denken können, obwohl er noch nie ein Wort mit ihr gesprochen hatte.

Hades schluckte, als er in ihr Gesicht sah. Sie war noch schöner, als er sie in Erinnerung hatte. Besonders aus der Nähe. Er hatte sie nie so genau betrachten können …

»Sie ist die, von der ich dir erzählt habe«, erklärte Zeus ihm gerade und wandte sich dann ab, um mit zwei sterblichen Frauen zu verschwinden.

Ja, er hatte ihm von Persephone erzählt. Hades wusste, dass Zeus gedachte, mit ihr einen Sohn zu zeugen und sie unsterblich zu machen, damit sie an seiner Seite bleiben konnte und auf ihr Kind achtgab.

Ob das Mädchen wusste, was ihm bevorstand?

Persephone wirkte nervös, als sie ihn ansah, und er konnte es ihr nicht verübeln. Er wusste, was man über ihn erzählte, und es war nicht unbedingt sehr positiv. Als launisch wurde er beschrieben, als grausam und boshaft. Nichts davon entsprach der Wahrheit. Er war nur einsam und ertrug die plappernden Götter nicht, die sich über die neueste Mode austauschten oder mit ihren Liebesabenteuern prahlten. Er nahm nie an den Festen teil, weil sie meist in Orgien endeten oder einen Krieg unter den Menschen zur Folge hatten, damit die Götter unterhalten wurden. Er konnte sich dann der Seelen annehmen, die in diesen unsinnigen Kämpfen ums Leben kamen.

Nur Poseidon war anders. Sein Bruder, der Herrscher der Meere, schien der Einzige zu sein, der ihn verstand und nicht verurteilte.

Persephone blickte Zeus nach und verzog angewidert das Gesicht. Hades verstand, was in ihr vorging. Er hatte Mitleid. Wenn sie wusste, was Zeus von ihr erwartete, war dies ein Schlag ins Gesicht. Also verwickelte er sie in ein unverfängliches Gespräch, um sie abzulenken.

»Bist du zum ersten Mal hier im Olymp?«, fragte er und versuchte, weniger verkniffen auszusehen.

Sie nickte. »Ja, ich wurde zu meinem Geburtstag eingeladen.«

Er hob die Augenbrauen. »Wie alt bist du denn, wenn ich fragen darf?«

»Sechzehn«, gab sie schüchtern zurück und ihr Blick veränderte sich, als sie in seine Augen sah.

»Sechzehn«, wiederholte er mit belegter Stimme und wünschte sich, er könnte seine Arme um sie legen und sie mit sich nehmen. Sie hatte ein gutes, aufrichtiges Herz. Selbst niedrigen Kreaturen brachte sie Respekt und Zuneigung entgegen.

Er war sich sicher gewesen, dass Götter auch Herzen besaßen, aber nun hatte er die Bestätigung. Ein Blick auf ihr Gesicht, ihre vollen roten Lippen, genügte, um seinen Puls zu erhöhen. Und gleichzeitig zog sich seine Brust schmerzhaft zusammen, weil er ihr nahe sein wollte. Und nicht durfte. Ob Götterherzen auch brechen konnten?

»Herzlichen Glückwunsch«, fügte er nach einer gefühlten Ewigkeit hinzu.

»Danke«, flüsterte sie und starrte ihn weiterhin an.

War es sein Herz, das so laut schlug, oder ihres? Er hätte sie auf der Stelle küssen können. Was war nur los mit ihm?

Sie war nicht für ihn bestimmt, egal, wie sehr er es sich wünschte. Zeus wollte sie für seine Sammlung. Er hätte sie ihm nie überlassen, egal, wie sehr Hades ihn angefleht hätte. Er durfte sich keine Hoffnungen machen.

Und doch …

Ein leicht bekleidetes Mädchen lief an ihnen vorbei und reichte ihnen Ambrosia. Hades war fast erleichtert, als er seinen Blick von Persephone wenden konnte, und trank langsam aus dem geschwungenen Kelch.

»Sind diese Feiern immer so …«, begann sie und deutete um sich.

Die Götter hatten sich teilweise betrunken, während andere ihrer Lust frönten und kaum jemand Notiz von den anderen nahm.

»Ich muss gestehen, ich weiß es nicht. Ich bin kaum hier«, schnaubte er und sah sie erneut an. »Mich … widern diese Feiern an.«

Persephone lachte leise. »Oh, gut. Ich dachte, es liegt an mir.«

Ein Lächeln stahl sich auf die Lippen des Gottes der Unterwelt und er hielt ihr seinen Arm hin. »Es gibt hier allerdings einen Balkon, von dem man die ganze Erde überblicken kann.«

Er bereute diese Einladung in dem Moment, als er sie ausgesprochen hatte. Aber sie ergriff bereits seinen Arm und lächelte ebenfalls.

»Das würde ich gern sehen«, sagte sie und folgte ihm hinaus durch eine verglaste Tür mit geschwungenen goldenen Ranken.

Als sie an das Geländer traten, öffnete Persephone den Mund und seufzte. Vor ihnen erstreckte sich das Reich der Menschen, das in dem nächtlichen Himmel von unzähligen Fackeln und Feuern hell erleuchtet wurde.

»Es ist wunderschön«, flüsterte sie ergriffen.

Hades nickte zustimmend. »Das ist der Vorteil, wenn man am Himmel thront und nicht in der Dunkelheit der Unterwelt sein Dasein fristet.«

Er klang selbst in seinen Ohren verbittert. Warum konnte er nicht den Mund halten und sie einfach nur bewundern, selbst wenn es nur für diesen Abend war?

Persephone wandte sich zu ihm um. »Dürfte ich sie einmal sehen? Die Unterwelt?«, fragte sie fast schüchtern und er hob verwirrt die Augenbrauen und verschränkte die Arme.

»Warum? Dort unten gibt es nichts als Dunkelheit und Leid …«

»Aber … Ihr seid dort«, hauchte sie und Hades wusste einen Augenblick lang nicht, was er erwidern sollte. Dann schüttelte er den Kopf und ließ die Arme sinken.

»Du solltest dort nicht hingehen. Der Ort würde dich zerstören.«

»Und Ihr denkt, dieser Ort«, sie holte weit aus und deutete auf das imposante, viel zu protzige Gebäude hinter ihnen, »würde das nicht?«

Er sah sie schweigend an und erwiderte nichts.

»Denkt Ihr«, fuhr sie fort und ihre Stimme bebte dabei, »ich weiß nicht, warum meine Mutter mich immer verborgen hielt und stets versuchte, mich vor den Augen des Göttervaters zu verstecken?«

Hades sah ihre Tränen aufblitzen und war mit einem schnellen Schritt bei ihr, um sie mit seinen zittrigen Fingern wegzuwischen.

»Persephone … die Unterwelt ist kein Ort für dich. Egal, wie sehr ich es mir wünschen würde, dich dort zu haben.«

»Sollte das nicht meine Entscheidung sein?«, entgegnete sie trotzig und schmiegte sich an seine Hand. »Sollte ich nicht entscheiden dürfen, mit wem ich die Ewigkeit verbringe? Denn ich würde sie lieber mit Euch verbringen als mit Zeus.«

»Du kennst mich nicht«, flüsterte er und sie lachte.

»Aber ich glaube an Liebe auf den ersten Blick. Ihr nicht?«

Er konnte nichts darauf antworten. Doch, er glaubte daran. Seit er sie zum ersten Mal auf dieser Wiese, umringt von wilden Tieren, gesehen hatte. Sie war so weit weg, nur ein Bild auf einem Spiegel, und doch wusste er sofort, dass er sie lieben würde. Seit jenem Tag wollte er nichts mehr, als sie zu halten und ihre Lippen mit seinen zu bedecken. Deswegen war er diesmal der Einladung gefolgt. Nur um sie einmal aus der Nähe sehen zu können.

»Ihr glaubt daran«, stellte sie leise fest und hob ihr Gesicht.

Er zögerte. Das war keine gute Idee. Noch konnte sie frei sein, seinen Bruder wählen und auf dem Olymp thronen. Aber als er kaum noch Luft holen konnte, weil ihr Anblick ihm den Atem raubte, beugte er sich vor und sie stellte sich auf ihre Zehenspitzen und legte ihre Lippen auf seine.

Ein sanftes Licht umhüllte sie und er wusste, sie gehörte von nun an zu ihm. Mit Tränen in den Augen zog er sie an sich und küsste sie erneut, bevor er sie losließ und an ihrem Ohr raunte: »Ich werde dich vor Zeus beschützen, Persephone. Bis ans Ende aller Tage.«

18

Ich fühlte seine Arme um meinen Körper, als ich, die Tränen wegblinzelnd, aufblickte und in den dunklen Nachthimmel starrte. »Hades«, flüsterte ich und er strich mir über den Kopf.

»Shhhh … Es ist alles gut.«

»Wie konnte ich dich vergessen?«, schluchzte ich und schlang meine Arme um ihn. »Wie konnte ich dich vergessen …«

Diese Erinnerung fühlte sich so wunderschön an und so schmerzhaft zugleich. Ich konnte seine Liebe darin wahrnehmen, die er nach all den Jahren immer noch für mich empfand. Ich wusste, dass ich ihn damals ebenso geliebt hatte. Aber nun …

»Es war nicht deine Schuld«, meinte er beruhigend und legte seine Lippen auf meinen Scheitel. »Zeus hatte seine Hände im Spiel.«

»Trotzdem … Ich …« Ich seufzte und riss mich von ihm los. »Warum hast du mir nicht bei unserem ersten Treffen gesagt, wer du bist?«

Er lachte und schüttelte den Kopf. »Pen … wenn ich in meiner schwarzen Rauchwolke vor dir erschienen wäre und gesagt hätte: ›Hallo, du erinnerst dich vielleicht nicht an mich, aber ich bin der Gott der Unterwelt und du warst einmal meine Gefährtin‹, hättest du mich entweder ausgelacht, in eine Anstalt einweisen lassen oder wärst panisch geflohen.«

Ich musste auch lachen. Ja, das hätte ich ziemlich sicher. Vermutlich alles. Oder ihm einen Tritt in die empfindlichsten Stellen verpasst.

Dann kam mir ein anderer Gedanke. »Hast du mich deswegen nie geküsst? Wegen dieser ›Ich muss mich selbst entscheiden‹-Sache?«

Er nickte. »Es muss von dir ausgehen, wen du wählst. Aber ich habe aufgepasst, dass Zeus nicht versucht, diese Regel auszuhebeln.«

»Was meinst du?«, fragte ich und ein kalter Schauer lief mir dabei über den Rücken, als ein bedrückendes Gefühl mich überfiel. »Er ist in der Nacht zu mir gekommen, oder?«

Hades schnaubte und nickte wieder. »Er ist in dein Zimmer gekommen. Aber ich war auch da und habe ihn abgehalten, etwas zu versuchen.«

»Dieser verfluchte …«, zischte ich und Hades lachte wieder.

»Es hätte vermutlich sowieso nicht geklappt.« Dann wurde er wieder ernst. »Was weißt du sonst noch über dein früheres Leben?« Er nahm meine Hand in seine und schloss die Augen. Als er sie wieder öffnete, wirkten sie niedergeschlagen. »Du erinnerst dich an mich, aber nicht an unser Leben oder was wir füreinander empfanden …«

Ich biss mir auf die Lippen. Es war offensichtlich, dass er enttäuscht war. Er liebte mich immer noch und ich …

»Es tut mir leid, Hades. Ich … Ich mag dich sehr, aber das geht mir dann doch zu schnell …«

»Dann belassen wir es dabei und machen uns auf den Weg zurück«, sagte er und strich mir eine Strähne aus dem Gesicht. Sein melancholisches Lächeln zog mir den Magen zusammen. »Ich werde dir im Auto so viel erklären wie möglich, aber ich will dich auch nicht überfordern. Wann immer du eine Pause brauchst, sag es einfach! Das ist für dich sehr viel, Pen.«

»Persephone«, flüsterte ich, ohne zu wissen, warum ich an diesem Namen hing. »Wenn wir allein sind, kannst du mich Persephone nennen.«

Er grinste und beugte sich nah an mein Ohr. »Aber Pen gefällt mir fast noch besser«, flüsterte er zurück und ein Schauer lief über meinen Rücken, als ich seinen Atem auf meiner Haut spürte. »Außerdem habe ich mich jetzt schon fast daran gewöhnt.«

Ich schlang instinktiv meine Arme um ihn und zog ihn an mich. Endlich wusste ich, warum ich mich in seiner Nähe so wohlgefühlt hatte und ihm vertraute, obwohl ich ihn kaum kannte. Zumindest diese Anziehung schien nicht verloren gegangen zu sein.

»Hades«, hauchte ich und zog mich ein wenig zurück. »Ich möchte dich jetzt küssen …« Aus irgendeinem Grund glühten meine Wangen bei diesen Worten und er musterte mich eindringlich.

»Pen«, erwiderte er leise und seine Augen funkelten. »Bist du sicher? Du weißt, was das bedeutet?«

Ich wusste es. Ich würde ihn erwählen. Aber es lief doch ohnehin darauf hinaus, dass ich mich in ihn verlieben würde, oder nicht?

Immerhin schlug mein Herz so schnell, wenn ich ihn ansah. Ich konnte ihm noch nicht sagen, dass ich ihn liebte, aber ich wollte diese Entscheidung dennoch.

»Ja, ich bin sicher«, sagte ich und Hades lächelte.

Er legte seine Hände an mein Gesicht und ich bewegte mich auf ihn zu, während mein Magen Salti schlug, als meine Lippen endlich seine berührten. Hades seufzte und ich fühlte seine Wärme und seine Liebe, die mich umgaben, während ein schwaches rotes Licht mich umhüllte und meine Haut plötzlich brannte.

Ich löste mich von ihm, nur um ihn noch einmal zu küssen, meine Finger in seinen Haaren zu vergraben und mich an ihn zu schmiegen. Mutig zog ich ihn weiter zu mir und lehnte mich auf der Decke zurück, hielt ihn mit meinen Händen fest und vertiefte unseren Kuss. Etwas in mir wollte ihn festhalten, ihn nie wieder loslassen.

Hades knurrte und beendete den Kuss abrupt. Widerwillig rückte ich ein Stück von ihm ab und sah ihn verwirrt an, als er sich aufrichtete und nach Luft rang. »Pen, wir … sollten das jetzt nicht tun …«, meinte er und ich fühlte, dass es ihn Überwindung kostete, mich nicht sofort wieder zu küssen.

»Ich weiß«, stimmte ich zu und setzte mich ebenfalls auf. »Lass uns zusammenpacken und dann erklär mir im Auto weiter, was ich wissen muss.«

Da ich mittlerweile vollkommen trocken war, zog ich meine Kleidung einfach über meinen Bikini und half Hades, den ich zur Sicherheit jetzt schon wieder Ajax nannte, dabei, die Sachen einzupacken. Allerdings musste ich zuerst etwas zu mir nehmen, denn ich verhungerte fast und Ajax hatte großzügig Essen eingepackt, von Moussaka über Oliven bis hin zu einem köstlichen Eintopf. Er hatte sogar einen portablen Grill dabei und meinte, er hätte Fische gefangen, wenn ich es gewollt hätte. Ich war mir nicht sicher, ob ich das rührend fand oder verrückt. Vermutlich beides.

Während ich aß, brachte Ajax alles zum Auto, und als ich fertig war, trug er sogar mich zum Wagen. Irgendwie fühlte sich das wunderbar vertraut an und ich schmiegte meinen Kopf an seine Schulter.

»Ajax?«, sagte ich leise und fuhr mit meinem Finger sein Schlüsselbein entlang.

»Hm?«

»Ich ... Ich fühle da etwas, das ich nicht verstehe ... Es ist irgendwie so undeutlich, aber wenn ich bei dir bin, schlägt mein Herz schneller.«

Er blieb stehen und sah mich mit seinen grünen Augen zärtlich an. »Das liegt daran, dass du dich nicht mehr an alles erinnern kannst. Aber du sollst eines wissen, Pen«, flüsterte er und hauchte einen Kuss auf meine Stirn. »Ich liebe dich. Seit ich dich zum ersten Mal gesehen habe, bist du die Einzige, die ich je geliebt habe.«

Meine Hände gruben sich in seine Haare und ich seufzte glücklich, als seine Lippen an meinem Hals eine heiße Spur zeichneten.

»Du machst mich wahnsinnig«, raunte er, als er seinen Blick wieder hob. »Schau mich nicht so an, sonst werden wir nie zu deinen Eltern zurückkommen.« Seine Stimme war rau und er küsste noch einmal dieselbe Stelle, was mir ein leises Stöhnen entlockte.

»Dann hör auf, mich so zu küssen, sonst garantiere ich für nichts.«

Ajax lachte an meinem Hals und setzte sich dann wieder in Bewegung. Ich hätte ihm gern gesagt, er sollte noch warten, den Moment noch nicht enden lassen. Denn irgendetwas in mir wusste nur zu gut, dass dies vielleicht die letzte Ruhe vor dem Sturm war.

19

Ajax startete das Auto und ich warf einen letzten sehnsuchtsvollen Blick auf das Meer, in dem sich das Licht des Mondes silbern brach. Er nahm meine Hand und drückte sie stumm. Dann fuhr er los und ich lehnte mich in dem zerschlissenen Sitz zurück.

»Gut. Was muss ich noch wissen?«, fragte ich nervös und Ajax grinste.

»Du hast dich kein bisschen verändert. Immer wolltest du alles sofort wissen.«

»Ich habe irgendwie so ein Gefühl, dass es wichtig sein könnte«, erklärte ich.

Ajax wurde ernst. »Ja, das ist es vermutlich.« Er seufzte und biss sich auf die Lippen. »Hör zu, Pen. Ich werde ganz ehrlich mit dir sein, aber bevor ich beginne, musst du wissen, dass ich alles in meiner Macht Stehende tun werde, um dir zu helfen. Ich werde nicht zulassen, dass dir etwas geschieht.«

Ich nickte beklommen und griff wieder nach seiner Hand, die auf dem Schaltknüppel lag. »Ich weiß …«

»Gut.« Er holte tief Luft und stieß sie wieder aus. »Wo fange ich am besten an?«

»Vielleicht damit, warum Zeus hier ist und versucht, mich für sich zu gewinnen?«

Er zuckte die Schultern. »Ist ein genauso guter Punkt, um zu beginnen, wie jeder andere. Also schön.«

Ich drückte seine Hand und er starrte mit verklärtem Blick kurz darauf, bevor er wieder auf die Straße sah.

»Nach dem Kuss war uns beiden klar, dass Zeus dich nicht freiwillig gehen lassen würde«, begann er und ich musste an seine Erinnerung denken, die er mit mir geteilt hatte.

Ein Kribbeln erfasste meinen Körper und eine Sehnsucht, die ich nicht verstand. Er war doch hier, bei mir. Wieso wollte ich dann, dass es wieder wie damals war?

»Also entschieden wir uns, in der Unterwelt Zuflucht zu suchen, denn dort hatte ich eine Chance, dich zu beschützen«, fuhr er fort. »Natürlich fand mein Bruder uns und forderte dich zurück. Du wolltest nicht mit ihm gehen. Das war Zeus egal, er bestand auf sein Recht, denn er hatte dich auserwählt und du solltest seine Gefährtin sein. Er wurde zornig und drohte uns beiden mit Konsequenzen.« Ajax schüttelte den Kopf. »Es ging ihm nur um seinen gekränkten Stolz. Keine Frau hatte ihn zuvor abgewiesen und zu wissen, jemand würde lieber mit mir zusammen sein als mit ihm, passte ihm überhaupt nicht. Demeter, deine göttliche Mutter, riet uns, den Rat der Götter einzuberufen. Er sollte entscheiden.«

Ich schloss die Augen und versuchte, mich an Demeter zu erinnern. Es gelang mir nicht. Hatte ich sie vollkommen vergessen? Oder lag es daran, dass ich in diesem Leben eine andere Mutter hatte?

»Es war Athene, die fragte, ob du etwas gegessen hattest, denn dann dürftest du die Unterwelt nicht verlassen. So stand es im Gesetz der Schicksalsgöttinnen.« Ajax schmunzelte. »Du hast in dem Moment vor ihrer aller Augen einen Apfel gegessen. Allein dafür musste ich dich lieben. Obwohl Zeus die Musen dichten ließ, du hättest ewig gefastet und schließlich aus Verzweiflung drei Granatapfelkerne verspeist, in der Hoffnung, es würde nicht als Nahrung gewertet werden, damit du deinen Untergang unfreiwillig besiegelt hättest.«

Ich schenkte ihm ein Lächeln und wollte ihm sagen, dass ich es jederzeit wieder tun würde, aber er sprach schon weiter.

»Zeus tobte natürlich. Deine Mutter versuchte, ihn zu beschwichtigen, denn ihr war dein Glück wichtiger als sein Stolz. Aber er zürnte uns und erklärte, dass du nur ein Mensch mit einer göttlichen Mutter seist und er dir keine Unsterblichkeit verleihen würde. Denn nur weil ich mit dir zusammen sein wollte, sei das kein Grund, dir dieses Geschenk zu machen.«

»Aber bei ihm wäre es Grund genug gewesen?«

Ajax nickte grimmig. »Er ist der Göttervater. Für ihn gelten andere Regeln.« Er zog meine Hand an seine Lippen und küsste sie zärtlich. »Wie dem auch sei … deine Mutter setzte sich für uns ein. Ich habe Demeter noch nie so kämpfen gesehen. Sie drohte sogar, alles verdorren zu lassen, wenn die Götter nicht einlenkten. In der Geschichte, welche die Welt kennt, ist es natürlich anders.«

Ich erinnerte mich daran, dass im ›Raub der Persephone‹ Demeter den Göttervater mit ewigem Winter unter Druck gesetzt hatte, weil sie ihre Tochter aus der Unterwelt befreien wollte. Wie falsch diese Geschichte doch war.

»Sie lag den anderen Göttern so lange in den Ohren, bis sie Zeus überzeugten, dass dir eine Chance zustand, Unsterblichkeit zu erlangen, um bei mir bleiben zu können«, erzählte Ajax. »Immerhin hatte er das für Herakles auch getan. Aber Zeus wollte es dir nicht einfach machen …«

»Waren denn die Aufgaben von Herakles einfach? Ich meine, er musste eine Hydra erschlagen und Theseus aus der Unterwelt befreien.«

Endlich machte sich meine Vorliebe für antike Sagen bezahlt. Ich konnte wirklich mit ihm diskutieren. Obwohl er alles erlebt hatte und ich es nur aus Büchern kannte.

»Erinnere mich nicht daran«, erwiderte Ajax und rollte mit den Augen. »Der Junge ist genauso arrogant wie sein Vater. Aber um deine Frage zu beantworten: Für ihn war das nicht so schwer, denn er hatte übermenschliche Kräfte und die Prüfungen testeten diese. Du hingegen …«

»Ich kann Blumen erblühen lassen«, stellte ich genervt fest und verschränkte die Arme vor der Brust.

Ajax lächelte sanftmütig. »Du bist der Frühling, meine Liebste. Deine Gabe ist wunderschön und sie mildert meine so sehr … Würdest du an meiner Seite in der Unterwelt sitzen …« Er brach ab und stieß den Atem aus.

»Ich nehme also nicht an, dass ich ihm einen Garten anlegen sollte …«, schlussfolgerte ich und griff wieder nach Ajax' Hand.

»Er schickte dich in die Arena. Dorthin, wo du im Schlaf warst und wenn du meintest, ohnmächtig zu sein.«

»Wo du mir zu Hilfe gekommen bist?«

»Genau. Die Götter gaben uns ein wenig Zeit, dich vorzubereiten, und bestimmten, dass deine Prüfung an deinem einundzwanzigsten Geburtstag stattfinden sollte«, erklärte Ajax und schüttelte den Kopf. »Würdest du die für dich bestimmten Monster besiegen, die Arena durchqueren und dabei am Leben bleiben, müsste Zeus dich unsterblich machen und du dürftest mit mir zusammen sein. Wenn du aber stirbst, würde deine Seele sehr lange in der Unterwelt gefangen sein und erst wenn du wiedergeboren wärst, könntest du es erneut versuchen.«

»Und wie lange ist es her, dass ich die Prüfung nicht bestanden habe?«

Er hielt den Atem an, schwieg und sagte dann so leise, dass ich ihn kaum hören konnte: »Dreitausend Jahre in etwa.«

»Dreitausend?!«, brüllte ich und er warf mir einen vorwurfsvollen Blick zu. »Entschuldige, aber … das ist heftig!«

»Sei froh, dass du dich nicht daran erinnerst, was in der Unterwelt geschehen ist …«, flüsterte er und wirkte wieder unglaublich traurig. »Ich habe alles getan, um deine Seele vor Qualen zu bewahren. Zeus wollte dich leiden lassen und ich habe seinen Zorn abgeschwächt, so gut es ging. Aber vor manchen Dingen konnte ich dich nicht bewahren.«

Ich schauderte und rieb mir über die plötzlich eiskalten Oberarme. »Okay, ich musste also in die Arena …« Ich wollte lieber nicht wissen, was meine Seele durchlitten hatte, bis ich wiedergeboren wurde.

»Das genügte Demeter und mir nicht. Wir erklärten, dass selbst Götter oft in der Arena versagen und du eine Halbgöttin mit Kräften bist, die nicht für das Kämpfen geeignet sind. Ich forderte also, dass ich dich begleiten und beschützen dürfte, und deine Mutter verlangte, dass du sowohl von ihr als auch von mir ein Geschenk mitnehmen durftest. Und eine Waffe, geschmiedet von einem Gott. Die Götter akzeptierten den Vorschlag.«

»Und was hatte ich bei mir?«

»Deine Mutter ließ eine Rüstung für dich anfertigen, die mit einer besonderen Magie belegt wurde. Sie war fast unzerstörbar und nur wenige Waffen konnten ihr Schaden zufügen. Aber es gibt selbst Waffen, die Götter töten können …« Er machte eine Pause und schnaubte. »Hephaistos schmiedete dir ein mächtiges Schwert, das dir das Kämpfen erleichtern sollte. Von mir bekamst du Flügel, damit du fliehen konntest.«

»Ich hatte all diese Dinge, du hast mich beschützt und ich habe trotzdem nicht bestanden?«, fragte ich und fühlte, wie mein Herz sich verkrampfte und meine Atmung schneller wurde.

»Zeus spielt nicht fair. Hat er nie«, knurrte er kopfschüttelnd. »Er sorgte dafür, dass alle Geschenke ihre Kräfte verloren, kaum dass du die Arena betreten hattest. Und mich … Mich hat er durch einen billigen Trick daran gehindert, dir beizustehen. Er bestach den Gott des Schlafes und der Träume, Morpheus, und ließ mich in eine Art Tiefschlaf versinken, als deine Mutter dich abholte, um dich vorzubereiten. Nachdem ich wieder erwacht war, hing ich in Ketten an einer Säule und trug überall klaffende Wunden am Körper. Es dauerte ewig, bis ich mich befreien und zu dir kommen konnte.«

»Daher die ganzen Narben.« Ich ließ meine Hand über sein T-Shirt wandern.

»Sie sind nie verheilt«, meinte Ajax. »Ich *wollte* sie nie ganz verheilen lassen. Sie sollten mich daran erinnern, dass ich nie wieder so unvorsichtig bin, und ich wollte, dass die Götter immer wissen, dass ihr Anführer ein Betrüger ist. Kein Mensch kann sie sehen, dich eingeschlossen. Außer, du hättest meine göttliche Erscheinung erkannt. Was dir gelungen ist, obwohl ich immer noch nicht weiß, wie.«

Er räusperte sich und schwieg einen Moment, in dem meine Gedanken immer wieder versuchten, sich an mein früheres Leben zu erinnern. Aber brennende Kopfschmerzen hielten mich davon ab.

»Obwohl Zeus dir alle Geschenke genommen hatte und ich nicht an deiner Seite war, warst du dem Ziel sehr nahe«, hörte ich Ajax schließlich sagen. »Du hättest es fast geschafft, wenn mein Bruder dir nicht übel mitgespielt hätte. Ich bin sicher, er hat dafür gesorgt, dass du die Arena niemals lebend verlassen wirst.«

»Aber damals habe ich mich vorbereitet!«, raunte ich und atmete noch schneller. Meine Finger kribbelten bereits, weil ich hyperventilierte. Es dauerte einige Augenblicke, bis ich wieder ruhiger war und weitersprechen konnte. »Wenn ich sechzehn war, blieben mir meiner Rechnung nach fünf Jahre. Jetzt habe ich drei Tage bis zu meinem Geburtstag! Warum hast du mich nicht früher gesucht? Vor zwei Jahren oder einem Jahr, oder …«

»Ich suche dich, seitdem deine Seele die Unterwelt verlassen hat«, unterbrach er mich und nahm meine Hand. Ich fühlte, wie ich ruhiger wurde, und starrte ihn ungläubig an.

»Manipulierst du mich gerade?«

Er schmunzelte. »Du merkst es selbst jetzt. Das ist gut. In deinem früheren Leben hast du lange gebraucht, um es zu bemerken.«

»Warte … Hast du mich von Anfang an manipuliert?«

»Nein, nur deine Eltern … Was Cris vermutlich auch getan hat.«

»Hat mein Vater dir deswegen unsere Adresse gegeben?« Ich konnte es nicht fassen.

»Genau«, gab er bereitwillig zu. »Und deswegen hat er mich auch eingeladen und zugestimmt, dass du Zeit mit mir verbringen kannst. Es war allerdings schwierig, ihn davon zu überzeugen, an seinen Problemen zu arbeiten und auf deine Mutter zuzugehen. Aber ich denke, er sollte es unbedingt tun.«

»Das hast du gemacht?«, raunte ich und er nickte.

»Du warst so unendlich verzweifelt wegen den beiden und diesen Wunsch konnte ich dir mit meinen eigenen Kräften erfüllen.«

Er schwieg wieder einen Moment und konzentrierte sich auf die gewundene Straße vor uns. Dann fuhr er fort.

»Jedenfalls …Wenn die Seelen die Unterwelt verlassen, weiß ich nicht, wohin sie gehen. Ich erkenne sie zwar, wenn ich ihnen in der Menschenwelt gegenüberstehe, aber diese Welt ist groß und du hättest überall landen können. Ich habe dich erst gespürt, als deine Kräfte begannen, sich zu entfalten.«

»Und damit meinst du was im Konkreten?«

»Deine Albträume, Pen … Als du zum ersten Mal in die Arena gekommen bist, hat sich etwas in Gang gesetzt, das ich wahrnehmen konnte. Dein Aufenthalt hier hat offensichtlich Erinnerungen ausgelöst und so sind die Kräfte erst hier richtig erwacht. Dies war damals deine Heimat und deine Seele hat sich daran erinnert. Aber du musst davor schon eine Art Gabe besessen haben, wobei sie eher passiv war.«

Ich schmunzelte. »Oh, das würde erklären, warum bei mir keine Pflanze eingegangen ist, aber sofort verwelkte, als mein Bruder sich darum kümmerte.«

»Ja, so was in der Art«, bestätigte Ajax mit einem Zwinkern.

»Also wusstest du von dem Moment an, als wir uns gegenüberstanden, wer ich bin?«, fragte ich nach einer kurzen Pause, in der ich meine Gedanken sortierte.

Er nickte. »Ich weiß auch, wer deine Eltern waren oder deine Geschwister«, verkündete er und schmunzelte. »Ihr seid eine erstaunliche Mischung, aber es wundert mich nicht, dass ihr euch gefunden habt.«

»Sagst du mir auch, wer meine Familie einmal war?«

»Nein. Das wirst du zu gegebener Zeit selbst herausfinden«, meinte er und wurde wieder ernst. »Wobei ich hoffe, deine Schwester findet nie heraus, wer sie einmal war.«

Ich schnaubte und er grinste.

Die Straße wand sich immer noch. Ajax ließ meine Hand los und konzentrierte sich auf die Fahrt.

»Also«, seufzte ich und knetete meine Finger. »Ich hatte all die Geschenke und fünf Jahre Zeit, um kämpfen zu lernen, und habe es dennoch nicht geschafft. Wieso sollte es diesmal anders sein?«

»Du wirst alle Geschenke zurückbekommen und diesmal wird mich niemand aufhalten«, antwortete er mit ruhiger Stimme, aber ich sah, wie seine Kiefer mahlten und seine Hände sich um das Lenkrad verkrampften. »Außerdem hat Demeter sichergestellt, dass die Geschenke dieses Mal ihre Wirkung behalten. Sie wacht immer noch über dich, Pen. Immer wieder kam sie in die Unterwelt und half mir, deine Seele zu schützen. Sie wird dich auch bei diesem Kampf unterstützen.«

»Und wenn ich nicht in die Arena will?«, sprach ich den Gedanken aus, der sich die ganze Zeit aufdrängte. »Wenn ich sage, ich pfeife auf die Unsterblichkeit und will da nicht hin?«

»Diese Entscheidung wurde dir abgenommen, als du mich statt meines Bruders gewählt hast und wir von den Göttern dieses Zugeständnis gefordert haben«, erwiderte Ajax und ich hätte schwören können, dass er enttäuscht klang. »Du trittst so lange an, bis du unsterblich bist, gleich, ob du willst oder nicht. Für ihn ist das ein Spiel, deswegen erinnerst du dich auch nicht, damit du es noch schwerer hast. Er will sehen, wie ich leide. Wobei er scheinbar hofft, dich für sich gewinnen zu können, sonst wäre er nicht hier.«

»Großartig«, knurrte ich und hätte am liebsten etwas getreten, aber ich traute mich nicht, in die Wände des uralten Autos zu boxen oder mit dem Fuß auch nur anzustupsen.

»Aber eine Entscheidung kannst du doch treffen …« Seine Stimme war nur noch ein Flüstern und ich sah, wie seine Finger sich noch fester um das Lenkrad schlossen.

War er wütend?

»Und die wäre? Welche Farbe meine Rüstung hat?«

Zynismus war immer ein klares Zeichen dafür, dass ich Angst hatte. Ob ich früher auch so gewesen war?

Ajax schmunzelte, aber es wirkte aufgesetzt. »Nein. Wenn du gewinnst, kannst du wählen, wo du leben willst. Denn dieses Leben ist nicht an die Unterwelt gebunden.« Er drehte mir den Kopf zu und seine Augen ruhten auf mir. »Du wärst frei, Pen. Vor dreitausend Jahren hättest du mit mir in der Unterwelt bleiben müssen.«

Ich starrte ihn ungläubig an und biss mir auf die Lippen. War das sein Ernst?

»Halt das Auto an, bitte«, flüsterte ich.

»Was?«, fragte er unsicher.

Ich wiederholte noch einmal entschlossener die Worte: »Halt das Auto an, bitte!«

Ajax lenkte den Wagen rechts ran und stellte den Motor ab. Mit bangem Gesichtsausdruck musterte er mich. »Du weißt schon, dass es noch ein recht weiter Weg zu deiner Unterkunft ist?«, fragte er und versuchte sich an einem schiefen Lächeln. Es gelang ihm nicht.

»Hör mir zu, Hades«, begann ich und sah ihm in die grünen Augen. »Ich steige ganz sicher nicht in die Hölle hinab, um unsterblich zu werden …«

»Ja, also eigentlich ist ja die Unterwelt die Hölle …«, warf er ein und ich legte ihm einen Finger auf seinen Mund.

»Die Menschen des 21. Jahrhunderts haben eine sehr fixe Vorstellung von der Hölle und die Unterwelt ist es für mich nicht, denn du bist dort und nicht der Teufel.«

Seine Schultern entspannten sich ein wenig und ich fühlte unter meinem Finger seine Mundwinkel zucken.

»Also von vorn: Ich steige nicht in die Hölle hinab, um unsterblich zu werden, nur um die Ewigkeit dann ohne dich zu verbringen! Ich erinnere mich nicht mehr an alles, aber ich bin ziemlich sicher, dass ich dich damals sehr geliebt habe. Wie sonst kann es sein, dass ich mich nach deiner Nähe sehne? Du hast mich so was von am Hals, Hades.«

Er nahm meine Hand in seine und beugte sich nach vorn, als wollte er mich küssen. »Pen … ich denke dabei nur an dich«, raunte er an meinem Ohr. »Die Unterwelt ist ein trister Ort ohne Licht und ohne Hoffnung. Ich kann sie mittlerweile verlassen, aber ob du das könntest … Und wenn ich sehe, wie du aufblühst, wenn du ans Meer kommst, weiß ich nicht, ob ich das verlangen darf.«

»In der Geschichte, also der ›Raub der Persephone‹, gab es doch die Regel, dass sie die Unterwelt für einige Zeit verlassen konnte. Das kann doch nicht reine Dichtung sein, oder?« Ich war wirklich stolz auf mich, dass ich mich auch noch an dieses Detail der Sage erinnerte.

»Es ist eine Geschichte, Pen …«, murmelte er.

»Ich dachte auch, dass du einer Geschichte entstammst«, erwiderte ich schmunzelnd.

Ajax lächelte. »Guter Punkt. Ich werde mit Demeter darüber sprechen …«

»Mach das. Aber damit das klar ist … Sollte ich gewinnen, will ich bei dir sein, denn allein die Vorstellung, dich nicht mehr zu sehen, bereitet mir Schmerzen. Und wenn das bedeutet, dass ich in die Unterwelt gehe, dann ist das so. Solange du dort bist und es was zu essen gibt, bin ich glücklich.«

»So einfach?«, fragte er, während er den Motor wieder startete.

»Okay, vielleicht wären ein paar Bücher und ein Whirlpool nett.«

»Sollst du alles bekommen«, erklärte er und nahm meine Hand, bevor er losfuhr. »Danke, Pen.«

»Wofür?«, wollte ich verwirrt wissen.

Ajax schaltete einen Gang höher. »Dafür, dass du da bist.«

Wir fuhren weiter durch die Dunkelheit und ich hielt seine Hand, während wir unseren Gedanken nachhingen. Mehrfach versuchten wir, ein Gespräch zu beginnen, aber irgendwie konnte ich mich nicht konzentrieren, wofür er Verständnis hatte. Immerhin hatte ich gerade erfahren, dass ich in drei Tagen sterben würde oder Unsterblichkeit erlangte. Beide Vorstellungen machten mir Angst.

»Was ist eigentlich, wenn ich verliere? Muss ich dann wieder dreitausend Jahre warten?«, fragte ich schließlich, weil es mir doch keine Ruhe ließ. Mittlerweile waren wir schon wieder in dem Dorf, in dem wir die Ferien verbrachten, und Ajax fuhr langsamer.

»Du wirst nicht verlieren«, entgegnete er entschlossen.

»Und falls doch? Nur für den Fall …«

Er biss sich auf die Unterlippe. »Zeus wird dafür sorgen, dass du nicht wiedergeboren wirst«, erwiderte er betreten und warf mir einen kurzen Blick zu.

»Oh …«, raunte ich und zitterte plötzlich unkontrolliert.

»Hey«, flüsterte Ajax und drückte meine Hand. »Du wirst nicht verlieren. Diesmal wirst du nicht nur mich an deiner Seite haben.«

»Was meinst du?«, hakte ich nach, während Ajax einparkte.

»Erkläre ich dir morgen.« Er stellte den Motor ab und nahm meine Hand. »Ich bin sicher, ich muss es dir nicht noch einmal sagen, aber … Cris sollte nicht wissen, dass du dich daran erinnerst, wer du früher warst, und auch nicht, dass wir uns geküsst haben.«

»Ist klar«, meinte ich und lächelte schwach. »Obwohl ich dich jetzt echt gern küssen würde.«

Ajax schmunzelte und legte mir eine Hand an die Wange. »Nicht so sehr wie ich dich.«

Wir starrten uns schweigend an, bis ein Licht neben uns anging und mein Vater in der Tür stand. Ein Blick auf meine Uhr verriet mir, dass es fast Mitternacht war und er vermutlich auf mich gewartet hatte. Zumindest sah er recht entspannt aus. Lag bestimmt daran, dass ein Gott in seinem Gehirn herumgestochert hatte.

»Dein Eingriff in seine Gedanken …«, stammelte ich und Ajax hob die Augenbrauen. »Das schadet ihm doch nicht, oder?«

»Ich würde nie einen Menschen in Gefahr bringen, Pen«, erklärte er und drückte meine Hand. »Ich habe nur gewisse Blockaden bei ihm gelöst. So wird er es auch leichter verstehen, falls er herausfindet, wer ich wirklich bin.«

Ich nickte und starrte unsere Hände an.

»Ich bin morgen früh bei dir und bringe dich an einen Ort, wo wir trainieren können«, flüstere Ajax, schnallte sich ab, stieg aus, grüßte meinen Vater und umrundete das Auto, um mir die Tür zu öffnen.

Ich umarmte ihn zurückhaltend und er strich mir über den Rücken.

»Ich werde über deinen Schlaf wachen. Hab keine Angst«, raunte er mir zu und ich nickte wieder.

»Gute Nacht, Ajax«, sagte ich mit einem Lächeln.

Er küsste meine Hand. »Gute Nacht, Prinzessin.«

Ich ging zu meinem Dad und schaute mit ihm gemeinsam zu, wie Ajax mit dem uralten Wagen davonfuhr.

»Kann es sein, dass du verliebt bist?«, fragte mein Vater und grinste.

»Ich … Womöglich«, stotterte ich und überlegte, ob dieses Kribbeln in meinem Körper tatsächlich Liebe sein konnte. Liebte ich Ajax? Weil ich ihn früher einmal geliebt hatte? »Ist es in Ordnung, wenn ich morgen den Tag mit ihm verbringe?«

»Klar, mein Schatz. Deine Mutter möchte mit mir allein an den Strand. Wird deiner Schwester nicht gefallen.«

Obwohl ich wusste, woher dieser Sinneswandel kam, fiel mir dennoch ein Stein von Herzen. Hoffentlich konnten meine Eltern ihre Probleme bewältigen.

Wir gingen in das Haus und bevor wir die Treppe erreichten, blieb ich stehen und sah ihn verlegen an. »Dad?«, begann ich und räusperte mich.

»Oje, du willst jetzt aber nicht über Bienchen und Blümchen sprechen, oder?«, meinte er schmunzelnd.

Ich schüttelte den Kopf. »Du und Mum … bei euch ist doch alles in Ordnung?«

Ich musste es von ihm hören. Einfach weil ich sichergehen wollte, dass die beiden wirklich wieder zueinanderfinden würden.

Dad seufzte und nickte dann. »Es stand wohl auf der Kippe, aber ich glaube, wir bekommen das wieder hin. Deswegen auch die Ausflüge nur zu zweit …« Er lächelte müde. »Weißt du, Beziehungen, die so lange dauern wie unsere, sind nicht immer einfach. Es gibt auch Regentage und an den letzten bin wohl ich allein schuld. Ich habe deiner Mutter wirklich keine einfache Zeit bereitet, obwohl sie immer versucht hat, für mich da zu sein. Ich hoffe, ich kann das wiedergutmachen.«

»Ich denke, das schaffst du«, versicherte ich ihm und umarmte ihn. »Und ich finde es schön, dass ihr jetzt wieder Zeit zu zweit verbringt.«

»Ich auch.« Er zwinkerte und gab mir einen Kuss auf die Stirn. »Und jetzt geh schlafen. Nicht, dass du deinem Ajax morgen einschläfst.«

Ich nickte und lief die Treppe hinauf. Kurz sah ich, wie Cris' Tür aufging, aber ich beachtete es nicht weiter, huschte in mein Zimmer und verriegelte die Tür hinter mir. Nicht, dass es viel geholfen hätte, aber zumindest konnte ich mir nicht vorwerfen, es nicht versucht zu haben.

Mit klopfendem Herzen zog ich mich um und legte mich in mein Bett. Obwohl ich sicher war, nicht in den Schlaf finden zu können, fielen mir die Augen recht bald zu und ich träumte zum ersten Mal seit Langem wieder etwas Schönes. Von einem Tag am Meer mit dem Mann, den ich einmal über alles geliebt hatte.

20

Meine Schwester hatte wirklich übelste Laune, als Dad uns seine Pläne mit Mum verkündete. Es passte ihr überhaupt nicht, denn immerhin hatte meine Mutter ihr Aufmerksamkeit geschenkt und war mit ihr einkaufen gefahren. Und da sie kein Auto hatte, saß sie hier fest.

»Da schleppst du uns in dieses Kaff, dann fährst du mit Mum herum, Penelope darf mit ihrem Griechen abhängen und knutschen und ich kann mit Günter im Garten sitzen?«

»So weit sind wir noch nicht. Wir halten nur Händchen …«, stammelte ich und hoffte, Cris, der aufmerksam zugehört hatte, würde mir Glauben schenken.

»Großartig! Freut mich für euch. Offenbar ist er genauso prüde wie du«, fauchte Vicky und schlug mit der Hand auf den Tisch. »Ich will ein Auto und hier weg! Ansonsten lasse ich mich von Martin abholen und reise ab.«

Dad und Mum schienen wieder ihre wortlose Kommunikation zu beherrschen. Früher hatten sie nicht miteinander reden müssen, um zu wissen, was der andere dachte. Sie sahen sich nur an und nickten stumm, bevor Mum das Wort ergriff.

»Wenn du es so furchtbar findest, Victoria, möchten wir dich nicht davon abhalten, nach Hause zu fahren.«

»Wir möchten deinem Glück sicher nicht im Weg stehen«, fügte Dad hinzu, nippte an seinem Kaffee und verzog das Gesicht. »Aber deine Mutter und ich würden gern ein wenig Zeit zu zweit verbringen und euch trotzdem jeden Tag sehen. Ich verspreche dir, wir werden demnächst wieder gemeinsam Ausflüge machen.«

»Zum Teufel mit den Ausflügen!«, wetterte Victoria und sprang auf. Ihr Stuhl kippte nach hinten und krachte geräuschvoll zu Boden. »Ich rufe jetzt Martin an und dann sehen wir, wie lange ich noch hier bin.«

Sie stapfte aus dem Zimmer, während Angeliki ihr leise Beschimpfungen zurief. Vielleicht sollte ich Ajax bitten, auch einmal in die Gedanken meiner Schwester einzugreifen, denn so wie sie sich im Augenblick verhielt, war sie nicht. Sie war herrisch, aber sie hatte ein gutes Herz und sie war immer für mich da gewesen, wenn ich sie brauchte. Bis vor rund einem halben Jahr, als auch mein Vater anfing, sich von der Familie abzuschotten.

Ob es da einen Zusammenhang gab? Oder lag es daran, wer sie in einem früheren Leben gewesen war? Erwachten ihre Erinnerungen ebenso wie bei mir und sie verhielt sich deswegen so tyrannisch?

Günter schüttelte den Kopf und trank seinen Tee. Er hatte dem Kaffee seit gestern abgeschworen. »Es wird so friedlich sein, wenn sie weg ist«, meinte er und lehnte sich zurück, um mich zu mustern. »Und du bist heute wieder mit Ajax unterwegs?«

Ich nickte und starrte auf meine Tasse, um Cris nicht ansehen zu müssen. Zum Glück klopfte es in dem Moment und Ajax trat ein, ein kleines Bouquet frischer Blumen in der Hand, die er meiner Mutter überreichte.

Sie kicherte wie ein Teenager und Dad warf ihm einen gespielt vorwurfsvollen Blick zu. »Junger Mann, jetzt bringen Sie mich in Schwierigkeiten«, meinte er und zwinkerte Mum zu.

Ich stupste Günter mit meinem Knie an und er stieß erleichtert den Atem aus und drückte meine Hand.

»Entschuldige, Prinzessin, für dich habe ich keine Blumen«, sagte Ajax und zog hinter seinem Rücken Schokolade hervor.

Ich jubelte leise und nahm ihm die Verpackung ab. »Das ist so viel besser als Blumen«, erklärte ich und er lächelte.

Cris stöhnte und murmelte etwas Unverständliches, bevor er sich auf die Terrasse zurückzog.

»Können wir?«, fragte Ajax, bevor er sich meinen Eltern zuwandte. »Es ist doch in Ordnung, wenn ich Pen heute entführe, oder?«

Beide nickten und winkten uns, während ich mich von Günter verabschiedete, der seine Nase in ein Buch steckte und mir zuzwinkerte.

Ajax nahm meine Hand und wir schlenderten durch das Dorf. Ich wollte ihn schon fragen, warum er sich so viel Zeit ließ, da bemerkte ich Cris, der hinter uns herschlich. Ein Blick auf meinen Begleiter genügte um zu wissen, dass er sich dessen bewusst war.

Ich verkrampfte mich. Wie sollten wir üben, wenn Cris uns auf den Fersen war? Er würde es doch sehen und wissen, dass ich nicht mehr ahnungslos war!

Ajax zwinkerte und zog seine Mundwinkel hoch. Hatte er einen Plan?

Demonstrativ drehte er sich um und Cris blieb wie angewurzelt stehen. Hastig ging er auf die Knie und tat so, als würde er seine Schuhe binden. Blöd nur, dass er Sandalen trug.

Fast hätte ich gelacht, aber Ajax riss schnell an meiner Hand und zog mich in eine Seitengasse. Wie aus dem Nichts erschien sein Umhang und er hüllte uns von Kopf bis Fuß darin ein.

»Ajax, was …?«

»Shhh … Vertrau mir«, flüsterte er und legte mir seinen Finger auf die Lippen. Ich nickte stumm und ließ mich in die sehr innige Umarmung ziehen, während er zum Anfang der Gasse blickte.

Cris lief gerade an uns vorbei, dann noch einmal in die andere Richtung. Er blieb fast direkt vor uns stehen und starrte mir mitten ins Gesicht, aber er konnte mich ganz offensichtlich nicht sehen.

Ich hielt den Atem an, als er seinen Mund zu einem schmalen Schlitz zusammenpresste und sich wieder umsah. Seine Hände waren zu Fäusten geballt und er stampfte knurrend auf, dann ging er davon.

Erst jetzt erlaubte ich mir wieder, Luft zu holen.

Ajax ließ den Umhang sinken und schmunzelte. »Das klappt bei ihm jedes Mal«, erklärte er zufrieden und legte seine Arme wieder um mich. »Alles in Ordnung?«

»Ich denke schon …«

»Gut«, flüsterte er, hob mein Kinn an und küsste mich zärtlich. »Das wollte ich nämlich schon die ganze Zeit machen …«

Ich hätte mich am liebsten an ihn gelehnt und nie mehr aufgehört, ihn zu küssen, aber ich wusste, dass uns die Zeit davonlief.

Also lächelte ich nur, als er seine Stirn auf meine legte. Diese Berührung war so vertraut und doch so fremd. Ich wünschte, ich könnte mich wieder an unsere gemeinsame Zeit erinnern und die Liebe, die er mir entgegenbrachte, verstehen. Ich wollte ihn genauso lieben …

Meine Gedanken verscheuchend, schob ich ihn ein Stück zurück. »Ajax, ich möchte jetzt bitte üben. Ich … Ich will nicht unvorbereitet kämpfen müssen.«

»Ganz wie du willst, Prinzessin«, erwiderte er und wirkte enttäuscht. Er nahm meine Hand und führte mich aus der Gasse. Verstohlen blickten wir noch einmal in beide Richtungen, aber Cris schien die Verfolgung aufgegeben zu haben. Dennoch liefen wir eilig durch das Dorf und einen verschlungenen Pfad einen Hügel hinauf. Er war steinig und abschüssig, aber Ajax hielt mich fest und so gelang es mir schließlich, sicher vor einer Höhle anzukommen. Der Fels war rötlich und wirkte vom Wasser ausgehöhlt. Zeit und Wetter hatten ganze Arbeit geleistet und den Eingang durch Büsche und Erdrutsche fast unerkennbar werden lassen.

Ohne Zögern trat Ajax ein und leuchtete mit einer Taschenlampe den Weg.

»Ehrlich? Keine Fackel? Ich war mir sicher, du hättest eine Fackel dabei«, sagte ich entrüstet.

Er grinste. »Die rußen zu viel. Taschenlampen sind viel praktischer, glaub es mir«, erwiderte er und seine Stimme hallte von den Wänden.

Irgendwo tropfte es und obwohl Ajax mit einer Taschenlampe voranging, konnte man nicht weiter als einen Schritt sehen. Hoffentlich gab es hier keine Fallgruben, in denen ich unter Garantie landen würde.

»Hier willst du mich trainieren?«, fragte ich, aber er schwieg. »Ajax?« Immer noch keine Antwort. »Hades?«

Er reagierte nicht und wirkte hochkonzentriert, aber seine Kiefer mahlten und ich fühlte die Anspannung in seinem Körper.

»Willst du mir etwas sagen?«, flüsterte ich und hatte plötzlich panische Angst.

»Wenn wir da sind, erkläre ich es dir. Du musst keine Angst haben«, erwiderte er mit fester Stimme und drückte meine Hand.

Weniger Angst hatte ich deswegen nicht.

Wir gingen noch ein ganzes Stück und ich fragte mich, wie tief diese Höhle sein konnte! Von außen hatte sie nicht so ausgesehen, als könnte man mehr als zehn Schritte hinein machen. Aber Ajax wirkte so zielstrebig, dass ich mir sicher war, er wusste, was er tat.

»Wir sind da«, verkündete er und tastete mit der Hand, in der er auch die Taschenlampe hielt, die Wand ab. Ich war nur froh, dass er mich nicht losließ, denn ich wusste nicht, ob ich damit zurechtgekommen wäre.

Ein ›Klick‹ war zu hören und die Höhle wurde plötzlich hell erleuchtet. Eine kleine Quelle plätscherte im hinteren Teil des gewaltigen Raumes munter vor sich hin. An den Wänden hingen Sportgeräte und Waffenständer. Wären wir nicht in eine Höhle hineingegangen, hätte ich gedacht, dies wäre ein Fitnessstudio.

»Trainingslager für Götter?«, fragte ich und endlich grinste er wieder.

»So was Ähnliches«, antwortete er und führte mich in den Raum hinein.

»Womit fangen wir an?«, gab ich mich enthusiastisch, als ich die Waffen musterte. Einige davon hatte ich noch nie gesehen und war nicht sicher, wie man sie hielt oder einsetzte.

»Pen, wir werden versuchen, deine Erinnerung an dein Kampftraining zurückzuholen«, erklärte Ajax und deutete auf eine Ecke, in der ein Bett stand. »Es wäre unmöglich, dir in so kurzer Zeit genug beizubringen, aber es ist alles da und wir holen es wieder hervor.«

»Wer, wir?«, entgegnete ich ein wenig gereizt und hielt inne, als sich selbst meine feinsten Nackenhärchen aufrichteten. Ich fühlte die eindeutige Präsenz zweier Göttinnen. Noch bevor ich mich darüber wundern konnte, woher ich wusste, dass hinter mir zwei Frauen standen, drehte ich mich um. Eine von ihnen war in ein purpurnes Kleid gehüllt. Ihr langes schwarzes Haar fiel ihr wie ein Umhang über die Schultern, bis zu ihren Hüften. Ihr Gesicht veränderte sich und sie sah einmal jung und dann wieder alt aus. Glühende Magie umgab sie und ich neigte mein Haupt vor ihr.

»Hekate«, murmelte ich und die Göttin der Magie und Portale neigte ihren Kopf ebenfalls.

Dann wandte ich mich der anderen Göttin zu. Ihr schlichtes weißes Kleid änderte nichts an ihrem erhabenen Auftreten. Ihre hellbraunen Haare waren kunstvoll geflochten und aufgesteckt. Kleine Früchte und Getreideähren zierten ihre Frisur und sie strahlte Wärme aus.

»Mutter«, flüsterte ich und fiel auf ein Knie, als mir bewusst wurde, dass Demeter vor mir stand. Meine göttliche Mutter, die Göttin der Fruchtbarkeit und der Ernte. Ich hatte sie vollkommen vergessen und doch war es mir, als wären wir nie getrennt worden.

Ich erinnerte mich an all die Liebe, die sie mir entgegengebracht hatte. Ein Kloß brannte in meinem Hals, als ich an meine Mum dachte. Wie würde sie es aufnehmen, dass ich nun zwei Mütter hatte?

»Persephone«, schluchzte sie ergriffen und zog mich hoch, um mich in ihre Arme zu schließen. »Du bist noch schöner als in deinem früheren Leben. Ich bin so froh, dass Hades dich gefunden hat.«

Unsicher, was ich machen sollte, erwiderte ich ihre Umarmung und nahm ihren herrlichen Geruch nach Blumen und sonnenüberfluteten Getreidefeldern wahr.

Hekate trat neben uns und ich löste mich aus den Armen meiner göttlichen Mutter und wollte auch vor ihr auf die Knie sinken. Doch sie hielt mich auf.

»Nicht, Kind. Du musst mir diese Ehre nicht erweisen. Wir sollten uns damit nicht aufhalten«, erklärte sie und sah Hades an. Ich riss die Augen auf. Es war ihre Stimme, die ich gehört hatte, an jenem Tag, als ich erstmals auf Hades getroffen war. »Wer wird noch zu uns stoßen?«

Es plätscherte in der Quelle und Poseidon erhob sich daraus. Er zwinkerte mir zu und begrüßte dann Hades und die beiden Göttinnen. Er trug nur eine Badehose, die wie ein Fischschwanz geschuppt war, und ein knappes T-Shirt, ging jedoch zielstrebig zu einem der Schränke und zog eine Art Schulterrüstung heraus. Ich war mir nicht sicher, ob dieser Schutz allein in einem Kampf genügen würde, aber er machte keine Anstalten, sich noch mehr anzuziehen.

Als ein lautes Grollen ertönte, entdeckte ich einen humpelnden Mann, der keuchend aus glimmender Glut stieg, die unter seinen Füßen langsam verschwand. Ich wusste, es handelte sich um Hephaistos, den Gott der Schmiedekunst. Er hatte einen Buckel und einer seiner Füße war deformiert. Auch sein Gesicht sah ein wenig entstellt aus, aber in seinen Augen brannten ein unbändiges Feuer und eine Güte, die ich nicht erwartet hätte.

Verwundert sah ich Hades an, doch der begrüßte Hephaistos selbstverständlich. Dieser Gott zählte meines Wissens nach nicht gerade zu Hades' Verbündeten. Zumindest nicht in der griechischen Mythologie. Andererseits waren die Geschichten wohl alle nicht ganz richtig …

»Damit sind wir vollzählig«, verkündete Hades und trat an meine Seite. Seine Hand zwischen meinen Schulterblättern beruhigte mich ein wenig, denn ich fühlte mich in der Runde der Götter nicht wirklich wohl. Offen gestanden kam ich mir ziemlich fehl am Platz vor. Sie strahlten eine Macht aus, die mir Respekt einflößte und die mich daran erinnerte, dass es Dinge gab, die der menschliche Verstand kaum greifen konnte.

»Du denkst, wir fünf allein können diesen Plan umsetzen?«, fragte Hephaistos mürrisch und warf Hades einen abschätzigen Blick zu.

»Ich bin mir sicher, diese fünf werden an unserem Plan festhalten, gleich, wie aussichtsreich er ist und welche Konsequenzen ein Scheitern haben könnte«, erklärte Hades entschieden. »Ihr alle seid Persephone und mir freundschaftlich verbunden und uns alle vereint überdies der Hass auf Zeus. Ich hatte auch Athene oder Hera in Betracht gezogen, aber ich war mir nicht sicher, ob sie uns nicht verraten würden.«

Hekate nickte. »Eine weise Entscheidung, wenn du mich fragst. Dann lasst uns besprechen, wie wir vorgehen wollen, denn das Mädchen sollte beruhigter in seine letzten Tage als Sterbliche gehen können.«

Die Göttin lächelte und ich fühlte mich schon deutlich besser. Ob das ihre Magie war? Trotzdem war ich froh, dass Hades mir nicht von der Seite wich.

»Zeus spielt nicht fair«, sagte er ernst. »Er wird auch diesmal versuchen, Persephone scheitern zu lassen. Das werden wir verhindern. In keiner seiner Regeln schreibt der Göttervater vor, dass außer mir keine anderen Götter in der Arena sein dürfen.«

»Du willst ihr den Weg ebnen«, schmunzelte Poseidon und nickte. »Während sie hinten kämpft, könnten wir weiter vorn die Ungeheuer ausschalten, damit sie sich nicht ihnen allen stellen muss. Selbst wenn es so aussieht, als würden wir ihr helfen, könnte Zeus nichts machen, da die Arena uns immer zum Kampftraining zur Verfügung steht. Das klingt nach einem vernünftigen Plan.«

»Du hast es erfasst«, stimmte Hades zu. »Ich bin an ihrer Seite und ihr könntet zufällig eure Kräfte weiter vorn in der Arena testen.«

»Und du denkst, Zeus wird das zulassen? Die Arena ist groß und selbst wenn wir zufällig an der richtigen Stelle ankommen würden … Er wird die Eingänge absperren«, warf Hephaistos ein.

»Aber wir haben jemanden, der die Schwellen kontrolliert und jedes Portal zur richtigen Stelle öffnen kann«, schmunzelte Hades und wandte sich an Hekate, die ihren Kopf leicht neigte.

»Abgesehen davon wird der Göttervater wohl selbst in der Arena sein«, knurrte Demeter. »Er wird sichergehen wollen, dass meine Tochter den Ausgang nicht erreicht.«

»Davon würde ich in jedem Fall ausgehen«, meinte Hades. »Er will gewinnen.«

»Also angenommen, wir helfen dir, deinen Plan umzusetzen und dein Liebchen zu retten«, fasste Hephaistos nun ein wenig milder gestimmt zusammen. »Wie sollte uns das helfen?«

Hades holte tief Luft und sah prüfend in die Gesichter der Anwesenden. »Wir werden Zeus danach stürzen und ihn in den Tartaros sperren.«

Es wurde plötzlich still und ich fühlte die Anspannung der fünf Götter deutlich. Selbst Hades verkrampfte seine Finger an meinem Rücken. Der Tartaros war ein Teil der Unterwelt und gleichzeitig ein Lebewesen. Die Götter des Olymps warfen dort Unruhestifter hinein. Prometheus etwa, der den Menschen gegen den Willen von Zeus das Feuer gebracht hatte. Niemand konnte dieses Gefängnis verlassen, wenn man ihn nicht daraus befreite. Es war ein gewagter Plan und jeder wusste es. Denn wenn er schiefging, konnte es sein, dass wir alle in ebenjenem Ort festsitzen würden.

Bellendes Lachen durchbrach schließlich die Stille und ich sah Hephaistos an, der sich den Bauch hielt und um Luft rang. »Du willst den Göttervater stürzen, nur weil du ihn zwingst, ein Versprechen einzuhalten?« Er klopfte sich auf den Schenkel. »Das musst du mir jetzt erklären, Hades.«

»Zeus ist ein schlechter Verlierer«, meinte Poseidon anstelle von Hades. »Er wird Persephone die Unsterblichkeit nicht streitig machen können, immerhin erhält sie diese, sobald sie die Arena lebend verlässt. Aber er wird dennoch nicht zulassen, dass Hades und sie glücklich sind. Vermutlich wird er ihnen in die Unterwelt folgen und versuchen, sie zu trennen. Aber die Unterwelt ist Hades' Reich und wenn wir ihm seine Schutzmedaille abnehmen können, wird er dort so gut wie wehrlos sein. Das wäre unsere Chance, ihn ein für alle Mal loszuwerden.«

Eine dunkle Erinnerung aus meinem früheren Leben stieg empor. Die Unterwelt raubte den Göttern des Olymps ihre Kräfte, nur Hades nicht. Ohne eine Art Schutz konnten die anderen Götter nur sehr kurze Zeit in der Unterwelt bestehen oder ihre Kräfte einsetzen. Ob das genügen würde, um Zeus in den Tartaros zu sperren?

»Aber …«, stotterte ich, denn ich war mir nicht sicher, ob es mir zustand, in dieser Runde das Wort zu erheben. Doch diesen Gedanken musste ich einfach aussprechen, denn immerhin ging es dabei nicht nur um mich, sondern um die gesamte Welt.

Demeter lächelte mir aufmunternd zu und ich nahm all meinen Mut zusammen.

»Aber wenn es keinen Göttervater mehr gibt … wird es dann nicht zu einem Kampf um diese Position kommen?«

Ich schluckte unbehaglich, als sich Stille über die Runde legte, und wollte mich schon entschuldigen, als Hades antwortete: »Daran haben wir gedacht. Gaia soll diese Position einnehmen.«

»Gaia?«, fragte ich. »Helft mir mal. Die ist die Göttin der … Erde? Also so was wie die Erschafferin des Lebens?«

Poseidon nickte. »Ganz genau. Wir alle stammen quasi von ihr ab«, erklärte der Gott des Meeres. »Jeder respektiert sie und meiner Meinung nach hätte sie diese Rolle schon von Anbeginn innehaben sollen. Zeus war immer schon zu sehr auf seinen Vorteil bedacht, um ein geeigneter Göttervater zu sein. Es gibt kaum einen Gott, der keinen Groll gegen ihn hegt.«

»Außer vielleicht Ares und Hermes«, schnaubte Hephaistos. »Die können immerhin alles tun, was sie wollen, und er unterstützt es.«

»Oh, all diese Kriege«, stöhnte Demeter und hielt sich den Kopf. »Und das nur, weil Zeus langweilig war und Ares ihm imponieren wollte. Er war schon immer ein verzogenes Kind und sein Vater hat ihm nie die Grenzen aufgewiesen. Im Gegenteil, er hat dieses Verhalten gefördert.«

Hephaistos knurrte zustimmend. Vermutlich hatte er es dem Gott des Krieges zu verdanken, ewige Stunden in seiner Schmiede verbracht zu haben. »Vielleicht sollten wir den guten Ares auch in den Tartaros schicken«, überlegte der Gott der Schmiede laut.

Ich konnte es nachvollziehen. In der Mythologie hatte Ares mit Aphrodite eine Affäre gehabt. Die war immerhin Hephaistos' Gemahlin.

»Wir sollten nicht jetzt überlegen, wer es verdient, in den Tartaros zu kommen«, unterbrach Hekate ihn mit ernstem Tonfall und Hephaistos senkte beschämt den Blick. »Nun sollten wir Persephone helfen, sonst wird dieser Plan ohnehin nicht aufgehen.«

Sie streckte mir auffordernd die Hand hin und Hades nickte aufmunternd. »Ich bin bei dir, meine Liebste«, flüsterte er und führte mich mit Hekate zu dem Bett, das ich völlig verdrängt hatte. Warum stellte man so etwas in eine Höhle?

Die anderen Götter diskutierten inzwischen weiter, doch ich nahm ihre Stimmen kaum noch wahr. Unbehaglich legte ich mich auf die weiche Matratze, während Hades sich zu meinen Füßen setzte und Hekate neben meinem Kopf Platz nahm.

»Du musst keine Angst haben. Hades und ich sind die ganze Zeit bei dir«, erklärte sie beruhigend und deckte mich zu wie eine Mutter ihr kleines Kind.

»Was wird jetzt geschehen?«, fragte ich und fühlte einen Kloß in meinem Hals, den ich mühsam hinunterschluckte.

»Ich werde versuchen, das Portal zu deinem früheren Leben zu öffnen, damit du die Erinnerungen zurückbekommst, die du brauchst, um deinen Kampf zu gewinnen«, sagte die Göttin mit warmer Stimme und ich fühlte mich sofort ein wenig besser. »Du wirst vielleicht einige Sequenzen in wenigen Sekunden sehen und es kann passieren, dass du danach zu erschöpft bist, um dich zu bewegen, oder dich sehr hungrig fühlst. Möglicherweise überkommen dich alle möglichen Emotionen, die du nicht verstehst. Zeus hat deine Erinnerungen blockiert und es ist eventuell sehr anstrengend für dich, sie zu durchleben. Außerdem ist deine Seele seit vielen Jahrhunderten nicht wiedergeboren worden. Deswegen kostet es dich so viel Kraft, all das wieder zu öffnen.«

Ich schloss die Augen. Ob ich mich dann wieder an die Liebe zu Hades erinnern könnte?

Hekate nahm meine Hand und ich öffnete meine Lider wieder. »Ich weiß, Hades hat dir einen Teil seiner Erinnerungen gezeigt. Aber das waren eben seine Erinnerungen, und es hat nur geklappt, weil du bereits einen Teil davon gesehen hattest. Das hier ist anders, denn ich muss auf deine eigenen Erinnerungen zurückgreifen. Deswegen könnte es intensiver werden.«

Ich warf Hades einen ängstlichen Blick zu und er legte eine Hand auf mein Bein, konnte aber seine Sorge nicht aus seinen Augen verbannen.

»Was, wenn … wenn es zu viel ist?«, fragte ich und schluckte.

Die Göttin musterte mich ernst. »Dann werde ich es abbrechen, bevor du den Verstand verlierst«, versicherte sie mir schnell und drückte meine Hand. »Ich versuche, deine Rückführung, wenn du es so nennen möchtest, zu steuern, so gut es geht, und ich greife ein, wenn ich merke, dass dein menschlicher Körper nicht mehr die Kraft hat, weiterzumachen.«

»Wir passen auf dich auf, Pen«, fügte Hades hinzu und lächelte schwach. »Ich habe nicht vor, dich noch einmal zu verlieren, egal wie.«

Er wollte sich vorbeugen und mich küssen, aber Hekate hob augenrollend ihre Hand. »Dazu habt ihr später genug Zeit, wenn sie unsterblich ist. Bis dahin sollten wir uns konzentrieren.«

Hades nickte enttäuscht und strich beruhigend über mein Bein, während Hekate mich beobachtete.

›*Du wirst dich wieder an alles erinnern. Auch an ihn*‹, hörte ich ihre Stimme in meinem Kopf, genauso wie bei jenem Sonnenaufgang vor wenigen Tagen. ›*Sei darauf gefasst, dass du viele Emotionen wieder empfinden wirst. Gute wie schlechte.*‹

Ich nickte kaum merklich und sah Hades an, dessen Gesicht eine fahle Farbe angenommen hatte. Dennoch zog er seine Mundwinkel zu einem Lächeln hoch und strich weiter über meine Beine. Ich wollte mich wieder an alles erinnern …

»Bist du bereit?«, fragte die Göttin schließlich mit ernster Stimme.

War ich bereit? Bereit, in mein früheres Leben einzutauchen, um wieder zu wissen, wie man in einer Arena kämpfte? Bereit, Hades wieder zu lieben? Konnte ich ihn einfach so wieder lieben?

»Ja«, hauchte ich und Hekate hob ihre Hand.

»Schließ deine Augen und lass dich fallen«, flüsterte sie, während sie ihre Finger auf meine Stirn legte.

Meine Atmung beschleunigte sich, als eine brennende Hitze in mir aufstieg und ich das Gefühl hatte, zu verglühen. Erst als ich eine beruhigende Kühle fühlte, die von meinen Beinen hinaufkroch, konnte ich meinen Atem verlangsamen und bemerkte, wie meine Seele auf Reisen ging.

21

Unterwelt, vor etwa dreitausend Jahren

Er wagte kaum, sich zu bewegen. Persephone lag in seinen Armen und er wollte sie nicht wecken, obwohl das Gefühl ihrer nackten Haut an seiner ihn fast in den Wahnsinn trieb. Wie gern hätte er sie mit Küssen geweckt, aber sie brauchte den Schlaf, denn das Kampftraining setzte ihr mehr zu, als gut für sie war.

In den letzten Wochen waren sie beide kaum voneinander gewichen, hielten sich ständig in den Armen und schliefen miteinander. Es hatte etwas Verzweifeltes. Waren sie noch vor einem Jahr unbeschwert gewesen, fast wie verliebte Kinder, fühlte es sich jetzt so an, als wüssten sie beide, dass ihre Zeit ablief.

Er ertrug die Vorstellung nicht, dass ihr etwas geschehen könnte. Sie hatte seine Einsamkeit beendet und er war jeden Tag dankbar für die Leichtigkeit, die sie in die Unterwelt gebracht hatte.

Obwohl Hades nie selbst die Leiden der Seelen auswählte, in denen sie sich winden mussten, war es seine Aufgabe, über ihre Bestrafung zu wachen. Wie gern hätte er den meisten Seelen Zutritt zu den weniger schrecklichen Orten der Unterwelt gewährt. Aber Zeus schien es zu genießen, wenn die Seelen litten.

Bei einigen konnte er es verstehen. Mörder, Aufrührer ... jene, die sich gegen die Götter aufgelehnt hatten und ihre Macht bedrohten. Aber es gab genug Menschen, die zu Unrecht Strafen verbüßten.

Deswegen war sein Reich verhasst. Selbst die Götter des Olymps schienen vergessen zu haben, dass nicht *er* diese Dunkelheit gewollt hatte, und sie mieden ihn und diesen Ort. Aber er hegte die Hoffnung, dass es mit Persephone anders werden würde. Sie war das blühende Leben, die Güte und die Liebe, die diesem Ort so sehr gefehlt hatten. Mit ihr würde er es wagen, die Regeln zu lockern, und nur noch jene bestrafen, die es wirklich verdient hatten.

Vielleicht hatte Zeus deswegen einen solchen Zorn gegen sie beide. Es war nicht genug, dass eine Frau ihn abgewiesen hatte. Abweisung hatte der Göttervater öfter erlebt und die Frau trotzdem bekommen, auf die eine oder andere Weise.

Aber Persephone konnte er nicht besitzen. Sie hatte ihn, Hades, erwählt und war damit für Zeus nicht erreichbar. Er konnte ihr seinen Willen nicht aufzwingen und das verkraftete dieser stolze Pfau nicht. Er sah sie deswegen lieber tot als glücklich. Vor allem, weil Zeus Hades sein Glück nicht gönnte. Er hatte stets dafür gesorgt, dass Hades nicht zu mächtig werden konnte.

Er seufzte. Fürchtete sein Bruder, dass er mit Persephone an seiner Seite Zeus' Position gefährden könnte?

Als es an der Tür klopfte, wandte Hades seinen Kopf und blickte in die trüben Augen eines seiner Untergebenen. Einst war er ein Mensch gewesen, nach seinem Tod hatte er sich aber dem Herrn der Unterwelt als Diener angeboten, wie einige andere. Sein Körper wirkte ausgemergelt, seine Haut war fahl und die Augen viel zu tief in den Augenhöhlen verborgen.

Persephone hatte sich anfangs vor den Bediensteten gefürchtet, aber nun sorgte sie gut für sie und die Diener verehrten sie bereits jetzt als ihre Herrin. Denn obwohl sie wie ein Ehepaar zusammenlebten, hatte Hades sie noch nicht heiraten können und somit durfte sie sich nicht ›Herrin der Unterwelt‹ nennen. Etwas, das er so bald wie möglich ändern würde. Obwohl sie für ihn längst seine Ehefrau war.

»Herr, es wird Zeit«, murmelte der Diener und verneigte sich.

Hades nickte ihm zu. »Danke, Hektor.«

Der Diener erhob sich und schloss die Tür geräuschlos.

Hades küsste Persephone auf die Stirn und murmelte mit seinen Lippen an ihrer Haut: »Du musst jetzt langsam aufwachen, meine Liebste.«

Sie schlug die Augen auf und lächelte ihn verliebt an. »Hades«, flüsterte sie und zog ihn an sich, bedeckte seine Lippen mit ihren.

Als sie anfing, ihre Hände nach unten wandern zu lassen, umfasste er ihre Handgelenke und zog sich von ihr zurück. Enttäuscht knurrte sie, doch er gab nicht nach.

»Wir müssen jetzt zu deinen Kampfstunden«, erklärte er mit einem entschuldigenden Lächeln.

»Warum hast du mich nicht früher geweckt? Dann hätten wir noch Zeit gehabt«, schmollte sie und gähnte.

»Weil du ohnehin schon viel zu wenig schläfst. Du trainierst zu lange, und das musst du, aber deine Ruhephasen sind einfach zu kurz.«

»Ich weiß, es ist nur … Wir haben nicht mehr so viel Zeit, bis ich in die Arena muss …«

Er ließ ihre Handgelenke los und zog sie an sich. »Wir haben danach die Ewigkeit zusammen, Liebste. Du musst daran glauben, dass du bestehen wirst. Denn ich glaube daran.«

Sie schloss die Augen. »Ich weiß.«

Er wusste, dass sie es nicht glaubte, und das machte ihm Sorgen. Er würde nicht von ihrer Seite weichen, aber wenn sie nicht an sich selbst glaubte, wie konnte sie gewinnen?

»Du musst das Schwert höher halten!«, rief Hades, als er Persephone mit einem langsam ausgeführten Schwung niederwarf. »Deine Deckung ist nicht gut.«

»Denkst du, ich weiß das nicht?!«, brüllte sie und schleuderte die Waffe beiseite. »Ich bin kein Gott, verflucht! Meine Kräfte sind nicht übermenschlich! Mir tun die Arme weh.«

Hades ließ sein Schwert verschwinden. Mit einem sanften Lächeln trat er vor sie und zog sie hoch. »Lass uns einen Augenblick ausruhen. Vielleicht ist Hephaistos dann mit deiner neuen Waffe fertig.«

»Was sollte ein anderes Schwert daran ändern, dass mir nach kurzer Zeit die Kraft ausgeht?«, knurrte sie und starrte zu Boden. »Seit bald fünf Jahren üben wir fast täglich und ich habe noch immer nicht genug Kraft, mehrere Kämpfe gegen dich oder irgendjemand anderen zu bestehen. Selbst Poseidon hat mich nach wenigen Minuten entwaffnet und zu Boden geworfen. Sogar Artemis!«

»Sie ist auch eine Göttin.«

»Sie ist kleiner als ich!«

»Aber eine Göttin!«, schmunzelte Hades und strich ihr eine ihrer hellbraunen Locken hinter das Ohr. »Und mit dem Schwert von Hephaistos wird es leichter, du wirst sehen. Es ist für dich geschmiedet worden und verfügt über besondere Kräfte.«

»Hades … ich weiß nicht, ob es Sinn macht …«

»Shhhh …«, hauchte er und zog sie an sich. »Ich werde nicht zulassen, dass dir etwas geschieht. Aber du bist gut vorbereitet. Dein Kampfstil ist deutlich besser als jener der Kreaturen in der Arena. Du wirst sie besiegen.«

Sie schwieg, während ihre Schultern bebten. Hades strich ihr beruhigend über den Rücken.

»Ich habe Angst«, brachte sie schließlich heraus.

»Die habe ich auch«, gestand er. »Aber nichts wird dich aufhalten und ich werde da sein und dir helfen.« Er hob ihr Kinn und blickte in ihre tränenbenetzten hellbraunen Augen. »Vertraust du mir, Prinzessin?«

Ein schwaches Lächeln huschte über ihr Gesicht. »Ja, Hades, ich vertraue dir.«

»Gut. Dann lass uns jetzt weiterüben und hoffen, dass dein neues Schwert bald fertig ist.« Er reichte ihr ihre Waffe und bezog Stellung. »Greif mich an!«, rief er und das tat sie. Wieder und wieder.

»Es fühlt sich so leicht an«, staunte Persephone, als sie das Schwert im Fackellicht des Übungsplatzes drehte und bewunderte.

»Es ist eine spezielle Legierung«, begann der Gott der Schmiede und grinste zufrieden. »Damit wirst du unbesiegbar. Es führt dich und hilft dir, dich zu konzentrieren.«

Sie seufzte. »Ich hoffe, du hast recht.«

»Nur Mut, Prinzessin!«, erwiderte Hephaistos und klopfte ihr so fest auf die Schulter, dass sie fast vornüberkippte. »Entschuldige, bin es nicht gewohnt, so sanfte Dinger wie dich zu berühren.« Der Gott räusperte sich unbehaglich und Hades grinste amüsiert.

»Hätte nicht gedacht, dass du einmal verlegen werden würdest, Heph.«

»Gewöhn dich nicht daran. Ich habe dir übrigens einen Übungspartner mitgebracht«, meinte der Gott und klatschte in die Hände.

Ein durchtrainierter Mann trat ein, mit Schild und Schwert ausgerüstet.

»Darf ich euch Achilles vorstellen? Er ist fast unverwundbar und ein geübter Kämpfer«, sagte Hephaistos stolz. »Ich konnte ihm ein Angebot machen, das er nicht ausschlagen kann. Immerhin wird er bald in den Krieg ziehen und braucht gute Waffen. Er wird bis zu deiner Prüfung mit dir üben, Persephone.«

Achilles nickte ihr höflich zu und sie neigte ihr Haupt.

»Denkst du, dass das eine gute Idee ist?«, fragte Hades, als er den Mann vor sich eingehend musterte. »Nicht, dass er sie verletzt ...«

»Keine Sorge, Herr. Ich werde ihr keine Wunden zufügen«, erwiderte Achilles mit tiefer Stimme. »Aber ich werde ihr beibringen, was sie wissen muss, um im Kampf zu bestehen.«

Hephaistos klopfte Hades auf die Schulter. »Lass sie mal üben. Du kannst jederzeit eingreifen.«

»Ich danke dir, Hephaistos«, sagte Persephone ergriffen und drückte die Hand des verkrüppelten Gottes. »Ich weiß nicht, wieso du mir hilfst, aber ich bin dir wirklich dankbar.«

Hephaistos wandte sich verlegen ab. »Ich finde es nicht gut, wenn ein unschuldiges Ding wie du wegen gekränkten Stolzes leiden muss«, murmelte er und räusperte sich. »Also nutze diese Möglichkeit. Einen so brauchbaren Gegner wie ihn wirst du so schnell nicht wiederfinden. Er hat außerdem zugesagt, nach seinem Sieg oder seinem Tod als dein Beschützer an deiner Seite zu bleiben.«

Persephone nahm Achilles' Hand. »Ich danke Euch, Achilles«, sagte sie und Hades schritt knurrend dazwischen.

»Du darfst mit ihm üben, wenn du es wünschst«, erklärte er.

»Du musst nicht eifersüchtig sein, Liebster«, lächelte Persephone. »Mein Herz gehört dir. Bis der letzte aller Sterne erloschen ist, wird mein Herz dir gehören.«

Hades räusperte sich und nickte. Er wusste, was sie für ihn empfand. Er sah es in ihren Augen und in ihrem Lächeln. Sie war alles für ihn und bei der Vorstellung, sie zu verlieren, zog sich sein Herz zusammen.

Er nickte Achilles zu und der ging in Stellung. Kurz darauf klirrten die Klingen und Achilles zeigte seiner Schülerin verschiedene Möglichkeiten, einem Angriff auszuweichen oder einen auszuführen.

Das Schwert in Persephones Hand leuchtete in ihrem hellen roten Licht und sie vollführte jeden Streich mit einer Präzision, die selbst Achilles zu überraschen schien. Nach nur wenigen Kämpfen warf sie ihn nieder und entwaffnete ihn.

Schwer atmend stand sie über ihm, der Schweiß lief ihr über die Stirn und ihren Rücken hinab, aber Hades konnte sehen, wie zufrieden sie war.

»Das Schwert ist unglaublich!«, rief sie euphorisch. »Hades! Hast du das gesehen? Ich habe es tatsächlich geschafft!«

Er umfasste sie von hinten und zog sie an sich. »Ich wusste, dass du es kannst«, flüsterte er an ihr Ohr und sie lehnte sich an ihn, als er sie küsste.

»Gut gemacht, Prinzessin«, lobte Hephaistos und klatschte, bevor er Achilles auf die Füße zog. »Für heute sollten wir es gut sein lassen. Das Schwert schenkt ihr zwar durch seine Magie die Fähigkeit, schneller und besser zu kämpfen, aber es kostet dennoch Kraft. Morgen ist auch noch ein Tag«, hörte Hades ihn sagen, aber er beachtete ihn längst nicht mehr.

Alles, was er noch wahrnahm, war der Atem von Persephone, der über seine Wange strich, als er sie hielt.

22

Ich schlug mühsam meine Augen auf und blickte in ein helles weißes Licht. Wo war ich noch gleich? In der Unterwelt konnte ich nicht mehr sein, obwohl ich immer noch die Wärme von Hades fühlte, der mich festhielt.

Mit einem Mal stürmten alle möglichen Emotionen auf mich ein und mein Körper wurde von heftigen Wellen des Schmerzes geschüttelt.

»Sie ist wach«, flüsterte jemand und schemenhaft erkannte ich Umrisse einer Frau, bevor sie von einem Mann zur Seite gedrängt wurde, der sich über mich beugte. Warme Hände legten sich an meine Wange und unter meinen Kopf und halfen mir, mich aufzurichten. Ich schluchzte, als mir bewusst wurde, was ich verloren hatte. Wie sehr Hades gelitten haben musste, als ich fiel, und Demeter um mich getrauert hatte.

Jemand sprach beruhigend auf mich ein, bevor er mir eine Flüssigkeit einflößte. Ich hustete mehrmals, als ich die Schärfe in meinem Rachen spürte, aber wer auch immer mir dieses Zeug gab, war beharrlich und zwang mich, immer mehr davon zu trinken, bis mein Magen rebellierte und ich zu würgen begann. Dann ließ die Person von mir ab und alles, was ich noch wahrnahm, waren die Hände, die mich behutsam wieder hinlegten.

»Ich bin bei dir, Prinzessin«, hörte ich eine vertraute Stimme.

»Hades?«, krächzte ich sehnsüchtig, aber dann fielen meine Augen wieder zu und ich hörte und sah nichts mehr.

»Pen, wach auf. Bitte …«

Hades … er klang so flehentlich, so voller Sorge. Ich wollte nicht, dass er sich sorgte. Ich wollte ihn ansehen und ihm sagen, dass ich mich an ihn erinnerte. Dass ich mich wieder erinnerte, wie sehr ich ihn geliebt hatte. Dass ich ihn vielleicht wieder so lieben könnte …

Ein Knurren entrang sich meiner Kehle und ich versuchte, meine Augen zu öffnen, aber es gelang mir nicht.

War ich überhaupt noch in meinem Körper? Wieso konnte ich ihn nicht dazu bringen, meinem Willen zu folgen?

»Pen!«

Ich musste aufwachen. Für ihn.

Entschlossen verkrampfte ich meine Finger. *Komm schon, du kannst das. Du hast Achilles besiegt! Achilles! Der Typ, der von Brad Pitt gespielt wurde! Komm schon, Penny, mach die Augen auf. Mach sie auf!*

Mit einem gequälten Laut öffnete ich flatternd meine Lider und blickte in das besorgte Gesicht von Hades, der neben mir saß und mich an den Schultern hielt.

»Pen«, flüsterte er erleichtert und ich bemerkte die einzelne Träne, die seine Wange hinablief. Ich wusste nicht, wo die Kraft herkam, aber ich hob meine Hand an sein Gesicht und versuchte, sie wegzuwischen. Leider gehorchte meine Hand nicht mehr und so blieb sie auf seiner Wange liegen, während ich mich zu einem Lächeln durchrang.

Eine Frau trat neben uns und ich erkannte Demeter, die einen Becher in der Hand hielt. »Du musst trinken, Tochter«, wies sie mich sanft an und Hades half mir, mich aufzusetzen.

Noch bevor der Becher meine Lippen berührte, keuchte ich auf, als die Erinnerung an die scharfe Flüssigkeit hochkam. Ich versuchte, meinen Kopf wegzudrehen, aber Hades hielt mich fest.

»Du musst das trinken«, sagte er mit seiner warmen Stimme und es klang so flehentlich, dass ich meinen Widerstand beinahe aufgab. Aber nur beinahe. »Es wird dir helfen. Du bist sehr schwach.«

Alles in mir schüttelte sich und ich versuchte immer noch, den Kopf zu drehen.

»Bitte, Pen.«

Verflucht, warum zerriss es mir das Herz, wenn er so traurig klang?

Ich seufzte und wandte meinen Kopf wieder dem Becher und dem grauenhaften Gebräu darin zu, das sich wie heiße Lava meine Kehle hinabbrannte.

Als der Becher leer war, nickte Demeter. »Bald sollte sie über den Berg sein.«

»Wir haben nicht mehr viel Zeit«, stellte Hades resigniert fest. »Es dämmert bereits und ich kann sie nicht wieder mitten in der Nacht zurückbringen.«

»Es geht schon«, krächzte ich und fühlte, wie mein Hals dabei brannte und schmerzte.

Himmel, was war mit mir los?

»Pen, du kannst nicht ohne Hilfe sitzen. Du brauchst noch Ruhe«, sagte Hades besorgt. »Außerdem: Wie soll ich deinen Eltern erklären, dass du aussiehst, als hätte dich ein Vampir ausgesaugt?«

»Sag ihnen doch die Wahrheit«, grinste ich. »Du bist der Gott der Unterwelt und ich habe die Erinnerung an mein früheres Leben zurückbekommen.« Ich befeuchtete meine Lippen und wollte ihm sagen, dass ich wieder wusste, wie sehr ich ihn liebte, aber sein Blick war so ernst, dass ich nicht konnte.

»Und wenn Cris das hört?«, fragte Hades.

»Guter Punkt«, stöhnte ich und lehnte mich wieder zurück. Irgendwie fühlte ich mich nach dem scharfen Gebräu eindeutig besser.

»Du ruhst dich noch ein wenig aus und danach bekommst du noch mal Ambrosia«, meinte Demeter, als sie meine Hand tätschelte.

»DAS ist Ambrosia?«, wollte ich wissen und verzog mein Gesicht. »Ich dachte, das soll gut schmecken … Das ist absolut ekelhaft. Fast so ekelhaft wie der Kaffee, den es hier gibt.«

»Weil du kein Gott bist«, erklärte Demeter nachsichtig.

Vermutlich hatte sie meine Anspielung auf den Instantkaffee nicht verstanden. Wie auch?

»Deswegen bekommst du es auch nur verdünnt«, fuhr sie fort. »Es schenkt dir trotzdem genug Kraft, um die Strapazen zu überstehen. Es weckt die Lebensgeister der Menschen. Im Trojanischen

Krieg haben einige Krieger Ambrosia von ›ihren‹ Göttern bekommen.«

Bei den Worten musste ich wieder an Brad Pitt denken. Ob der auch so etwas Ekelhaftes trinken musste? Wohl eher nicht. Aber der echte Achilles vielleicht …

»Scheint, als hättest du dich an mehr erinnert, als notwendig gewesen wäre. Aber Hekate hat dich erst zurückgeholt, als es nicht mehr anders ging, denn sie meinte, es sei wichtig, dass du siehst, was du siehst«, fuhr meine göttliche Mutter fort.

»Ich denke, da hatte sie recht«, stimmte ich zu und schloss die Augen. »Ich habe Achilles besiegt.«

Und ich weiß wieder, wie sehr ich dich liebe, Hades, dachte ich. *Mein Herz gehört dir. Bis der letzte aller Sterne erloschen ist, wird mein Herz dir gehören.*

»Ja, das hast du. Mehrmals«, sagte Hades und ich hörte, dass er dabei lächelte.

Ich stöhnte und fühlte, wie ich wieder schläfrig wurde. »Wenn ich das meinem Bruder erzählen würde …«, flüsterte ich. »Hades …«

Ich wollte ihm wirklich sagen, was ich für ihn empfand. Aber alle Kraft verließ meinen Körper und ich tauchte in Dunkelheit ein.

»Pen?«

Hades' Stimme klang so nah und doch so fern. Mein Herz schlug sehnsüchtig, aber mein Kopf fühlte sich schwer an.

»Noch nicht, Hades. Ich bin noch so müde«, knurrte ich.

»Ich weiß, aber wir müssen aufbrechen. Es ist bald Zeit für das Abendessen und ich musste deinem Dad versprechen, dass wir da sind.«

»Wann hast du ihm das versprochen?«, gähnte ich und öffnete mühsam die Augen. Das Licht brannte und ich wollte sie wieder schließen, als ich bemerkte, dass Hades neben mir lag und sein Gesicht nur wenige Zentimeter von meinem entfernt war. Sofort war ich wach und legte wie von selbst meine Arme um ihn.

Er grinste und strich mir über die Wange. »Er hat vorhin auf deinem Handy angerufen und ich bin rangegangen«, sagte er und sein Blick wanderte zu meinem Mund. »Ich habe ihm erklärt, dass du gerade im Bad wärst. Er möchte, dass wir am Familienessen teilnehmen. Ich habe es ihm versprochen.«

»Hm, du wärst wirklich ein guter Schwiegersohn«, seufzte ich und lehnte meine Stirn an seine. »Du bist so angenehm kühl …«

»Und du glühst, Prinzessin. Nach dem nächsten Becher Ambrosia geht es dir hoffentlich besser.«

Mein Magen verkrampfte sich und ich schüttelte mich. »Muss das sein?«

»Ja«, sagte Demeter streng, als sie plötzlich neben uns stand. »Keine Widerrede, Tochter. Zeus darf nicht wissen, dass du deine Erinnerungen wiederhast. Und er wird misstrauisch, wenn du aussiehst, als … wie hast du das vorhin erklärt, Hades?«

»Als hätte ein Vampir dich ausgesaugt«, schloss er und half mir, mich aufzusetzen.

Diesmal saß ich ohne Hades' Hilfe, was mein Kopf wohl nicht gut fand. Von Schwindel gequält, legte ich meine Hände an die Stirn, stöhnte und ließ mich doch gegen Hades sinken, der mich sicher hielt.

»Gleich ist es besser«, flüsterte er beruhigend und stützte mich wieder, während Demeter mir die Ambrosia einflößte. Ich kniff die

Augen zusammen und schluckte heftig, als die Flüssigkeit wieder in meinem Inneren brannte.

Müde lehnte ich mich zurück, nachdem der Becher leer war, und hoffte, ich würde die Ambrosia nicht gleich wieder hochwürgen. Aber sie blieb in mir.

»Wie fühlst du dich?«, fragte Demeter, als sie meine Hand ergriff.

»Ganz gut, denke ich …«

»Du wirst dafür sorgen, dass sie sicher ist?«, fragte sie an Hades gewandt und der nickte.

»Natürlich. Ich werde sie zu ihrer Familie bringen und in der Nacht über ihren Schlaf wachen.«

Ich drehte meinen Kopf und bereute diese Bewegung sofort. »Musst du nicht schlafen?«, wollte ich wissen, denn wenn er Tag und Nacht bei mir war …

Hades schmunzelte. »Nicht so oft wie du, meine Liebste. Also mach dir keine Sorgen.«

Demeter tätschelte meine Hand. »Wir sehen uns morgen wieder. Dann bringe ich deine Rüstung mit, damit du sie bei deinen Übungseinheiten ausprobieren kannst.«

»Danke, Mutter«, flüsterte ich und die Göttin lächelte.

»Gern.«

Damit stand sie auf und verließ die Höhle. Erst da wurde mir bewusst, dass Hades und ich nun allein zurückblieben. Ich schloss meine Augen. Mein Kopf schmerzte immer noch und mir war schwindelig.

»Pen, wir sollten wirklich los …«, raunte er, während seine Hände über meinen Körper glitten.

»Ich will noch nicht gehen«, flüsterte ich zurück und befeuchtete meine Lippen. »Ich will dir noch etwas sagen.«

»Das hat Zeit«, begann er, doch ich unterbrach ihn.

»Nein, hat es nicht«, erwiderte ich sanft und wand mich in seinen Armen, um ihn ansehen zu können. »Ich erinnere mich wieder, Hades.« Ich legte meine Hand an seine Wange und blickte in seine Augen. »Ich weiß wieder, was ich gefühlt habe.«

Er musterte mich verwirrt und schluckte. Kein Wort kam über seine Lippen, die ich nun mit meinem Daumen nachfuhr.

»Und ich denke, ich fühle es jetzt wieder«, hauchte ich und beugte mich nach vorn. Er war mir so nah, dass ich seine Wärme auf meiner Haut fühlte, und ich versank in seinen grünen Augen, als ich die Worte aus meiner Erinnerung wiederholte: »Mein Herz gehört dir. Bis der letzte aller Sterne erloschen ist, wird mein Herz dir gehören.«

Etwas loderte in seinem Blick auf und er zog mich an sich, bedeckte mich mit Küssen und zog mich mit sich zurück auf die Matratze. Ich stöhnte, während er meinen Hals küsste, und wollte meine Hände unter sein Shirt wandern lassen, als er meine Handgelenke umfasste und mich zur Seite zog. Ich knurrte und wollte wieder zu ihm, da umfasste er mich von hinten und hielt mich fest.

»Pen«, hauchte er und legte seine Lippen an meine Schläfe. »Ich würde am liebsten für immer mit dir hierbleiben. Aber es geht nicht …«

»Hades, bitte …«, flehte ich und versuchte, mich aus seinen Armen zu lösen, aber er hielt mich fest. Verzweifelt schluchzte ich: »Ich will mit dir zusammen sein. Vielleicht sind das unsere einzigen Tage, und ich will nicht …«

»Sprich nicht weiter«, bat er und sein Atem an meinem Ohr trieb mich in den Wahnsinn. »Du wirst dieses Mal bestehen und dann werden wir alle Zeit der Welt haben. Glaube an dich, Prinzessin.«

»Trotzdem …«, schluchzte ich und versuchte erneut, mich aus seinen Armen zu lösen und umzudrehen.

»Mach es mir nicht so schwer, Pen«, seufzte er beherrscht und hielt mich noch fester. »Ich muss dich zurückbringen, sonst wird Zeus misstrauisch. Ich will nicht riskieren, dass er zu viel Zeit hat, um sich neue Tricks einfallen zu lassen.«

Irgendwie rang ich mir ein Nicken ab und Hades ließ mich endlich los. Als ich mich aufsetzte, stand er bereits vor dem Bett und schob seine Arme unter mich.

»Was machst du da?«, fragte ich und verschränkte meine Finger in seinem Nacken.

»Wonach sieht es aus, Prinzessin? Ich trage dich.«

»Aber …«

»Kein Aber! Du bist noch ziemlich erschöpft und wenn wir das Dorf betreten, musst du ohnehin wieder auf eigenen Beinen stehen. Bis dorthin trage ich dich.«

»Wer hätte gedacht, dass der Gott der Unterwelt mich eines Tages auf Händen tragen würde«, flüsterte ich und lehnte mich an seine Schulter.

»Wenn das alles vorbei ist, trage ich dich jeden Tag, wohin du willst«, grinste er und küsste meine Nasenspitze.

»Ich nehme dich beim Wort, Hades.«

Er lächelte und trat mit mir in die Dunkelheit der Höhle. Mit ihm an meiner Seite kam sie mir gar nicht mehr so angsteinflößend vor.

23

Angeliki legte gerade Fleischspieße auf den Grill, als Ajax und ich Hand in Hand in den Garten schlenderten. Meine Eltern und Günter begrüßten uns herzlich, meine Schwester war nicht zu sehen, ebenso wenig wie Cris.

»Was ist mit Vicky?«, fragte ich, als ich mich hinsetzte.

Mum seufzte. »Sie hat Martin angerufen, der ihr ein Auto mit Chauffeur geschickt hat, das sie nach Athen bringt, wo er auf sie warten wird und sie dann einen Luxusurlaub machen können.«

Ich verdrehte die Augen. »Typisch Vicky«, murmelte ich.

Mum lächelte entschuldigend. »Tut mir leid, dass sie so kurz vor deinem Geburtstag abgereist ist. Aber vielleicht kommt sie ja doch vorbei.«

»Ach«, machte ich und winkte ab.

Ich liebte meine Schwester, aber mit der Art, die sie seit geraumer Zeit an den Tag legte, kam ich einfach nicht klar. Sie stand gern im

Mittelpunkt, aber wie sie sich momentan verhielt … Ich nahm mir vor, Ajax bei Gelegenheit zu fragen, ob es etwas mit ihrem früheren Leben zu tun haben könnte und ob es eine Möglichkeit gab, meine ›alte‹ Schwester wiederzubekommen.

»Und Cris?«, fragte ich vorsichtig und drückte Ajax' Hand ein wenig fester, als er sich verspannte.

»Keine Ahnung. Vorhin war er in seinem Zimmer«, murmelte Günter und grinste mich an, während er Ajax und mir Gläser hinstellte und sie mit Wasser füllte. »Schönen Tag gehabt?«

Ich nahm mein Glas in die Hand und nickte, bevor ich an dem Strohhalm zog.

»Und? Endlich geküsst worden?«, fragte mein Bruder.

Ajax verschluckte sich fast an seinem Getränk, was Günter zum Lachen brachte.

»Ist das ein Ja oder Nein?«

»Geht dich nichts an«, zischte ich und mein Bruder lachte noch lauter.

»Ihr lasst euch echt verdammt lange Zeit«, neckte er mich und duckte sich, als mein Brot in seine Richtung segelte.

»Günter, jetzt lass sie doch!«, tadelte meine Mutter. »Ist doch gut, wenn sie sich Zeit lassen. Besser so, als sie bereuen danach etwas.«

»Apropos Zeit«, nahm mein Vater den Faden auf. »Morgen werden eure Mutter und ich noch mal allein Zeit verbringen, aber übermorgen, an deinem Geburtstag, sind wir natürlich den ganzen Tag hier. Ich hoffe, das ist in Ordnung?«

Ich nickte und auch Günter schien damit zufrieden zu sein.

»Ajax, wirst du meine Schwester wieder entführen?«, fragte mein Bruder mit einem amüsierten Gesichtsausdruck und wackelte mit den Augenbrauen.

»Wenn sie möchte, gern«, erwiderte Ajax vorsichtig und ich nickte lächelnd.

»Musst du nicht auch mal arbeiten?«, ertönte Cris' Stimme und ich atmete scharf aus.

»Hab mir bis zu Pens Geburtstag freigenommen«, entgegnete Ajax finster und beobachtete Cris, wie er sich mir gegenüber hinsetzte.

»Na, das muss Liebe sein«, grinste der und griff nach einem Stück Brot.

Der Duft des gebratenen Fleisches wehte zu uns und obwohl es einfach köstlich roch, war mir mit einem Schlag der Appetit vergangen.

»Siehst müde aus, Penelope«, stellte Cris schmatzend fest.

»Ich träume in letzter Zeit seltsam …«, murmelte ich und trank einen Schluck.

»Ach, macht der kleine Ajax dich nicht müde genug? Ihr verbringt ja wirklich jede freie Minute gemeinsam, da dachte ich eigentlich, ihr würdet gewisse Dinge tun …«

»Sei still, Cris«, fauchte Ajax und ich fühlte, wie jeder seiner Muskeln sich anspannte. »Ich bin nicht wie du …«

»Da hast du allerdings recht«, pflichtete Cris ihm bei und schenkte sich ein Glas Weißwein ein.

»Jungs, benehmt euch«, tadelte mein Vater.

Cris stand auf. »Hab keinen Appetit«, meinte er, nahm sich sein Glas und die Flasche mit und verzog sich wieder ins Haus.

»Denkst du, er ahnt etwas?«, flüsterte ich und Ajax schüttelte den Kopf.

»Dann hätte er anders reagiert.« Er strich mir zärtlich über den Arm. »Entspann dich …«

Ich hätte mich wirklich gern entspannt, aber ich musste Cris noch zwei Tage in dem Glauben lassen, dass ich keine Ahnung hatte, wer er war, und danach würde er mich in eine Arena schicken und dafür sorgen, dass ich sie nicht lebend verließ.

Wie sollte ich mit dem Wissen entspannen?

Günter beobachtete mich besorgt, als ich von dem köstlich duftendem Fleischspieß kaum aß, und auch Ajax stupste mich immer wieder an und raunte mir zu, ich solle essen, ich würde die Kraft brauchen.

Offenbar war mein Vater ebenfalls in Sorge um mich, denn er hob die Augenbrauen und starrte auf meinen fast vollen Teller. »Schmeckt es dir nicht?«

»Oh, äh, doch! Ich bin nur … Mir liegt das mit Vicky im Magen«, log ich schnell und Dad nickte verständnisvoll.

»Ja, das war nicht unbedingt ihre beste Aktion«, stimmte er zu. »Aber … schmeckt dir das Essen? Ich habe Angeliki gebeten, es an deinem Geburtstag zuzubereiten, und sie wollte es probieren, denn soweit ich sie verstanden habe, grillt sie nicht besonders oft und wollte es für dich perfekt haben.«

Ich warf der Griechin einen erstaunten Blick zu, was sie nur dazu brachte, wieder ein wenig vor sich hin zu murmeln, aber es klang bei Weitem nicht so gereizt wie sonst.

Toll, jetzt hatte ich wirklich ein schlechtes Gewissen.

Ajax beugte sich zu mir und flüsterte: »Sieh einer an, du erweichst sogar das Herz einer alten, verbitterten Griechin. Das ist eine Leistung, Prinzessin.«

Ich warf ihm einen finsteren Blick zu, was ihn zum Grinsen brachte, besonders als er mir eine Gabel mit Fleisch belud und vor die Nase hielt.

Pflichtbewusst aß ich ein Stück, und dann noch eines … und noch eines … bis mein Teller leer war und ich mich mit vollem Magen zurücklehnte.

»Geht doch«, meinte Günter und schenkte mir ein Glas Rotwein ein.

Wir stießen an und ließen den Abend ausklingen.

Meine Eltern zogen sich recht bald zurück und nachdem wir Angeliki geholfen hatten, alles sauber zu machen und wegzuräumen, blieben nur Ajax und ich auf unseren Liegestühlen zurück. Er hielt mich in seinen Armen und legte seine Wange an meinen Kopf.

»Ajax? Können wir reden?«, wollte ich wissen und er nickte.

»Solange Cris nicht hier im Garten ist …«

»Kann er sich denn nicht unsichtbar machen, so wie du?«

»Das ist der Vorteil, wenn man aus der Unterwelt kommt«, schmunzelte Ajax. »Ich kann mich für alles und jeden unsichtbar machen. Der große Zeus erstrahlt immer und kann höchstens seine Gestalt verändern. Allerdings hat er sich schon lange nicht mehr in etwas Unscheinbares verwandelt.«

»Oh«, machte ich nur und biss mir auf die Lippen.

Ich wollte mit etwas Unverfänglichem beginnen, also musterte ich ihn.

»Ich habe dich schon länger nicht mehr rauchen gesehen …«

»Hatte heute irgendwie keine Zeit dazu«, erwiderte er und hob einen Mundwinkel. »Sag mir jetzt nicht, dass es dir gefällt, wenn ich rauche.«

»Nein, das nicht. Ich frage mich sowieso, wieso du es tust.«

Er zuckte mit den Schultern. »Es beruhigt mich und im Gegensatz zu den Menschen kann es mir nicht schaden. Außerdem bilde ich mir ein, es lässt mich weniger göttlich erscheinen.«

Ich lachte leise. »Ehrlich? Du denkst, es macht dich weniger göttlich?«

Er warf mir einen finsteren Blick zu, dann entspannte er sich wieder. »Bist du nicht müde?«, fragte er plötzlich und strich sanft über meine Oberarme. Dort, wo er mich berührte, prickelte meine Haut und die feinen Härchen richteten sich auf. Wie konnte er mit so einer einfachen Geste so eine Wirkung auf mich haben?

»Irgendwie schon, aber ich bin mir nicht sicher, ob ich einschlafen kann …«

»Du musst dir keine Sorgen machen, Pen. Ich wache in der Nacht über dich.«

»Es geht nicht nur um die Nächte, Ajax. Übermorgen wird alles anders sein als bisher …«

»Ich weiß«, seufzte er und strich mir wieder über die Oberarme.

»Was wird aus meiner Familie?«, sprach ich endlich aus, was mir durch den Kopf ging, seit ich erfahren hatte, wer ich einmal gewesen war. »Ich meine, ich kann doch nicht einfach verschwinden und ihnen nichts sagen …«

Allein bei dem Gedanken kamen mir die Tränen. Wir waren keine Bilderbuchfamilie, ganz bestimmt nicht. Aber ich liebte meine Eltern und meine Geschwister und ich ertrug die Vorstellung nicht, sie nie wieder zu sehen.

»Ich kann ihnen die Erinnerung an dich nehmen, wenn du willst«, flüsterte er und zog mich fester in seine Umarmung.

»Und kannst du auch mir die Erinnerung an sie nehmen?«, erwiderte ich und drängte meine Tränen zurück.

»Nein«, hauchte er. »Tut mir leid. Aber ich wiederhole es, Pen. Wenn du unsterblich wirst, musst du nicht mit mir in die Unterwelt.«

»Und ich wiederhole es auch noch mal, Ajax«, sagte ich mit bebender Stimme. »Ich mache das nicht, nur um dann die Ewigkeit ohne dich zu verbringen. Aber …« Ich stieß heftig den Atem aus und ballte meine Fäuste. »Aber ich weiß nicht, wie ich damit klarkomme, ohne meine Familie zu sein.«

Er strich mir über meinen Kopf und hauchte mir einen Kuss auf die Wange. »Ich würde dir gern sagen, dass es mit der Zeit besser wird, aber das ist leider nicht wahr …«

Ich drehte mich zu ihm um und blickte ihm in die Augen, die im hellen Mondschein schimmerten. »Du hast all die Jahre um mich getrauert?«, fragte ich gerührt und als er nur schweigend nickte, wurde mein Herz schwer. »Oh Ajax …«

»Darum verstehe ich dich«, beeilte er sich, zu sagen. »Es war egal, wie viele Jahre vergingen. Immer wenn ich an dich dachte, wenn ich deine Seele unter all den anderen entdeckte, wurde es schwerer, zu atmen.« Er schwieg einen Moment, bevor er ganz leise hinzufügte: »Und deswegen gebe ich dich frei, wenn es das ist, was du willst. Vielleicht kann ich dich öfter besuchen, oder …«

»Hör auf«, flüsterte ich und legte ihm einen Finger auf seine weichen Lippen, die ich zu gern geküsst hätte. »Ich gehöre an deine Seite, Ajax«, sagte ich fest entschlossen und lächelte traurig. »Denn selbst wenn ich nicht mit dir käme, meine Familie würde irgendwann sterben und ich nicht. Auch diese Vorstellung macht mir

Angst. Aber vielleicht gibt es irgendeine Möglichkeit, dass ich meine Familie ab und zu besuchen kann.«

Er nickte. »Ich habe mit Demeter gesprochen. Sie und Hekate denken, es wäre möglich, eine solche Lösung für dich zu finden«, sagte er. »Aber wir befassen uns nach der Prüfung damit.«

»Einverstanden«, stimmte ich zu und lehnte meinen Kopf an seine Schulter.

Ajax hielt meine Hand und betrachtete sie im silbernen Mondlicht. »Wir werden für alles eine Lösung finden«, versprach er und ich nickte wortlos. »Aber jetzt solltest du schlafen gehen, Prinzessin. Du wirst morgen gegen Panos und mich antreten müssen, und falls du dich erinnerst, wir sind keine einfachen Gegner.«

Ich schmunzelte. »Überschätze dich da mal nicht, mein Lieber. Ich bin eine Frau des 21. Jahrhunderts und wir haben unseren ganz eigenen Stil. Außerdem kann ich Krap Manga.«

»Das heißt immer noch Krav Maga«, grinste er und ich hätte mir am liebsten auf die Stirn geschlagen. »Ich bin gespannt, was du dazugelernt hast«, flüsterte er schnell und zog mich noch einmal an sich. »Es wird jeden Abend schwieriger, dich gehen zu lassen …«

»Nur noch zweimal, Ajax«, sagte ich mit bebender Stimme und fühlte wieder die Angst in mir aufsteigen.

Nur noch zweimal … und dann würde mein Leben sich verändern. So oder so.

24

Er hätte sie am liebsten ins Bett getragen, aber das durfte er nicht. Zeus würde sicher vor der Tür lauern und warten. Also verabschiedete er sich vor der Terrassentür und hüllte sich sofort in seinen Umhang, als er die Wand hochkletterte und durch das geöffnete Fenster stieg.

Sie konnte ihn nicht sehen, aber das sollte sie auch nicht, denn wenn sie gewusst hätte, dass er da war, und ihn geküsst hätte, wäre er schwach geworden. Das Risiko war zu groß.

Er drehte sich um, als sie sich auszog und anschließend ins Bad huschte, um sich die Zähne zu putzen. Nachdem sie zurückkam, schloss sie die Tür ab und schob die Kommode davor, was ihn zum Schmunzeln brachte.

Als hätte ein Möbelstück ausgereicht, Zeus davon abzuhalten, zu ihr zu gelangen.

Hades beobachtete sie, wie sie sich hinlegte, das Licht löschte und einige Zeit mit offenen Augen wach lag. Irgendwann fielen ihre Lider zu und sie schlief ein.

Er setzte sich auf den wackeligen Stuhl und wartete.

Knarrend ging die Tür auf und als er den Widerstand spürte, schob Zeus ihn kurzerhand durch seine Kräfte von außen beiseite, bevor er das Zimmer betrat. Suchend sah er sich im Raum um und schritt dann leise auf Penelope zu. Vor dem Bett hielt er inne und betrachtete sie.

Hades folgte seinem Blick. Sie sah wunderschön aus. Ihr hellbraunes Haar glänzte fast golden im Mondschein und ihr Gesicht wirkte wie aus Marmor gemeißelt.

Zeus drehte sich um und Hades erkannte, dass er einen Schlafzauber über Pen legte, damit sie nicht aufwachte.

»Ich weiß, dass du hier bist, Hades. Ich mag dich nicht sehen können, aber ich bin sicher, dass du sie nicht allein lässt.«

Hades zog seinen Umhang ab und gab sich zu erkennen. »Warum bist du dann hier?«

Sein Bruder lächelte kalt. »Um sicherzugehen, dass du ihr nicht heimlich im Schlaf Erinnerungen zurückgibst. Du willst mir doch nicht einreden, dass ihr euch immer noch nicht geküsst habt?« Er lachte. »Immerhin habt ihr euch beim ersten Mal nicht so viel Zeit gelassen und ich habe euch vor einigen Tagen davon abgehalten. Ob sie endlich erkannt hat, dass du keinen Charme besitzt?«

»Und wenn sie Zeit braucht und ich sie nicht drängen will?«, fragte Hades und funkelte Zeus an.

»Dann frage ich mich, wozu du überhaupt noch Zeit mit ihr verbringst, wenn sie dich offensichtlich nicht will.« Es lag so viel Genugtuung in seiner Stimme, dass Hades schlecht wurde.

»Weißt du, Bruder«, schmunzelte er deswegen, »selbst wenn sie mich nicht will, bin ich mir ziemlich sicher, dass sie *dich* noch weniger will.«

Zeus' Lächeln wurde kälter. »Nun, vielleicht sollte ich ihr die Erinnerung geben? Alles, meine ich, diese seltsamen Gefühle für dich eingeschlossen. Dann wird sie sich dir an den Hals werfen und ihre Niederlage wird für dich noch schmerzhafter, denn dann wirst du keine Zeit mehr mit ihr haben.« Er hob den Blick hochmütig. »Andererseits ... Vielleicht quält es dich ja noch mehr, dass sie an deinem sterblichen Ich Interesse hat. Was sie nicht mehr haben wird, sobald sie erfährt, wer du bist.«

»Dir muss wirklich unglaublich langweilig sein, Bruder«, schnaubte Hades. »Solltest du nicht die Geschicke der Welt lenken? Dafür sorgen, dass es den Menschen gut geht?«

Der Göttervater lachte amüsiert. »Ich kann mich nicht erinnern, dass dies meine Aufgabe ist. Ich sollte dafür Sorge tragen, dass ihr anderen euch nicht gegenseitig abschlachtet. Was mir im Großen und Ganzen gelungen ist. Aber die Menschen? Es gibt so viele von ihnen, warum sollte mich ihr Schicksal interessieren?«

»Weil es unsere Aufgabe ist ...«

»Ach Hades, du warst schon immer amüsant«, meinte Zeus kopfschüttelnd. »Dass ausgerechnet du Mitgefühl für die Menschen haben könntest! Vielleicht hätte ich eine Göttin zwingen sollen, dich zu heiraten, dann würden wir jetzt nicht in dieser verfluchten Welt festsitzen und darüber diskutieren, wer welche Aufgabe ausüben sollte.«

»Du hättest vielleicht eine Göttin zwingen können, aber nicht mich. Ich habe mein Herz an Persephone verloren.«

»Du bist ein Gott, du hast kein Herz. Es ist mir egal, was du glaubst.«

»Ich habe genauso ein Herz wie du und die anderen. Im Gegensatz zu euch gestehe ich mir auch Gefühle zu. Und falls du immer noch zweifelst: Mein Herz schlägt höher, wenn Pen mich ansieht.«

Zeus rollte die Augen. »Oh bitte, mir wird schlecht. Ich habe nie verstanden, wieso ihr beiden von Liebe sprecht. Liebe ist eine Erfindung von uns, die wir den Menschen aufgetischt haben, damit sie an etwas glauben können. So wie all die anderen Gefühle. Wozu soll so etwas gut sein? Der Spaß geht doch verloren.«

»Du irrst dich«, widersprach Hades ernst. »Die Liebe war immer da, aber du hast sie nie gesehen. Für dich ging es immer nur darum, Frauen deinen Willen aufzuzwingen. Dabei hattest du in Hera eine treue, liebevolle Gefährtin und du hast ihr nichts als Schmerzen bereitet.«

»Schweig!«, fauchte Zeus und richtete sich auf. »Sie ist wie alle Frauen. Einst war sie reizvoll und schön, aber sie wurde langweilig. Deine Persephone wäre mir auch langweilig geworden und du hättest sie haben können, wenn ich sie abgelegt hätte. Aber du wolltest mir nicht das geben, was mir gebührte.« Er räusperte sich und fuhr sich durch die Haare. »Wie dem auch sei. Küss sie, leg sie flach oder lass es bleiben, aber in zwei Tagen ist sie tot und ihre Seele für immer verloren. Also nutz die Zeit weise.«

Mit einem boshaften Grinsen ging er zur Tür und schloss sie hinter sich.

Hades stellte die Kommode wieder davor und legte sich dann erneut den Umhang an.

Zeus wird sich noch wundern, dachte er und hielt den Rest der Nacht Wache.

25

Ich war froh, dass Cris dem Frühstück fernblieb, und zugleich verunsicherte es mich. Ajax war sich sicher, dass er nichts wissen konnte, aber dennoch hatte ich ein mulmiges Gefühl. Wenn Ajax mich gefunden hatte, weil meine Kräfte erwachten, würde Cris dann nicht spüren, wenn ich meine Entscheidung getroffen hatte?

Mir gefiel es nicht, dass er verschollen blieb. Ob er etwas ausheckte? Vielleicht wusste er doch mehr, als er sollte.

Selbst als meine Eltern aufbrachen und Günter und ich allein im Garten waren, ließ er sich nicht blicken. Nervös nippte ich an meinem Kaffee, an den ich mich wohl langsam zu gewöhnen schien, und wartete auf Ajax. Im Vergleich zu dieser widerlichen Ambrosia schmeckte der Kaffee echt göttlich.

Ich musste über mein Wortspiel schmunzeln.

Ob es in der Unterwelt wohl etwas Anständiges zu essen gab? Irgendwie erinnerte ich mich nicht mehr daran, dass ich dort viel zu mir genommen hatte. Dafür erinnerte ich mich gut an die Nächte mit Hades.

Sehnsucht überkam mich und ich stieß den Atem gequält aus. Sollte ich ihn bitten, die Nacht mit mir zu verbringen? Er hatte schließlich recht deutlich gesagt, dass er lieber bis nach meiner Prüfung warten wollte. Aber was, wenn es kein *danach* gab?

Günter fuhr mit seiner Hand vor meinem Gesicht herum. »Hallo, Erde an Penelope… Hörst du mich?«

»Ich versuche, dich zu ignorieren«, gab ich zurück und grinste ihn an.

»Okay, gut zu wissen.« Mein Bruder biss sich auf die Unterlippe und starrte mich an. »Muss ich mir Sorgen um dich machen?«

»Wieso?«, fragte ich und versuchte dabei, nicht so nervös zu klingen, wie ich mich fühlte.

»Weil du seit vorgestern irgendwie verändert wirkst. Angespannter. Gehetzter. Setzt der Kellner dich unter Druck? Dann nehme ich ihn mir vor.«

Ich musste ein Lachen unterdrücken. Günter war groß, aber seine Stärke lag definitiv nicht beim Kampfsport oder Sport allgemein. Er war eher der Denker. Allein die Vorstellung, er würde gegen Ajax, der in Wahrheit ein Gott war, antreten, war köstlich. Obwohl es zu seinem Verhalten passte. Er hatte mich immer beschützt, selbst vor übermächtigen Gegnern. Ich fragte mich, wessen Seele er wohl in sich trug.

»Lass mal gut sein, Brüderchen«, sagte ich und tätschelte seine Hand. »Ajax ist der vollendete Gentleman.«

»Es freut mich, dass du mich so siehst«, hörte ich Ajax' Stimme und drehte mich breit grinsend um.

»Willst du etwas anderes behaupten?«, entgegnete ich und stand auf, um ihn zu umarmen.

»Keineswegs. Ich gebe mir auch wirklich Mühe, Prinzessin.«

Ich trat einen Schritt zurück und ließ meinen Blick an ihm hinabgleiten. Er trug eine Jeans und ein helles Shirt. Seine lockigen schwarzen Haare hingen ihm verwegen in die Stirn und seine grünen Augen funkelten belustigt, während ich ihn beobachtete.

Da war sie wieder, diese Sehnsucht, die mich aufforderte, mich an seinen Hals zu werfen, ihn zu küssen und auf mein Zimmer zu schleppen.

Das konnte nur die Erinnerung an unser früheres Leben sein. Mit Lukas war ich ein halbes Jahr zusammen gewesen und hatte mir nicht vorstellen können, mit ihm weiter zu gehen als ein bisschen Fummeln. Aber mit Ajax …

Vielleicht, weil ich wusste, dass wir beide zusammengehörten, weil ich mich erinnerte, wie schön es früher mit ihm gewesen war.

Als ich in meine Überlegungen versunken war, fühlte ich seine Hand unter meinem Kinn, das er behutsam anhob. Er grinste mich an. »Ein Goldstück für deine Gedanken, Prinzessin«, sagte er leise und seine grünen Augen blitzten dabei.

»Hättest du gern«, gab ich zurück, räusperte mich und nahm meine Kaffeetasse in beide Hände. Hastig kippte ich die lauwarme Brühe hinunter und versuchte, Ajax nicht anzusehen.

Günter schüttelte den Kopf, schlug dann wieder sein Buch auf. Nachdem ich mich einigermaßen unter Kontrolle hatte, verabschiedete ich mich von ihm und er zwinkerte und rief uns »Macht zur Abwechslung mal was Unanständiges« hinterher.

Ajax hob amüsiert eine Augenbraue. »Früher haben Brüder dafür gesorgt, dass ihre Schwestern unbescholten blieben.«

Ich zuckte mit den Schultern. »Günter war schon immer anders«, erklärte ich und nahm seine Hand. »Außerdem mag er dich und will mir so seine Zustimmung zeigen.«

»Ach, woher weißt du, dass er mich mag?«

»Ich kenne ihn schon eine Weile. Hast du gesehen, wie er sich Cris gegenüber verhält? Wenn er dich nicht mögen würde, würde er dich genauso ignorieren. Oder versuchen, dich zu verprügeln. Er hat einen ausgeprägten Beschützerinstinkt.«

»Wenn du es sagst, Prinzessin«, erwiderte Ajax und grinste, aber ich hörte, dass er sich freute.

Diesmal schien Cris uns nicht zu verfolgen, was mir seltsam erschien und Ajax ebenfalls beunruhigte. Deswegen liefen wir einen gewaltigen Umweg zur Höhle, ließen uns auf einer Bank nieder und beobachteten die Umgebung. Zur Sicherheit hüllte Ajax uns in seinen Umhang, als wir das Dorf verließen. So konnten wir den Weg verborgen fortsetzen.

Trotzdem fürchtete ich, Cris könnte uns folgen. Immerhin war auch er ein Gott und konnte sich in ein anderes Lebewesen verwandeln.

Was, wenn er schon längst als Fliege herumschwirrte und uns belauschte?

Als wir den Eingang erreichten, ließ Ajax den Umhang sinken, verzichtete aber auf eine Taschenlampe und führte mich durch die

Höhle. Immer wieder blieb er stehen und lauschte, aber es schien, als würde uns niemand folgen.

Der Raum erstrahlte bereits in hellem, künstlichem Licht. Poseidon und Hephaistos wärmten sich gerade auf. Demeter polierte eine Rüstung, Hekate konnte ich nirgendwo entdecken.

Hades drückte meine Hand fester und wir betraten den Übungsplatz, in dem Poseidon gerade mit dem Schwert und dem Dreizack übte.

»Schick siehst du aus, Bruder«, scherzte Hades über Poseidons Tracht. Er erinnerte mich mit dem kurzen weißen Rock und dem Schulterpanzer über seinem Schwertarm an einen römischen Gladiator.

»Neidisch?«, fragte der Gott des Meeres und warf sich in Pose. »Wetten, du kannst das nicht tragen?«

»Wetten, ich *will* das nicht tragen?«, gab der Gott der Unterwelt zurück und beide Brüder lachten.

»Persephone«, rief Demeter und winkte mich zu sich. Ich eilte zu ihr und sie hielt mir stolz einen goldenen Brustpanzer hin. »Hier, deine Rüstung. Ich helfe dir, sie anzulegen.«

Zu meinem Entsetzen bestand meine ›Rüstung‹ aus jenem goldenen Brustpanzer, einem knappen Schuppenpanzer-Rock, goldenen Arm- und Beinschienen, einem Schulterpanzer für meinen Schwertarm und sonst nichts. Unwillkürlich musste ich an diese Amazone denken, wie hieß sie noch? Xenia?

»Und du bist sicher, dass ich nicht mehr tragen soll? Etwas auf den Beinen etwa?«, fragte ich und zerrte unsicher an dem Rock herum, der mir gerade mal über die Pobacken ging.

»Das trug man damals. Außerdem wäre eine komplette Rüstung viel zu schwer«, entgegnete die Göttin und lächelte. »Und du hast ja noch Flügel, wenn du in der Arena bist. Die bedecken deine Beine zumindest hinten, wenn du sie nicht aufspannst.«

Ach ja, das Geschenk von Hades … Ob ich damit wirklich fliegen konnte?

»Bist du bereit?«, hörte ich den Gott der Unterwelt neben mir und wandte mich um. Mein Herz setzte einen Schlag aus, als ich ihn musterte. Er trug diese dunkle Rüstung aus schwarzem Leder, die seine Figur so vorteilhaft betonte, und diesen Helm, der seine Augen noch besser zur Geltung brachte.

Mir wurde heiß, als sein Blick über mich glitt und ein Grinsen auf seinen Lippen lag. Wie sollte ich mich so konzentrieren?

»Pen, bist du bereit?«, wiederholte er mit einem Mal ernst.

»Was? Oh, äh … ja, ich denke schon«, stammelte ich und zupfte noch mal an dem Schuppenpanzer-Rock. Nichts zu machen, es blieb luftig um meine Oberschenkel.

»Gut, dann lass uns beginnen«, meinte er und führte mich in den Kampfring.

Hephaistos erklärte die Regeln. Als würde mir das irgendwie helfen! Ich konnte sie mir ja noch nicht einmal merken.

Ich erfuhr, dass die beiden Götter mich nicht verletzen durften, was beide sofort akzeptierten. Dann bezog Poseidon als Erster Stellung und umklammerte seinen Dreizack mit seiner rechten Hand.

»Seid ihr so weit?«, fragte Hephaistos und ohne auf eine Antwort zu warten, ließ er seinen erhobenen Arm sinken. »Los!«

Poseidon stürzte auf mich zu und ich wich ihm instinktiv aus, während ich mein erstaunlich leichtes Schwert kreisen ließ und ihm damit einen Streich auf die Waden versetzte. Ich fühlte, wie die Magie meiner Waffe mich lenkte, und jubelte innerlich, weil ich wohl immer noch in der Lage war, zu kämpfen.

Er keuchte erstaunt, als er auf die Knie sank, und warf mir einen imponierten Blick zu. »Gar nicht übel, Prinzessin.«

Sofort war er wieder auf den Beinen und versuchte erneut, mich zu attackieren. Diesmal kostete es mich mehr Mühe, seinem Angriff auszuweichen, und ich konnte auch keinen weiteren Treffer mehr landen.

Noch bevor Poseidon eine weitere Attacke ausführen konnte, wagte ich mich in die Offensive. Ich wirbelte herum, ließ mein Schwert vor mir kreisen und brachte ihn damit aus dem Konzept. Leider ging meine Taktik nicht auf und er unterbrach mich durch einen schnellen Stoß mit seiner Waffe, was mich ins Wanken brachte und meine Verteidigung viel zu weit öffnete. Als der Gott allerdings zum Gegenschlag ausholen wollte, fing ich mich und vollführte eine schnelle Drehung. Mit viel Glück gelang es mir, meine Klinge unter seinem Kinn zu platzieren.

Schwer atmend ließ Poseidon den Dreizack fallen und hob die Hände. »Hast gewonnen, Prinzessin«, meinte er und grinste breit.

Ich ließ mein Schwert sinken und wollte mich zu Hades umdrehen, allerdings stand er bereits neben mir. Das Lächeln, das ich bis zu diesem Moment auf den Lippen gehabt hatte, verschwand sofort, als ich seinen finsteren Blick sah.

»Hades?«, fragte ich mit zittriger Stimme.

Er seufzte. »Deine Verteidigung war einfach katastrophal, Pen. Wenn Poseidon schneller gewesen wäre, hätte er dir die Seite aufgeschlitzt.«

»Ja, ich weiß, aber …«

»Kein Aber! Pen, du darfst niemals deine Verteidigung sinken lassen. Das war schon bei deinem ersten Versuch dein größtes Problem. Dass du gewonnen hast, war mehr Glück als Können, dabei hast du eine magische Waffe, die dich führt.«

Fort war meine Sicherheit. Ich hatte gerade Poseidon besiegt, aber das schien nicht zu zählen. Mir war selbst klar, dass ich Glück gehabt hatte, und so ließ ich meinen Kopf sinken und hörte zu. Ich fühlte mich plötzlich ganz klein neben ihm, während er mir zeigte, was ich falsch gemacht hatte und wie ich es hätte besser machen können.

Keine Ahnung, wie lange er auf mich einredete und mich Drehungen und Abwehrhaltungen üben ließ.

Ja, ich musste das beherrschen und ein Teil von mir war ihm dankbar. Aber ein anderer Teil ärgerte sich darüber, dass er nicht anerkennen konnte, dass ich einen *Gott* (!!) besiegt hatte, wo ich am Tag zuvor keine Kampferfahrung besessen hatte. Erinnerung und magische Klinge hin oder her.

»Lass es uns versuchen«, verkündete er schließlich und wie aus dem Nichts erschien sein gewaltiges schwarzes Schwert, das größer war als ich. Aus der Nähe betrachtet war es noch furchteinflößender als in jenen Momenten, in denen er mich in der Arena beschützt hatte. »Greif mich an!«, rief er mir zu und ich hob meine Waffe und setzte zu einer Attacke an.

Hades wich zwar aus, aber nicht so schnell, wie er gekonnt hätte, was mich stutzig werden ließ, bis ich einen harten Schlag im Rücken fühlte und zu Boden sank.

»Du hast deine Verteidigung unbedacht offen gelassen«, zischte er und half mir auf die Beine.

»Ja«, murmelte ich und verbiss mir alle anderen Kommentare.

Was war los mit ihm? So war er damals nicht gewesen. Er hatte mir nie so deutlich meine Fehler unter die Nase gerieben. Oder mich Staub fressen lassen.

»Noch mal.«

Ich nickte und nahm meine Position ein. Diesmal passte ich besser auf und konnte ihn mit einem angetäuschten Schlag verwirren, bevor ich ihm einen Streich auf die Schulter verpasste. Hades fing meinen Angriff aber fast mühelos ab und holte zum Gegenschlag aus, der mich von den Füßen riss und das Schwert aus meiner Hand schleuderte. Keuchend hielt ich mir das Handgelenk, das von der Wucht des Schlages schmerzte.

»Pen, so wird das nichts«, murmelte er und hielt mir wieder die Hand hin, um mir aufzuhelfen.

Ich hatte so was von genug.

Zornig schlug ich sie weg, streckte meine Hand nach meinem Schwert aus und sah überrascht auf, als es in meiner Handfläche landete, als wäre es nie weg gewesen.

»Ich hatte vergessen, dass es das kann«, murmelte ich.

»Du hast auch noch einiges anderes vergessen, wie es scheint«, entgegnete Hades und ich funkelte ihn wütend an.

»Ehrlich? Verzeih mir, dass ich nicht die kampferprobte Amazone bin, die du dir wünschst.«

»Pen …«

»Nein, wirklich, Hades. Du warst mir schon damals weit überlegen, warum sollte es heute anders sein?« Ich tobte innerlich und versuchte, meine Stimme unter Kontrolle zu halten. »Im Gegensatz zu dir habe ich vergessen, wer ich einmal war, und ich bin auch kein verdammter Gott! Wieso? Wieso verhältst du dich jetzt so?«

Er ließ sein Schwert verschwinden und verschränkte die Arme. »Ich will nur, dass du ausreichend vorbereitet bist …«

»Ich werde NIE ausreichend vorbereitet sein!«, fauchte ich und fühlte Zornestränen, die ich nicht hinunterschlucken konnte. »Bei allen Göttern, ich bin keine Kriegerin! Ich war nie eine Kriegerin! Ich bin der Frühling! Und ich habe Poseidon dennoch besiegt. Ja, es mag Glück gewesen sein, aber ich habe ihn besiegt! Kannst du das nicht anerkennen und weniger herablassend mit mir umgehen?«

Hades musterte mich wortlos, was mich noch wütender machte, und bevor er doch noch etwas erwidern konnte, fuhr ich fort.

»Ich habe verfluchte Angst, Hades. Und um ehrlich zu sein, habe ich jetzt genug.«

Schnaubend stapfte ich an ihm vorbei und verließ den Ring, warf den beiden anderen Göttern einen vernichtenden Blick zu, als sie mir etwas zuraunten, und suchte mir eine Ecke, in der ich zumindest für den Moment ein wenig Ruhe hatte. Der blöde Brustpanzer scheuerte gewaltig und ich versuchte verzweifelt, ihn zu lösen, als ich Schritte neben mir hörte. Ich musste nicht aufsehen, um zu wissen, dass Hades vor mir stand.

»Lass mich in Ruhe«, zischte ich und sah ihn nicht an.

Er setzte sich trotzdem neben mich und lehnte seinen Kopf gegen die Wand.

Wieder versuchte ich, die Verschlüsse an meiner Rüstung zu öffnen, und knurrte genervt, als es nicht gelang. Wortlos half Hades mir, die Schnallen zu lösen, und um ein Haar hätte ich mir das Teil über den Kopf gezogen, bis mir bewusst wurde, dass ich darunter nichts trug.

Hades schien es ebenfalls zu bemerken, denn er schluckte schwer und wandte den Blick hastig von meiner nackten Haut ab. »Es tut mir leid«, flüsterte er so leise, dass ich ihn kaum hören konnte.

»Was genau?«, seufzte ich und lehnte meinen Kopf auch wieder gegen die Wand.

»Dass ich dir so zugesetzt habe. Ich weiß, du bist keine Kriegerin, und ich wollte auch nie eine Amazone an meiner Seite. Ich wollte immer jemanden wie dich«, sagte er und schloss die Augen. »Aber ich habe auch Angst, Pen. Ich habe Angst, dass ich dich verliere. Deswegen will ich, dass du lernst, was ich dich lehren kann. Und deine Verteidigung ist nun einmal immer noch deine Schwachstelle. Du gibst viel zu wenig darauf acht.« Er schluckte und öffnete seine Lider, um mich wieder anzusehen. »Ich hätte dich nicht entmutigen dürfen und das tut mir leid. Du hast Poseidon besiegt, er ist ein ernst zu nehmender Gegner. Ich habe in deinen Augen gesehen, dass du stolz darauf warst, und dein Selbstbewusstsein zerstört.« Er fuhr sich mit der Hand durch seine zerzausten schwarzen Locken und schwieg.

Ich war immer noch ziemlich zornig, aber wenn ich ihn so vor mir sitzen sah ... diesen nachdenklichen, missverstandenen, herzensguten Gott, dem mein Herz gehörte, konnte ich ihm nicht länger grollen.

»Mir tut es auch leid«, sagte ich schließlich und Hades sah mich zweifelnd an. »Du hast es gut gemeint und dafür danke ich dir. Aber ich habe solche Angst und als du mir all meine Fehler aufgezeigt hast, hat diese Panik einfach überhandgenommen.«

Er zog mich in seine Arme und vergrub sein Gesicht in meinen Haaren. »Pen, es tut mir so leid. Ich wollte dir die Angst nehmen und jetzt habe ich es schlimmer gemacht. Bitte verzeih mir.«

»Schon geschehen«, murmelte ich und hob meinen Kopf. »Hilfst du mir bitte mit dieser verdammten Rüstung?«

Er nickte und schloss die Schnallen wieder.

»Gut, dann zeig mir bitte, wie ich meine Verteidigung nicht zu sehr öffne«, sagte ich und stand auf.

»Einverstanden. Aber es wird nicht leicht.«

»Schon in Ordnung. Lass mich nur nicht zu viel Staub fressen, okay?«

26

Der Schweiß lief mir in Strömen den Rücken hinunter, während ich Hades' Angriff auswich und ins Leere gehen ließ.

»Gut!«, lobte er mich und selbst er schien zu schwitzen. Offenbar forderte ich ihn doch mehr, als ihm lieb war.

»Noch mal!«, rief ich und Hades ließ sein Schwert sinken.

»Ich glaube, du hast für heute genug, Pen.« Er wollte auf mich zugehen, aber ich hob meine Waffe an.

»Noch mal, habe ich gesagt.«

Hades schmunzelte. »Ein letztes Mal für heute«, murmelte er und machte sich wieder kampfbereit.

Es mussten Stunden vergangen sein. Irgendwann war Hekate erschienen und hatte Poseidon und Hephaistos mit sich genommen. Alle wünschten mir Glück und versprachen, morgen Abend in der Arena zu sein, um mir beizustehen. Nur Demeter war noch länger geblieben, aber vor geraumer Zeit war auch sie gegangen. Sie hatte einen Becher Ambrosia auf einen Tisch gestellt, Hades dazu ermahnt, sie mich trinken zu lassen, und mich dann mit glänzenden Augen in ihre Arme gezogen.

»Morgen Abend ist es vorbei, Tochter«, hatte sie geflüstert und mich auf die Stirn geküsst. »Ich werde da sein und dich beschützen, das verspreche ich. Diesmal bleibe ich in der Arena und kämpfe an deiner Seite.«

Ich hatte nur genickt und die Umarmung erwidert.

Danach hatte ich umso verbissener trainiert und Hades hatte mich mehrmals gelobt. Ich konnte ihn nicht besiegen, aber das war mir in diesem Moment vollkommen egal.

Ich griff meinen Gegner mit einem gezielten Schlag auf den Schwertarm an, was Hades offenbar überraschte, denn er wich mehr schlecht als recht aus, bevor er zum Gegenangriff überging. Diesmal war ich darauf vorbereitet und hob meine Waffe, sodass sein Schlag abprallte und ich ihm wieder zusetzen konnte.

Unsere Klingen klirrten, als sie sich trafen, und ich legte so viel Kraft in meinen Schwertarm, wie ich konnte, was Hades schmunzeln ließ. Einem Gott war ich einfach nicht gewachsen.

»Du kannst jetzt aufhören, Pen«, sagte er, aber ich schüttelte den Kopf und versuchte, ihn zurückzudrängen, was mir natürlich nicht gelang. »Pen …«

Ich hörte immer noch nicht auf und Hades lachte amüsiert, bevor er mit einer schnellen Bewegung mein Schwert von seinem gleiten ließ und ich fast auf die Nase gefallen wäre, wenn er mich nicht aufgefangen hätte.

Zornig funkelte ich ihn an, aber er lachte nur weiter. »Du hast genug für heute, meine kleine Amazone.«

Er nahm mir meine Waffe ab und zog mich an sich. Ich ließ es zu und fragte mich, wie Hades immer noch so gut riechen konnte, denn selbst *seine* Stirn glänzte vom Schweiß.

»Du hast dich wirklich gut geschlagen«, flüsterte er mir ins Ohr und seine Lippen berührten meine Haut flüchtig. Ich schauderte und legte meine Arme um ihn, während ich mich enger an ihn schob.

Ein plötzlicher Schmerz ließ mich innehalten und nach meinem Brustpanzer greifen. Verdammt, tat das weh.

Hades musterte mich und löste die Schnallen an der Seite. Vorsichtig schob er die Rüstung ein wenig zur Seite und tastete über meine Haut. Ich zog scharf die Luft ein und kniff die Augen zusammen.

»Du bist vollkommen wund gescheuert«, meinte er mitfühlend und sah mir wieder in die Augen. »Ich werde Demeter bitten, dir ein Unterkleid zu bringen, damit das in der Arena nicht passiert.«

Ich nickte und stieß den Atem aus, als er seine Finger von meiner Haut nahm. Der Schmerz ebbte ab und auch die Anspannung, denn … immerhin hatte er mich nur knapp unterhalb meiner Brust berührt.

»Wenn du die Ambrosia getrunken hast, sollte deine Haut verheilt sein«, sagte er. »Und wenn nicht, heile ich die Stelle. Das sollte ich irgendwie hinbekommen.«

Ich hörte ihm schon fast nicht mehr zu, denn ich überlegte gerade krampfhaft, wie ich mir den Brustpanzer über den Kopf ziehen sollte. Er war ziemlich schwer und Demeter hatte mir geholfen, ihn anzulegen. Ich war mir gerade nicht mal sicher, ob ich überhaupt meine Arme heben konnte.

Hades musterte mich belustigt. »Was denkst du gerade, Pen?«

»Ich … ähm …«, stotterte ich und wich seinem Blick aus. »Ich frage mich, wie ich meine Rüstung ablegen soll …«

»Na ja, am besten ziehst du den Brustpanzer über den Kopf«, schlug Hades grinsend vor.

»Ja, das ist mir klar, aber … ich glaube nicht, dass ich das im Moment schaffe.«

Sein Gesicht wurde ernst. »Oh«, hauchte er und räusperte sich. »Nun, dann werde ich dir helfen …«

Ich nickte und schloss die Augen, als er sich umständlich hinter mich stellte. »Wäre es nicht einfacher, du würdest vor mir stehen? Demeter …«

»Demeter ist deine Mutter«, antwortete er mit rauer Stimme und legte seine Hände an meine Rüstung. »Ich nicht. Glaub mir, es ist sicherer, wenn ich hinter dir stehe. Dann wollen wir dich mal aus diesem Ding befreien.«

Er versuchte wohl, es scherzhaft klingen zu lassen, aber seine Stimme war so belegt und er wirkte so angespannt, dass ich mich auch verkrampfte.

»Kannst du deine Arme heben?«, raunte er viel zu nah an meinem Ohr.

»Ich versuche es«, gab ich mit bebender Stimme zurück und hob unter unvorstellbarem Kraftaufwand meine Arme. Das Gewicht meiner Rüstung nahm ab und die kühle Luft der Höhle hüllte meinen Körper ein. Ich hörte, wie etwas Metallisches auf dem Boden abgelegt wurde, und wollte meine Arme um meinen Körper legen, als warme Hände mich umfassten und gegen eine starke Brust zogen.

Hades' Atem ging schneller und streifte meine Wange, als seine Lippen zu meinem Hals wanderten und eine brennende Spur hinterließen.

Ich wollte mich umdrehen, aber er ließ mich nicht, hielt mich fest. Seine Arme waren vor meiner Brust überkreuzt und er hielt seine Hände verkrampft, um nicht zufällig über meine empfindliche Haut zu streichen.

»Hades«, raunte ich und versuchte noch einmal, mich umzudrehen, aber er gab nicht nach.

»Pen, ich schwöre dir, wenn ich dir morgen Abend helfe, deine Rüstung abzulegen, werde ich mich nicht mehr zurückhalten«, flüsterte er angestrengt und ich fühlte wieder seinen Atem an meiner Wange, als er mir einen Kuss dorthin hauchte. »Aber heute solltest du dich schonen und … und ich sollte kurz schwimmen gehen …«

Ich lachte kehlig und schüttelte den Kopf. »Götter müssen also auch kalt duschen?«

Hades küsste als Antwort die Stelle zwischen Hals und Schulter. Ich stöhnte leise und zitterte am ganzen Körper. »Hm«, machte er amüsiert und ließ mich langsam los. »Manche Dinge ändern sich wohl nie …«

»Was meinst du?«, fragte ich und griff nach meinem T-Shirt, das neben mir auf einem Stuhl lag.

»Wenn ich dich an der Stelle geküsst habe, hast du immer gezittert. Immer.«

Ich zog das Kleidungsstück über meinen Kopf und drehte mich zu ihm um. »Findest du das fair?«

Aber er hatte sich bereits abgewandt und sprang kurz entschlossen in die kleine Quelle, die Poseidon nutzte, um hierherzugelangen.

Als ich meine Shorts angezogen hatte, stand er wieder neben mir, erstaunlich trocken für jemanden, der gerade schwimmen gewesen war.

»Wieso tropfst du nicht?«, fragte ich überrascht und er schmunzelte.

»Ist so eine göttliche Gabe«, erwiderte er und zuckte mit den Schultern. »Du solltest deine Ambrosia trinken.«

Er reichte mir den Becher und ich roch an der Flüssigkeit. Igitt, wie konnte man das gern trinken?

»Sag mir bitte, dass es in der Unterwelt auch normales Essen gibt ...«

»Alles, was du willst, Prinzessin. Du musst es mir nur mitteilen«, antwortete Hades und seine Augen ruhten wieder auf mir.

»Warum siehst du mich immer so traurig an?«, wollte ich wissen und leerte den Becher in einem Zug. An den Kaffee mochte ich mich gewöhnt haben, aber dieses Gebräu würde mir bis in alle Ewigkeit ekelhaft vorkommen.

»Weil ich immer noch nicht sicher bin, ob du in der Unterwelt leben solltest, Pen.«

Ich stöhnte und verdrehte die Augen. »Du entscheidest das aber nicht für mich, Hades.«

»Du weißt ja nicht, worauf du dich einlässt, ich schon ...«

»Hey, ich erinnere mich an ziemlich viel aus meinem früheren Leben mit dir, auch an die Unterwelt. Es ist nicht soooo schlimm da unten.«

»Es gibt kein Tageslicht, kein Meer, keine Pflanzen …«

»Es gibt dich, Hades«, erklärte ich entschlossen, ließ den Becher fallen und ging zu ihm. Er sah mich überrascht an, als ich meine Hände an sein Gesicht legte und ihn zu mir herabzog, um ihn zu küssen. »Und soweit ich mich erinnere«, raunte ich, nachdem sich unsere Lippen voneinander gelöst hatten, »hast du mir da unten ein kleines Paradies erschaffen.«

Er lächelte betrübt und nickte. »Es ist immer noch da …«

»Siehst du? Und falls Demeter und Hekate eine Lösung finden, dass ich die Unterwelt ab und zu verlassen kann, reicht mir das vollkommen.«

»Pen …«

»Außerdem klingt es schon verdammt cool: Herrin der Unterwelt! Wenn ich das Vicky sagen darf, bin ich einfach nur glücklich …«

Er lachte und zog mich an sich. »Lass uns zurückgehen, bevor ich noch auf dumme Gedanken komme«, sagte er und hauchte noch einen Kuss auf meine Lippen. »Es wird bald dunkel und ich möchte noch ein wenig Zeit mit dir im Garten verbringen und dich einfach nur halten.«

»Klingt nach einem Plan«, erwiderte ich und wollte schon losgehen, als er mich hochhob und an sich drückte. »Ich kann heute selbst gehen!«, rief ich lachend und Hades grinste mich an.

»Mag sein, aber ich möchte dich trotzdem tragen. Oder ist das so schlimm?«

Ich schüttelte den Kopf und er zwinkerte. Daran könnte ich mich wirklich gewöhnen.

Angeliki scheuchte uns aus der Küche, als wir das Haus betraten, und soweit Ajax es mir übersetzen wollte, murmelte sie wohl etwas von einer Überraschung.

Mum und Dad waren noch nicht von ihrem Ausflug zurück, Günter saß im Garten und las wieder in seinem Buch. Er grinste breit, als er uns Händchen haltend bemerkte. »Und? Wart ihr unanständig?«

Als Antwort warf ich mit einem Apfel, der auf dem Tisch neben ihm lag. In den anderen biss ich herzhaft hinein.

Mein Bruder verdrehte die Augen. »Seid ihr langweilig«, seufzte er theatralisch. »Falls ihr vorhabt, bis zur Hochzeit zu warten, lasst es mich wissen.«

Ich hustete, als er von Hochzeit sprach, und Ajax musste mir auf den Rücken klopfen, damit ich nicht an dem Stück Apfel in meinem Hals erstickte.

»Wir kennen uns gerade mal eine Woche«, keuchte ich entrüstet und Günter grinste noch breiter.

»Na und? Weißt du, wie viele Mädels ich in einer Woche …«

Ich hob sofort die Hand. »Ehrlich, das will ich gar nicht wissen!«

Ajax musterte mich belustigt und ich sah ihn finster an.

»So was will man von seinem Bruder nicht wissen«, rechtfertigte ich mich und er lachte leise. Bevor Günter noch etwas sagen konnte, holte ich die Karten von drinnen und legte sie auf den Tisch. »Lasst uns spielen«, schlug ich vor und die beiden Männer sahen sich verschwörerisch an.

»Strip-Poker?«, erwiderte Günter und ich verzog das Gesicht.

»Ich spiele doch nicht mit meinem *Bruder* Strip-Poker!«

Ehrlich, manchmal hatte er Ideen …

»Aber ich bin sicher, Ajax würde das freuen. Vor allem wenn ich ihm erzähle, dass du so überhaupt kein Pokerface hast und ständig verlierst.«

»Also wenn das so ist …«, begann Ajax.

Ich knuffte ihm in die Seite. »Wie war das mit dem formvollendeten Gentleman?«, rügte ich ihn und er ließ mit einem breiten Grinsen den Kopf sinken.

»Das hat man also davon, wenn man zuvorkommend ist«, erwiderte er schmollend und ich schüttelte den Kopf.

»Ich hole uns mal Wein«, schlug Günter vor und ging in das Haus, während Ajax sich eine Zigarette anzündete.

»Du rauchst also wirklich gern, hm?«, wollte ich wissen.

Er hob den Blick und schmunzelte. »Ich sagte doch, es beruhigt mich«, antwortete er leise und ich bemerkte, wie seine Finger zitterten. Er blies den Rauch aus und lehnte sich zurück. »Das eine oder andere Laster brauche ich außerdem …«

Ich nahm seine Hand und hob amüsiert die Augenbrauen. Bevor ich allerdings sagen konnte, was mir gerade durch den Kopf ging – nämlich dass ich ihm bald nicht mehr die Zeit geben würde, um zu rauchen, und dabei anzüglich zu grinsen –, kam Günter mit einer Flasche Wein und drei Gläsern heraus.

»Gut, kein Strip-Poker, aber vielleicht änderst du deine Meinung ja, wenn du genug Wein getrunken hast«, erklärte er und schenkte mir das Glas randvoll ein.

»Wie soll ich das jetzt trinken, ohne mich zu bekleckern?«, fragte ich belustigt.

»Das ist echt nicht mein Problem. Sei mal undamenhaft und schlürf halt ein wenig runter.«

Ich seufzte, bevor ich mich vorbeugte und ein paar Schluck trank, während Ajax die Karten mischte.

»Poker also?«, fragte er und Günter und ich nickten.

Das war wirklich nicht mein Spiel und ich konnte froh sein, dass wir uns gegen Strip-Poker entschieden hatten, sonst wäre ich als Einzige vollkommen nackt gewesen.

Nach einigen Partien hörten wir ein Auto vorfahren und sahen auf, als Mum und Dad kichernd zu uns kamen. Ich war froh darüber, dass sie wieder verliebt wirkten.

Bis zu dem Moment, als Günter sich zu mir beugte und flüsterte: »Ich glaube, *die beiden* waren unanständig.«

Am liebsten hätte ich ihm eine gescheuert, aber ich beließ es bei einem finsteren Blick, der ihn so gar nicht zu stören schien.

Inzwischen hatte mein Vater Ajax zur Seite gezogen und tuschelte mit ihm, was mich irgendwie nervös machte, denn ich hatte keine Ahnung, was Dad meinem – ähm, Freund? – zu sagen hatte. Das Gespräch dauerte aber nicht lange. Ajax grinste entspannt, während er zurückkam und seine Karten wieder aufnahm, schwieg aber.

Wir beendeten unser Spiel, als Angeliki einen Teller mit duftenden Bifteki und eine riesige Schüssel Zaziki auf den Tisch stellte. Außerdem hatte sie wieder diesen herrlichen Tomatenreis gemacht. Ich liebte ihr Essen!

Nervös blickte ich auf, als Cris sich uns anschloss und schweigend Ajax mit Blicken durchbohrte, während er sich einen Teller voll schaufelte.

»Penelope, nervös wegen deines Geburtstags morgen?«, fragte er beiläufig und sah mich wieder auf diese gruselige Art mit seinem Werbelächeln an.

Ich zuckte die Schultern. »Ich habe mir nie viel aus Geburtstagen gemacht«, antwortete ich wahrheitsgemäß und jubelte innerlich, dass ich tatsächlich gleichgültig klang.

»Aber der einundzwanzigste Geburtstag … war früher etwas ganz Besonderes.«

»Ja, bei uns ist es der achtzehnte. Endlich Auto fahren und Alkohol trinken. Stimmt's, Günter?«

Mein Bruder zuckte die Schultern. »Habe ich alles schon lange davor gemacht.«

Mum warf ihm einen entsetzten Blick zu und Dad lachte.

Cris hingegen beobachtete mich weiterhin lauernd. »Bei uns ist er immer noch lebensverändernd, stimmt's, Ajax?«

Ajax musterte ihn finster. »Sei jetzt still, Cris. Sie wird morgen einen schönen Geburtstag haben, dafür werde ich sorgen.«

Cris hob eine Augenbraue. »Oho, was für eine Kampfansage. Ich hoffe, du kannst halten, was du versprichst …«

»Wovon redet ihr beiden da überhaupt?«, fragte ich und hoffte, ich sah verwirrt genug aus, um Cris zu täuschen.

»Kann es tatsächlich sein, dass du es nicht weißt?«, murmelte er und legte den Kopf schief, als er mich eingehend musterte. »Nun, dann wirst du es schon sehen, Penelope. Ein wenig Geduld.« Er wandte sich wieder Ajax zu. »Du hättest die Zeit mit ihr besser nutzen sollen. Wer weiß, ob du nach morgen noch die Gelegenheit dazu hast.«

Ajax ballte die Fäuste und wollte schon aufspringen, aber ich hielt ihn fest. »Nicht, bitte«, flüsterte ich und sah ihn flehentlich an.

Er knurrte und sank auf seinen Platz zurück, was Cris ein zynisches Lachen entlockte. »Da steht jemand unter dem Pantoffel. Hach, muss Liebe grausam sein.« Er nahm seinen Teller und stand auf. »Wenn ihr mich entschuldigt, ich werde auf meinem Zimmer weiteressen. In dieser Gesellschaft vergeht mir der Appetit.«

Als er weg war, atmete ich auf. Meine Eltern blickten ihm hingegen verwirrt nach.

»Was hat der Junge nur gegen dich?«, fragte meine Mutter Ajax, der nur den Kopf schüttelte.

»Lange Geschichte und gehört nicht hierher«, erwiderte er und trank einen Schluck Wein.

»Wie dem auch sei, lasst uns weiteressen. Es schmeckt einfach wieder köstlich«, versuchte mein Dad, die Stimmung aufzulockern, aber ich merkte, dass Ajax in seinen Gedanken versunken war, und auch mir wurde wieder bange.

Morgen entschied es sich. Entweder war ich um diese Zeit bereits unsterblich und Herrin der Unterwelt oder ich war tot.

Ich konnte den Gesprächen am Tisch kaum noch folgen und war froh, als sich meine Eltern und mein Bruder direkt nach dem Essen zurückzogen.

Ajax und ich machten es uns auf unserer Liege bequem und blickten gemeinsam in den Sternenhimmel. Er steckte sich eine Zigarette an und schwieg, während ich mich an ihn schmiegte.

»Was wollte mein Dad eigentlich von dir?«, fragte ich nach einigen Minuten unerträglicher Stille.

»Mich bitten, dich morgen früh irgendwo hinzubringen und erst zu Mittag zurückzukommen. Was ich natürlich sehr gern machen werde«, gab er zurück und drückte die Zigarette aus. »Genieß deinen Geburtstag, so gut du kannst.« Er versuchte, unbeschwert zu lächeln, aber es gelang ihm nicht.

Ich setzte mich auf und sah ihm in die Augen, die mich intensiv musterten. »Wann werde ich …«

»Genau in der Minute, in der du dein einundzwanzigstes Lebensjahr abschließt«, antwortete er leise. »Also um fünf Uhr nachmittags, wenn ich mich nicht täusche.«

»Na, zumindest kenne ich jetzt den Zeitpunkt«, meinte ich zitternd.

»Pen, es wird alles gut«, sagte er und rieb zärtlich über meine Oberarme. »Ich werde bei dir sein und noch vier andere. Selbst wenn Cris etwas vorhat, wird er nicht mit so viel Unterstützung rechnen.«

»Und wenn er auch Unterstützung hat?«, fragte ich, als mir der Gedanke kam, dass er diesmal auch Götter gegen mich antreten lassen könnte. Ares zum Beispiel. Der Gott des Krieges sollte doch ein sterbliches Mädchen leicht bezwingen können.

Aber Ajax schüttelte den Kopf. »Mir fällt nur ein einziger Gott ein, der ihm in der Arena helfen würde, und das ist Hermes. Und gegen Hermes zu gewinnen, ist nicht schwer.«

»Was ist mit Ares?«

Ajax schmunzelte. »Dem habe ich recht deutlich zu verstehen gegeben, dass er es nicht wagen soll, gegen dich zu kämpfen oder irgendetwas anderes zu unternehmen. Außerdem darf kein Gott persönlich gegen dich antreten, denn Götter sind unsterblich und nur schwer verwundbar.«

»Hast du wirklich den Gott des Krieges bedroht?«, wollte ich ungläubig wissen und Ajax zog mich wieder enger an sich.

»Jap.«

»Wow.«

Dann schwiegen wir und ich hing meinen Gedanken nach, was eine wirklich dumme Idee war. Denn ich fing sofort wieder an, zu zittern, als ich an die Arena dachte. Hekate hatte mir keine Erinnerung an meinen eigentlichen Kampf zurückgegeben und bisher wusste ich nur aus meinen Ohnmachtsanfällen und Träumen, wie es dort aussah, aber das genügte vollkommen, um mich zu ängstigen.

»Pen?«, flüsterte Ajax und zog mich fester an sich. »Ich lasse dich dort nicht allein. Ich weiß, das ist jetzt schwierig, aber verdräng den Gedanken daran, so gut du kannst. Morgen um diese Zeit ist alles vorbei und wir können zusammen sein.«

»Ja«, flüsterte ich und schloss die Augen. Ich war so müde. Ob es schlimm wäre, wenn ich hier bei ihm einschlafen würde?

Als mein Kopf schwerer wurde, lachte Ajax leise. »Warum sagst du denn nicht, dass du müde bist, Prinzessin?«

»Du riechst so gut … und ich will nicht, dass du gehst …«

»Pen, du musst schlafen …«

»Nein, ich will nicht! Wenn ich einschlafe, wache ich an meinem Geburtstag auf. Was mir prinzipiell egal wäre, ich habe kein Problem damit, älter zu werden. Vielleicht wäre das noch gekommen, aber das werde ich nie wissen.« Ich setzte mich auf und rieb mir über die Augen. »Ich will nur … nur noch ein bisschen in diesem Tag verweilen, an dem ich ein ganz normales Mädchen bin, das zum ersten Mal in seinem Leben richtig verliebt ist. Bitte.«

Seine grünen Augen funkelten und er nickte zaghaft. »Also gut, dann bleiben wir noch ein wenig hier, ganz normales Mädchen. Obwohl du das für mich nie warst …«

»Hoffentlich im positiven Sinn.«

»Im besten, Pen … im besten.«

Er zog mich wieder an sich und wir betrachteten die Sterne. Bis ich irgendwann doch einschlief.

28

Ich wachte in meinem Bett auf. Sogar die Kommode hatte Hades vor die Tür geschoben und Letztere anschließend vermutlich verschlossen. Umgezogen hatte er mich zum Glück nicht.

Draußen ging gerade die Sonne auf. Ich stellte mich ans offene Fenster und betrachtete sie, wie sie erst glutrot hinter dem Hügel auftauchte und als orange Scheibe darüber emporstieg.

Seufzend kniete ich mich hin und legte meine Stirn auf die Fensterbank. Ob das mein letzter Sonnenaufgang war?

»Weißt du, ich habe nie verstanden, warum Menschen auf ihren Knien beten«, hörte ich Hades neben mir und wandte meinen Kopf, um ihn anzusehen.

Er trug seine schwarze Rüstung, den Helm hatte er diesmal in der Hand, als er von dem Stuhl aufstand und neben mich trat.

»Ich bete nicht. Ich habe nie an so was geglaubt …«

»Mit so was meinst du Gott, oder …«

»Oh, ich glaube an ein höheres Wesen, aber ich hätte ihm keinen menschlichen Körper oder einen Namen gegeben.« Ich grinste. »Mann, lag ich falsch!«

Ich stand auf und ging zu ihm. Er wirkte erschöpft und bedrückt. Kein Wunder, mir ging es nicht anders.

»Ich meinte, ich glaube nicht daran, dass Gebete erhört werden«, erklärte ich mit brüchiger Stimme. »Und abgesehen davon: Jetzt, wo ich weiß, wie der Göttervater so drauf ist, an wen sollte ich mich wenden?«

Er nahm meine Hand und schmunzelte. »Vielleicht an den Gott der Unterwelt? Hab gehört, der soll ein recht netter Kerl sein …«

»Echt?«, fragte ich gespielt überrascht, während ich meine Arme um seine Hüfte legte. »Dachte, man müsste Angst vor ihm haben.«

»Nur wenn man ihm etwas wegnehmen will. Oder das, was er liebt, bedroht …«

Hades beugte sich nach vorn und küsste mich zärtlich. Als sich unsere Lippen lösten, lächelte ich.

»Okay, vielleicht versuche ich es mit einem Gebet an ihn.«

Er strich mir eine Strähne hinter das Ohr und küsste mich noch einmal. »Ich bin gleich als Ajax bei dir, Pen. Und dann werde ich deine Seite nicht mehr verlassen, bis …«

»Sprich es nicht aus, bitte«, unterbrach ich ihn, indem ich einen Finger an seine Lippen legte. »Ich weiß, was du meinst. Wenn du es aussprichst, wird es so real und ich möchte … ich möchte versuchen, die letzten Stunden zu genießen.«

Er nickte und zog mich noch einmal an sich. »Das wirst du.« Dann löste er sich von mir und schritt auf das geöffnete Fenster zu. Er stieg hinaus und zwinkerte. »Bis später!«

Damit war er verschwunden und ich sank zitternd wieder auf meine Knie und starrte die Sonne bei ihrem Aufstieg in den Himmel an … und betete nun doch darum, dass dies nicht mein letzter Sonnenaufgang war.

Als ich die Treppe hinunterging, hörte ich schon Getuschel und Angeliki zog mich wortlos durch die Vordertür hinaus, wo bereits Ajax auf mich wartete. Hinter mir schloss sie die Eingangstür und ich schüttelte ungläubig den Kopf. Hatte man mich gerade ohne Frühstück einfach hinausgeworfen?

»Morgen, Prinzessin«, begrüßte Ajax mich und hielt eine Papiertüte und einen Kaffeebecher hoch. »Frühstück gefällig?«

»Du bist wirklich mein Lebensretter. Ohne Essen bin ich unausstehlich«, erwiderte ich und küsste ihn flüchtig auf die Wange. Nur für den Fall, dass Cris uns beobachtete.

Wir spazierten durch das Dorf und einen Hügel hinauf. Unter einem Baum ließen wir uns nieder. Es versprach ein ziemlich heißer Tag zu werden, denn obwohl es erst halb neun war, herrschten gefühlte dreißig Grad.

Ajax hatte mir ein süßes Gebäck besorgt, das eher untypisch für die Gegend war.

Ich schmunzelte. »Wo hast du das denn her?«.

Er grinste und zuckte die Schultern. »Ich habe so meine Quellen. Ebenso für guten Kaffee, nur damit du nicht das Gesicht angewidert verziehst …«

»Weißt du, ich habe in den letzten Tagen etwas viel Ekligeres getrunken«, gab ich zu bedenken und er rollte die Augen.

»Alles eine Frage der Gewohnheit«, meinte er und nahm meine Hand.

Ich sah die Anspannung in seinem Gesicht und die Sorge, die er zu verbergen versuchte. Obwohl er ständig davon sprach, dass ich es schaffen würde, schien er mit einem Mal doch Angst zu haben, dass es schiefgehen könnte.

»Und wir sollen also bis Mittag wegbleiben?«, versuchte ich, meine Gedanken zu verdrängen, und biss in das buttrige Gebäck.

»Ja.«

»Und warum gehen wir dann nicht trainieren?«

Ajax seufzte und drückte meine Hand. »Du wirst deine Kräfte heute noch brauchen. Ich will nicht, dass du dich überanstrengst.«

»Hm ... Das heißt, wir können machen, was wir wollen? Aber es ist zu kurz, um ans Meer zu fahren«, überlegte ich und er nickte.

»Und auch zu kurz für eine Runde im See ... Obwohl ich ehrlich gesagt Angst hätte, dass du dich wieder darin ertränken willst.«

»Hey, du hast doch gesehen, dass ich schwimmen kann!«

»Aber offensichtlich nur im Meer«, erwiderte er und stupste mich an. »Ich bringe dir das mal bei ...«

»Angeber«, murmelte ich und schlürfte meinen Kaffee besonders laut. »Was machen wir sonst?«

Er lehnte sich zurück und streckte einladend die Arme aus, also schmiegte ich mich an ihn, während ich meinen Kaffee austrank. »Wie wäre es, wenn wir einfach hier sitzen und die Zeit zusammen genießen?«, flüsterte er und nahm mich fester in den Arm.

Ich nickte und schloss für einen Moment die Augen. »Welches Parfum benutzt du eigentlich?«, entkam es mir, als mich sein Duft wieder einhüllte.

»Pen, ich bin ein Gott, ich verwende kein Parfum«, raunte er mir ins Ohr.

»Und was rieche ich dann immer?«

Er lachte ganz leise. »Das ist mein Eigengeruch. Den finden die meisten anderen Götter allerdings furchtbar.«

»Die haben ja keine Ahnung. Ich finde, du riechst unheimlich gut.«

»Ja, aber du liebst mich auch.«

»Ich fand auch schon, dass du gut riechst, bevor ich wusste, wer du bist und wer wir waren«, erwiderte ich. »Also bevor ich dich in diesem Leben geliebt habe.«

Ich drehte meinen Kopf und atmete tief ein, was ihn wieder zum Lachen brachte. Irgendwie beruhigte mich das, bis meine Gedanken wieder zu dem wanderten, was mir in wenigen Stunden bevorstand.

»Sag mal«, begann ich also. »Seitdem ich mich an dich erinnere, hatte ich keine Ohnmachtsanfälle mehr … Hast du eine Ahnung, warum?«

Er überlegte einen Moment und schüttelte dann den Kopf. »Ich kann es mir nur so erklären, dass deine Erinnerungen eben in Griechenland irgendwie ans Licht kommen wollten und du deswegen in die Arena hinabgestiegen bist. Nachdem du wieder wusstest, wer du einmal warst, musste deine Seele sich nicht mehr erinnern.«

»Ich kann mich nicht an den Kampf in der Arena erinnern«, flüsterte ich und hielt mich an ihm fest.

»Weil du dort gestorben bist. Soweit ich weiß, erinnert sich die menschliche Seele nicht gern an den eigenen Tod.«

Ich blickte auf und sah ihm in die grünen Augen, die mich aufmerksam musterten. »Woher wusstest du eigentlich, dass ich dort war? Du bist mir immer zu Hilfe gekommen …«

»Die Arena ist ein Ort, über den Hekate und ich wachen«, antwortete er ausweichend. »Dort konnte ich dich sofort finden. Wenn du allerdings wach warst … Ich habe dich immer ganz schwach gespürt, seitdem du wiedergeboren wurdest. Manchmal konnte ich dich sogar in einem Spiegel sehen. Es war lange Zeit die einzige Möglichkeit für mich, in die Welt der Sterblichen zu gelangen, bis Hekate für mich die Schwellen geöffnet und offen gelassen hat … Ich wusste also, dass du in eine liebevolle Familie geboren wurdest, allerdings konnte ich nicht erkennen, wo du warst. Aber immerhin konnte ich dich sehen. Es beruhigte mich, denn meistens hast du glücklich gewirkt.«

»Das heißt, du warst immer bei mir? Also so wie ein Schutzengel, falls man es so nennen will?«

Er schüttelte den Kopf. »Ich kann die Unterwelt für gewöhnlich nicht so lange oder oft verlassen. Ich war diesmal über eine Woche weg. Was denkst du, wie viel Chaos da unten auf mich wartet?« Ajax strich mir eine Strähne hinter das Ohr und lächelte wehmütig. »Als ich fühlte, dass du in der Arena warst, musste ich dir helfen. Dieser Ort ist dunkel und ohne deine Waffen oder Erinnerungen warst du ein leichtes Ziel für die Kreaturen, die dort hausen. Ich bin mir zwar nicht ganz sicher, aber ich denke, wenn du in deinen Träumen gestorben wärst, wärst du nicht mehr aufgewacht. Als Zeus mich zu sich rief, um mir zu erzählen, dass du bald einundzwanzig würdest, musste ich mir erst einen Weg zu dir in die Menschenwelt bahnen. Ohne Hekate hätte ich es nicht geschafft.«

»Warum hilft sie uns? Und die anderen? Sie waren bei meiner ersten Prüfung doch nicht dabei. Wieso jetzt?«

»Weil sie genug von Zeus' Spielchen haben«, schnaubte Ajax. »Er hat es in den letzten Jahrtausenden einfach auf die Spitze getrieben. Außerdem mochte Hekate dich immer. Sie und Demeter sind enge Freundinnen.«

»Poseidon hilft, weil er dein Bruder ist …«

»Und weil er genug von unserem jüngsten Bruder hat. Und Hephaistos hat eine Schwäche für dich, denn im Gegensatz zu den meisten anderen Göttern warst du immer nett zu ihm.«

»Du aber auch, wenn ich mich nicht täusche.«

Er schmunzelte freudlos. »Außenseiter müssen zusammenhalten, denkst du nicht?«

Ich schmiegte mich wieder an ihn an und schloss die Augen, als ich seinen beruhigenden Herzschlag hörte. Langsam trommelte ich mit meinen Fingern im Rhythmus seines Herzens auf seine Brust.

»Was machst du da?«, fragte er belustigt und ich hob den Blick ganz leicht.

»Ich klopfe deinen Herzschlag nach.«

»Mir wurde vor Kurzem erklärt, dass Götter keine Herzen haben.«

»Und was höre ich dann schlagen? Du hast ein Herz, und zwar ein sehr starkes und mitfühlendes. Genauso wie Demeter oder Poseidon. Bei Zeus bin ich mir allerdings nicht sicher …«

»Pen …«, flüsterte er, hob mein Kinn und hauchte mir einen Kuss auf die Stirn. Es klang wehmütig und ängstlich, und doch voller Hoffnung. Was man alles in ein einziges Wort packen konnte.

Ich schlang meine Arme um ihn und hielt mich an ihm fest. »Ab heute Abend werden wir keinen Tag mehr getrennt voneinander verbringen«, erklärte ich fest entschlossen.

»Versprochen«, stimmte er zu.

Ich lauschte weiterhin seinem Herzen, während wir einfach nur dasaßen und die Nähe des anderen genossen. Sollte Zeus ihm doch einreden, dass Götter so etwas wie Gefühle nicht nötig hatten. Der Gott der Unterwelt besaß ein Herz. Und es gehörte mir.

29

Irgendeine Glocke schlug zwölf, als wir aufstanden und zum Bauernhof zurückkehrten. Es war mucksmäuschenstill, als Ajax und ich die Haustür öffneten. Ich warf ihm einen fragenden Blick zu und er hob die Schultern.

»Sieh mich nicht an. Ich sollte mich nur bis Mittag um dich kümmern«, erklärte er leise. »Was danach geschieht, entzieht sich meiner Kenntnis.«

»Warst du kein bisschen neugierig?«, fragte ich vorwurfsvoll.

»Wozu? Ich erfahre es doch ohnehin jetzt«, grinste er und zog mich in Richtung Garten.

Als ich die Küche betrat, legte mir jemand die Hände vor die Augen und ich quietschte leise.

»Mensch, Penny, ich bin es doch«, murmelte mein Bruder.

»Wozu hältst du mir die Augen zu?«

»Dad wollte das«, erwiderte er. »Also, geh weiter. Ich sag dir, wenn eine Stufe kommt.«

Natürlich rammte ich gleich darauf einen Stuhl. »Stufe teilst du mir mit, Möbelstücke nicht?«

»Hey, dein Romeo hätte es auch aus dem Weg räumen können. Würdest du zumindest die Terrassentür öffnen? Sonst knallt sie da auch dagegen!«

Ich hörte Ajax leise lachen, ehe er an uns vorbeiging, und kurz darauf erklang das Geräusch einer sich öffnenden Tür.

»Gut, und jetzt heb den rechten Fuß ... das andere rechts, Pen ... Achtung, Stufe.«

Ajax griff meine Hände und half mir, über die Schwelle zu treten, was ich sonst vermutlich nicht unfallfrei überstanden hätte.

»Bereit?«, fragte mein Bruder und ich war mir nicht sicher, ob es an mich oder die anderen gerichtet war. Jedenfalls hob er die Hände weg und ein lautes »Happy Birthday!« ertönte durch den Garten.

Mir klappte der Mund auf, als ich mich umsah. Ein riesiges Banner mit den Worten ›Charoúmena Genéthlia‹, was wohl ›Happy Birthday‹ auf Griechisch hieß, hing zwischen zwei Bäumen aufgespannt, an den anderen Bäumen waren Lampions aufgehängt. Meine Eltern trugen Partyhüte, Angeliki hielt eine riesige Torte mit einer sprühenden Kerze in ihren Händen. Sogar Vicky und Martin, ihr Verlobter, standen im Garten. Leider auch Cris, ebenfalls mit Partyhut.

»Alles Gute zum Geburtstag!«, strahlte Dad mich an und zog mich in eine Umarmung, gefolgt von allen anderen.

Nur Angeliki umarmte mich nicht. Sie hielt mir stattdessen die Torte hin, während alle das Lied ›Happy Birthday‹ anstimmten und ich meine Tränen der Rührung nicht mehr zurückhalten konnte.

Das Kuchenfeuerwerk erlosch, aber eine Kerze brannte noch und Angeliki blieb vor mir stehen und forderte mich in schlechtem Deutsch auf, sie auszupusten. Ich tat ihr den Gefallen und meine Familie klatschte.

Ajax nahm Angeliki die schwere Torte für mich ab und übersetzte, was sie darüber erzählte. »Sie entschuldigt sich, falls sie nicht so ist, wie du es gewohnt bist. Deine Eltern haben ihr gesagt, dass deine Lieblingstorte eine Quark-Himbeer-Torte ist. Da sie das noch nie gemacht hat und die Rezepte sehr widersprüchlich waren, kann es sein, dass sie nicht so schmeckt, wie sie soll.«

Ich wischte mir die Tränen weg und umarmte Angeliki, die zuerst etwas überrascht wirkte, dann jedoch zum ersten Mal, seit wir hier waren, richtig lächelte und mir liebevoll die Wange tätschelte.

»Danke«, flüsterte ich, denn mir war klar, dass es für sie schon schwierig gewesen sein musste, die Zutaten für die Torte zu finden, geschweige denn, sie zu backen.

»Vielleicht bringen wir die Torte bis nach dem Essen in den Kühlschrank«, schlug meine Mutter vor und half Ajax, sie hineinzutragen und zu verstauen.

Angeliki kümmerte sich inzwischen mit Dad um das Essen, während ich Vicky und Martin begrüßte.

»Ich bin froh, dass du hier bist«, flüsterte ich, als ich meine Schwester umarmte.

»Wirklich?«, fragte sie überrascht und doch lächelte sie. »Na ja, wir haben noch etwas Zeit, bevor unsere Kreuzfahrt beginnt, und ich dachte, einundzwanzig wird man nur einmal. Neunundzwanzig kann man unzählige Male werden, aber einundzwanzig nicht.«

Ich rollte amüsiert die Augen. Als ob meine Schwester sich Sorgen wegen ihres Alters machen müsste.

Ihr Verlobter wirkte ein wenig verkrampft, wie eigentlich immer. Er war rund zehn Jahre älter als Vicky und der Sohn eines schwerreichen Industriellen. Er leitete eine der vielen Firmen, die unter der Gruppe seines Vaters zusammenkamen, aber ich war mir nie sicher, ob er wirklich etwas von dem verstand, was er tat. Zumindest war er nett und obwohl meine Schwester ihm das Leben sicher nicht gerade leichter machte, behandelte er sie immer zuvorkommend und schien sie wirklich zu lieben. Bis vor einigen Monaten hätte ich dasselbe über Vicky gesagt, aber nun war ich mir nicht sicher.

Allerdings wirkte sie heute wieder so wie früher und ich atmete erleichtert auf, als sie mich noch einmal umarmte und danach herzlich lächelte.

Ja, definitiv wie früher.

Als Cris mit einem Becher zu mir kam und ihn mir hinhielt, versteifte ich mich, was scheinbar sogar meine Schwester bemerkte, denn sie griff sofort nach dem Getränk und blinzelte ihn verführerisch an. »Wie nett von dir, Cris. Danke.«

Er zog nur die Augenbrauen hoch, schüttelte den Kopf und ging, als Ajax zu mir kam und den Arm um meine Schultern legte.

»Irgendwie ist der doch seltsam«, murmelte Vicky und stellte den Becher neben sich ab. »Und ich bin mir nicht sicher, ob ich das trinken will. Es riecht ekelhaft und ich habe so eine seltsame Vorahnung …«

Ajax fixierte den Becher, bevor er ihn hochhob und daran roch. Sein Blick wurde finster und ich wollte lieber nicht wissen, was sich darin befand. Er ließ den Inhalt in der Küche verschwinden, bevor er mich zum Tisch zog, weil das Essen fertig war.

Es duftete einfach verführerisch und ich wusste nicht, was ich mir zuerst nehmen sollte. Fleischspieße, Lammhaxen, Bifteki, diverses Gemüse, gegrilltes Brot, Zaziki, Aufstriche, Oliven, Weinblätter, Fetakäse … Ich lud mir den Teller voll und aß voller Begeisterung, was meine Familie und auch Ajax sehr belustigt beobachteten.

Seitdem wir im Garten waren, hatte ich keinen Gedanken an meine Prüfung verschwendet. Ob Ajax mich mit seiner Berührung wieder manipuliert hatte?

Als mir bewusst wurde, dass alle Blicke auf mich gerichtet waren, schluckte ich hastig mein Essen hinunter. »Was? Er hat mir nur ein kleines Stück Gebäck zum Frühstück mitgebracht«, rechtfertigte ich mich und sorgte damit für Lachen. Sogar Angeliki schmunzelte und legte mir noch einen Fleischspieß auf den Teller.

Cris hingegen schnaubte genervt und stocherte in seinem Essen herum. Trotzdem wirkte er bester Laune, wenn er Ajax oder mir einen kalten Blick zuwarf und seine Mundwinkel nach oben zog.

Irgendwas führte er bestimmt im Schilde. Oder war er sich einfach zu siegessicher?

Nachdem ich wirklich keinen Bissen mehr hinunterbrachte, holte Mum die Geburtstagstorte heraus. Torte ging eigentlich immer.

Da ich das Geburtstagskind war, musste ich sie schneiden. Natürlich nahm ich mir ein viel zu großes Stück, was Ajax wieder sehr amüsant fand, als er mich angrinste. »Bist du sicher, dass du das allein schaffst?«, fragte er und zwinkerte.

»Ja, ich habe einen eigenen Magen für Nachspeise. Das geht schon«, erwiderte ich und schob mir die erste Gabel in den Mund. »Hmmm ...«, machte ich und schloss meine Augen. »Angeliki, sie ist perfekt.«

Unsere Vermieterin nickte zufrieden, aber als sie sich wegdrehte, sah ich sie breit lächeln.

Ich war noch nicht fertig mit meinem Kuchen – es war wirklich ein verdammt großes Stück, aber da ich mir vorgenommen hatte, es zu essen, wollte ich mir keine Blöße geben! –, da stand Günter auf und erklärte, dass es Zeit für die Geschenke sei. Er legte mir ein Päckchen mit süßem Einhorngeschenkpapier und einer quietschrosa Schleife in den Schoß. Ich sah ihn fragend an und er grinste breit.

»Perfektes Papier für dich, oder?«

Das hätte ich nie zugegeben, aber ich mochte Einhörner. Ich war einfach ein großes Kind.

Ohne seine Frage zu beantworten, riss ich das Papier auf. Zum Vorschein kam ein Dr.-Bibber-Spiel. Dabei musste man einer Puppe die richtigen Organe entnehmen – grob zusammengefasst – und wenn man zu sehr zitterte, leuchtete ein Licht auf und man hatte verloren.

»Damit du üben kannst, bevor du auf richtige Menschen losgelassen wirst und ihnen was Falsches operierst«, erläuterte mein Bruder und ich schenkte ihm ein belustigtes Lachen.

»Du weißt schon, dass ich nicht vorhabe, Chirurgin zu werden, sondern Kinderärztin, oder?«, fragte ich.

In dem Moment wurde mir bewusst, dass ich vermutlich so oder so nie Ärztin wurde. Ich konnte nicht anders, als mit Tränen in den Augen zu Boden zu blicken.

»Penny?«, fragte Günter besorgt und ich fühlte Ajax' warme Hand auf meiner Schulter.

Räuspernd zwang ich mir ein Lächeln ins Gesicht, als ich wieder hochsah. »Danke, dass du mir meine Schwächen aufzeigst«, sagte ich heiter, obwohl ich mich nicht danach fühlte. Offenbar ließ Ajax' Zauber nach.

Zumindest schien meine Familie es zu glauben, denn sie lachte und Dad klopfte meinem Bruder auf den Rücken, als er sich wieder hinsetzte.

Vicky schob mir eine kleine Schatulle mit einer roten Schleife über den Tisch zu. Unverkennbar Schmuck ihres Lieblingsjuweliers. Als ich sie öffnete, lag darin ein kleines goldenes Herz mit einer Kette daran. Es war das perfekte Geschenk. Victoria hatte ein Händchen für so etwas und ich war froh, dass sie wieder sie selbst zu sein schien. Ich musste unbedingt nach dem Kampf in der Arena mit Ajax über ihren Sinneswandel sprechen!

»Es ist wunderschön«, flüsterte ich gerührt und meine Schwester nahm es mir kurz aus der Hand.

»Es ist ein Medaillon«, erklärte sie und präsentierte mir das Foto darin. Es zeigte unsere Familie am letzten Weihnachtsfest. Martin hatte das Bild aufgenommen, als wir uns vor dem Christbaum aufgestellt hatten, der im Hintergrund funkelte und glänzte.

Wieder schossen die Tränen in meine Augen. Mein letztes Weihnachtsfest …

Ich umarmte meine Schwester schnell und flüsterte ein »Danke«, während ich versuchte, mich wieder zu fangen.

Vicky legte mir die Kette an und ich betrachtete sie einen Augenblick glücklich.

»Als ich die Kette gesehen habe, dachte ich, du würdest sie brauchen … ich weiß auch nicht … Als würdest du fortgehen und etwas von uns mitnehmen müssen.« Sie sah mich mit einem seltsam verklärten Blick an und ich musste schlucken und mich zwingen, nicht Ajax anzustarren. Dann schüttelte sie ihren Kopf und ihre Augen waren wieder klar, »Das ist doch Unsinn, oder?« Vicky lachte, aber mir war mehr denn je nach weinen zumute.

Mein Dad räusperte sich und platzierte ein Kuvert vor mir, das mich zum Glück ablenkte. »Du weißt ja, Mum und ich sind nicht gut im Schenken, aber ich glaube, das könnte dir gefallen«, meinte er und schob den Umschlag näher.

Mit zittrigen Händen öffnete ich ihn. Es war ein Gutschein für eine zweiwöchige Reise nach Portugal, um Surfen zu lernen.

»Mum, Dad«, flüsterte ich und fühlte schon wieder Tränen hochkommen.

»Du hast immer gesagt, du würdest gern Surfen lernen, und wir dachten, im September hast du noch Zeit und Portugal ist dann auch noch schön«, begann mein Vater, zu erklären, und blickte dann von mir zu Ajax. »Und falls du jemanden mitnehmen möchtest, könnten wir den Gutschein gern erweitern …«

»Danke«, raunte ich und meine Lippen bebten verräterisch. »Es ist das perfekte Geschenk.«

»Happy Birthday, Kleines«, sagte Mum und warf mir über den Tisch einen Kuss zu.

Ajax räusperte sich und wollte etwas aus seinem Rucksack holen, da kam Cris ihm zuvor und legte mir eine große Schmuckverpackung auf die Knie. »Ich hätte da auch ein Geschenk für die Prinzessin«, meinte er mit einem Lächeln, das mir das Blut in den Adern gefrieren ließ. »Mach es auf, Penelope.«

Sein Blick war wachsam, als ich die Schatulle öffnete und meine Augen aufriss. Ein Diadem, das mit unzähligen Diamanten besetzt war, kam zum Vorschein.

Ich schluckte schwer, denn ich erkannte es. Zeus hatte damit bei der Verhandlung in der Unterwelt herumgefuchtelt, während er erklärte, er hätte mich damit gekrönt, wenn ich ihm den erwünschten Sohn geschenkt hätte.

Langsam hob ich meinen Blick zu Cris, der mich auffordernd anstarrte. »Na los, Penelope. Setz es auf.«

»Ich … Ich kann das nicht annehmen«, entgegnete ich, denn irgendwie wusste ich, dass es keine gute Idee war, dieses Diadem zu tragen. »Es sieht sehr wertvoll aus und das … das geht einfach nicht …«

»Bitte, ich bestehe darauf«, erwiderte Cris und sein Blick wurde lauernd, als ich schluckte und den Kopf schüttelte.

»Nein, das geht nicht«, flüsterte ich und schloss die Schatulle wieder. »Ich … Danke, aber nein danke.«

Ich schob das Kästchen zurück und hörte, wie Ajax erleichtert ausatmete. Offenbar hatte ich recht damit, dass ich das Diadem nicht annehmen sollte.

Cris nickte und zog es wieder an sich. »Das war deine letzte Chance, Penelope«, flüsterte er kalt und seine Augen wirkten plötzlich zornig.

Ich wandte mich schnell ab und sah Ajax an, der mir ein wenig verlegen ebenfalls eine kleine Schmuckschatulle hinhielt. Mit klopfendem Herzen öffnete ich sie und eine Kette mit einer einzelnen Perle daran kam zum Vorschein. Nervös hob ich den Blick und schaute in Ajax' Augen, die mich hoffnungsvoll musterten.

»Diese Kette ist ein Versprechen«, erklärte er mit rauer Stimme. »Perlen sind in der griechischen Mythologie ein Symbol für ewige Liebe. Es ist das Versprechen, dass ich da sein und über dich wachen werde. Bis der letzte Stern am Himmel verglüht ist, gehört mein Herz dir. Denn du bist für mich nicht nur der hellste Stern, du bist mein ganzer Himmel.«

Ich schluckte bei seinen Worten und versank im Grün seiner Augen.

»Wie romantisch«, seufzte Mum und auch Vicky wirkte gerührt.

»Würdest du mir die Ehre erweisen und die Kette tragen?«, fragte Ajax angespannt lächelnd.

»Ja«, hauchte ich, sah meine Schwester entschuldigend an, als ich ihre Kette abnahm, und Ajax half mir, das feingliedrige Schmuckstück anzulegen. Die Perle schimmerte im Licht der Sonne, aber alles, was ich wahrnahm, waren Ajax' Augen. Entschlossen lehnte ich mich nach vorn und küsste ihn. Ein schwaches rotes Licht umhüllte uns und für diesen kurzen Augenblick gab es keine Furcht und kein Bangen, es gab nur uns und diesen Kuss.

Bis ein zynisches Lachen an mein Ohr drang.

30

Unsere Lippen lösten sich und bevor ich mich umdrehen konnte, wurde ich unsanft gepackt und auf meine Füße gezogen. Cris hielt mein Kinn fest umklammert und seine blauen Augen wirkten gespenstisch, als sie mich durchbohrten.

Ich versuchte, mich zu wehren, aber mein Körper gehorchte mir nicht. Zappelnd hing ich in seinem Griff, während meine Eltern entrüstet Cris' Namen riefen und Ajax aufsprang, um mir zu helfen. Doch Cris hob nur seine Hand und Ajax flog in hohem Bogen zurück, krachte gegen einen Tisch und stöhnte leise. Ängstlich wollte ich nach ihm sehen, aber Cris ließ mich nicht.

»Sieh mich an, Prinzessin«, brüllte er und starrte mich mit seinem finsteren Blick nieder. »Weißt du, wer ich bin?«

Ich nickte und er schüttelte mich.

»Sag meinen Namen!«, befahl er, ohne seinen Griff zu lockern.

»Z… Zeus …«, presste ich hervor, denn mein Hals schmerzte und mein Kiefer fühlte sich an, als würde er gleich brechen.

»Und du weißt auch, wer er ist?«, wollte der Gott wissen und deutete nach hinten, wo Ajax lag.

»Ja.«

»Sag seinen Namen!«

Ich schluckte und versuchte, mich in seinem Griff zu winden, aber es ging nicht. »H… Hades …«, flüsterte ich.

Ein boshaftes Grinsen legte sich auf das ebenmäßige Gesicht des Göttervaters. »Bereust du es zumindest, nicht mein Geschenk angenommen und mich gewählt zu haben?«

Wieder schluckte ich und Tränen traten in meine Augen, als er noch fester zupackte und der Schmerz fast unerträglich wurde. »Nein!«, antwortete ich mit fester Stimme und Zeus schleuderte auch mich von sich.

Ich schloss die Augen und keuchte überrascht auf, als warme Hände meinen Sturz bremsten und eine starke Brust an meinem Rücken mir Halt gab.

»Hades …«, flüsterte ich erneut und öffnete meine Augen wieder.

Aus Ajax war der Gott der Unterwelt geworden, in seiner schwarzen Rüstung, jedoch ohne Helm. Er funkelte seinen Bruder zornig an und schob mich schützend hinter sich.

Zeus klatschte und lachte boshaft. »Meinen Glückwunsch, Bruder. Du hast ihr Herz noch einmal gewonnen. Genieß diese halbe Stunde, die euch noch bleibt. Wir sehen uns in der Arena.«

In einer blitzenden Wolke verschwand der Göttervater und ließ uns zurück.

Stille hatte sich über den Garten gelegt und ich hörte nur meinen eigenen Herzschlag, der so laut war, dass mein Trommelfell fast platzte.

Hades drehte sich zu mir um und musterte mich besorgt. »Geht es dir gut?«, fragte er und betrachtete mein Kinn, auf dem man vermutlich die Abdrücke von Zeus' Hand deutlich sehen konnte.

»Ja«, murmelte ich und begann dann, zu weinen.

»Ist schon gut, Pen … alles gut …«, beruhigte Hades mich.

»NICHTS ist gut!«, ertönte die entrüstete Stimme meines Vaters, der auf uns zustürzte und mich von Hades wegzog. »Wer zum Teufel bist du?!«

Hades seufzte, als er meine Familie ansah und die Arme verschränkte. »Ich bin Hades.«

»Hades wie in … der Gott der Unterwelt?«, flüsterte mein Vater und musterte den Gott vor sich eindringlich. Dunkler Nebel waberte um ihn und selbst mir war die Veränderung an ihm aufgefallen. Er gab sich keine Mühe mehr, seine Göttlichkeit zu verbergen.

»Genau der«, bestätigte Hades und seufzte noch einmal.

»Und der andere … Cris war …«, stotterte meine Schwester.

»Zeus«, beendete ich ihren Satz.

»Wie der … der …«, begann Vicky und sank auf ihren Stuhl zurück.

»Ja, wie der Gott«, erklärte ich und löste die Hand meines Vaters um meinen Oberarm. Ich wollte zu Hades zurückgehen, aber Dad fasste nach meinem Handgelenk.

»Penny, was denkst du, machst du da?«, zischte er. »Das ist offensichtlich ein überirdisches Wesen. Glaubst du, es ist klug, in seine Nähe zu gehen? Wenn er wirklich der Gott der Unterwelt ist …«

Mein Vater vollendete den Satz nicht. Musste er nicht. Mir war bewusst, was er dachte. Hades kam in der Mythologie nicht besonders gut weg. Aber all die Geschichten waren einfach nur gemeine Lügen.

»Ich will zu Hades!«

»Warum?«, fragte er mit ängstlicher Stimme.

»Weil … Weil ich ihn liebe, Dad«, antwortete ich und sah Hades an, der mich erleichtert anlächelte.

»Aber er … Er ist der Gott der Unterwelt! Er ist gefährlich!«

»Lern ihn erst kennen und urteile dann«, erklärte ich und löste mich wieder aus seinem Griff.

Hades zog mich in seine Arme und hielt mich fest.

»Er ist nicht gefährlich und auch nicht boshaft oder hinterhältig«, sagte ich mehr zu mir, aber ich fühlte das Lächeln, das sich auf Hades' Gesicht ausbreitete.

»Aber was macht er hier?«, wollte meine Mutter wissen und klang hysterisch.

Ich konnte es ihr nicht verübeln. Immerhin hatte ich ähnlich reagiert und da hatte ich schon so etwas wie eine Erinnerung daran gehabt, dass es Götter tatsächlich gab.

»Ich bin wegen Pen hier«, antwortete Hades mit ernster Stimme. »Ich habe einst geschworen, sie zu beschützen, und ich will dieses Versprechen halten.«

Meine Mutter gab nur einen quietschenden Laut von sich und blickte ins Leere. Ich war mir nicht sicher, ob sie verstand, was gerade vorging.

»Kann mir jemand erklären, was … ähm – Zeus? – mit der halben Stunde meinte?«, wollte Günter nach einer langen Schweigepause wissen.

»Pen muss zu ihrem einundzwanzigsten Geburtstag in eine Arena«, beantwortete Hades auch diese Frage und strich beruhigend über meine Arme. »Sie ist die wiedergeborene Seele einer Halbgöttin, die in ihrem früheren Leben um ihre Unsterblichkeit kämpfte. Es ist eine sehr lange Geschichte und ich verspreche, ich erzähle sie, wenn wir die Prüfung bestanden haben. Denn ich werde ihr folgen und dafür sorgen, dass ihr nichts geschieht.«

»Penny könnte … unsterblich werden?«, fragte meine Mutter ängstlich. »Und … Und wenn sie verliert?«

»Dann bin ich tot, Mum. So wie bei meinem ersten Versuch.«

Meine Mutter schluchzte und warf sich meinem Vater in die Arme. »Das geht doch nicht. Du machst doch Scherze, oder?«, weinte Mum und schluchzte laut, als ich meinen Kopf schüttelte. »Kannst du denn nicht darauf verzichten?«

»Nein, leider nicht. Zeus hat entschieden, dass ich antreten muss.«

Mum schluchzte noch lauter und Dad warf Hades einen finsteren Blick zu. »Wieso? Wegen … Wegen dir?«

Ich fühlte, wie Hades nach Worten rang, und wollte die Bürde von ihm nehmen. »Nein, weil ich mich nicht für Zeus, sondern für ihn entschieden habe. Damals und heute auch«, klärte ich die Situation auf. »Weil ich mit dem Mann zusammen sein wollte, den ich liebte. Und offenbar ist Zeus nicht gut darin, zu verlieren.«

Dann wurde es wieder still, bis meine Mutter unter Schluchzen hervorbrachte: »Was bedeutet das alles? Dass du gar nicht unsere Tochter bist?«

»Mum …«, flüsterte ich und Tränen liefen mir über die Wangen. »Ihr seid meine Eltern. Ihr werdet immer meine Familie sein und ich liebe euch. Euch alle. Ich habe nur schon einmal gelebt und meine Mutter in dem Leben war eine Göttin. Demeter. Es gibt sie immer noch und sie ist immer noch irgendwie meine Mutter, aber das ändert für mich nichts. Ihr seid meine Familie.«

Ich löste mich von Hades und lief auf meine Eltern zu, die mich in ihre Arme schlossen. Auch Vicky und Günter kamen zu uns und hielten mich fest.

»Ich werde euch immer lieben«, wiederholte ich und versuchte, sie anzulächeln. »Immer!«

»Aber Penny ... Götter? Unsterblichkeit? Das ... Das kann doch gar nicht sein«, stotterte Dad und fuhr sich über sein tränennasses Gesicht. »Ich meine ... heißt das, du alterst nicht? Wirst nie krank? Was passiert dann mit dir? Was geschieht mit dem Leben, das du bisher hattest?«

»Ich weiß es nicht«, antwortete ich wahrheitsgemäß und Hades räusperte sich.

»Wenn sie unsterblich ist, bringe ich sie zunächst hierher zurück. Denn dann möchte ich ganz offiziell um die Hand Ihrer Tochter bitten, Sir.« Er klang unsicher und verlegen, aber sein Blick war fest auf mich gerichtet.

»Ich werde es mir dann überlegen, junger Mann ... ähm ...«, stammelte Dad und ich lachte. »Lach nicht, Kind. Immerhin kennt ihr euch kaum. Und erzähl mir jetzt nicht, ihr kennt euch von früher, denn das ist mir im Moment einfach zu hoch.« Er seufzte. »Ein Vater möchte seine Tochter schließlich nicht irgendjemandem geben.«

Ich umarmte ihn wieder fest. »Ich habe dich so lieb, Papa.«

Dad zog mich an sich und strich mir über den Kopf, wie er es früher immer getan hatte. »Mein Süßes«, flüsterte er und ich hörte das leise Schluchzen, das sich seiner Kehle entrang. Dann wandte er sich mit ernstem Blick Hades zu. »Du sagtest, du würdest ihr in diese Prüfung folgen?«

Hades nickte wortlos.

»Dann hoffe ich, du machst deine Sache gut und bringst sie uns zurück«, knurrte Günter und stemmte seine Fäuste in die Seiten. »Sonst finde ich dich und verpasse dir eine Abreibung.«

Ich lächelte und wischte mir die Tränen aus den Augen. Mein Bruder schien sich nicht einmal vor einem Gott zu fürchten. Ob ihm klar war, gegen wen er antrat?

»Ich werde ihr Leben mit meinem beschützen. Ich verspreche es«, schmunzelte Hades.

»Gut«, murmelte Dad und zog mich wieder an sich. »Warum kannst du dir nicht einen normalen Menschen aussuchen?«, flüsterte er und seine Stimme bebte.

Mir war der Stimmungswechsel meiner Familie nicht entgangen. Von vollkommen verwirrt zu fast beruhigt. Sie akzeptierten sehr schnell, dass es Götter gab und einer von ihnen mitten im Garten eines Bauernhofs stand und mich liebte. So wie ich ihn. Ob Hades wieder in ihre Gedanken eingriff und ihnen half, das alles zu verstehen und bei Verstand zu blieben?

Ich zuckte mit den Schultern, während mir die Tränen über die Wangen liefen. »Ich habe euch alle so lieb«, sagte ich noch einmal, denn ich fühlte, wie sie mir langsam entglitten und die Welt ihre Farbe verlor. »Hades!«

Er war schon an meiner Seite und legte seine Arme um mich. »Ich werde dir gleich folgen, Liebste«, sagte er beruhigend. »Ich bin an deiner Seite, wenn du die Arena betrittst. Nichts und niemand wird mich aufhalten. Demeter wird dich empfangen. Hab keine Angst.« Er küsste mich zärtlich. »Ich werde dich nicht allein lassen, Pen.«

Seine Stimme wurde immer leiser und auch die Wärme meiner Familie und ihre besorgten Worte verschwanden in der Dunkelheit, die mich umgab. Ich schluchzte und schlang meine Arme um mich, während ich nur hoffen konnte, sie alle wiederzusehen.

31

Persephone!«, drang die zarte Stimme meiner göttlichen Mutter an mein Ohr und ich schlug die Augen auf. Es war immer noch stockfinster, nur ihr Strahlen brach durch die Dunkelheit.

»Mutter«, raunte ich und sie schloss mich in ihre Arme.

»Shhh … Es wird alles gut«, flüsterte sie und strich mir über den Rücken. »Lass mich dir helfen, dich umzuziehen. Es wird gleich losgehen.«

Ich nickte und zog dann scharf die Luft ein. »Die Flügel!«, kreischte ich, als mir bewusst wurde, dass ich sie nie von Hades bekommen hatte.

»Du hast sie doch schon«, lächelte Demeter.

Verwirrt drehte ich meinen Kopf und staunte, als ich leuchtend weiße Federn entdeckte. Noch während ich mich wieder zu der Göttin umwandte, stellte ich fest, dass ich meine Rüstung trug –

und zum Glück ein Unterkleid anhatte – und das Schwert in der Hand hielt.

»Erstaunlich«, murmelte ich und Demeter lächelte erneut.

»Göttliche Magie«, erklärte sie zwinkernd und nahm mich wieder in die Arme. »Hör zu, Tochter. Ich werde an deiner Seite bleiben. Wie du dir denken kannst, bin ich keine Kämpferin, aber du kannst dir meiner Hilfe sicher sein. Hades wird dich ebenso beschützen. Er ist auf dem Weg hierher. Hekate persönlich holt ihn und stellt sicher, dass Zeus nicht wieder einen seiner Tricks an ihm ausprobiert. Poseidon und Hephaistos sind bereits in der Arena und kümmern sich um einige der Gegner, die für dich ausgewählt wurden. Die Regeln besagen, dass alle Kreaturen dieser Prüfung bezwungen sein müssen, bevor du die Arena verlässt, aber sie besagen nicht, dass du sie selbst vernichten musst. Wir werden das hier überstehen und diesen Ort gemeinsam für immer verlassen.«

Ich nickte und rang mir ein Lächeln ab. »In Ordnung.«

»Bleib immer in Hades' Nähe, hörst du?«

»Ja, Mutter.«

Unsere Umgebung veränderte sich und ich erkannte, dass wir in einem kleinen Raum standen. Kein Möbelstück befand sich darin. Durch einen Schlitz am Boden drang ein wenig Licht zu uns herein. Krachend setzte sich ein Mechanismus in Bewegung und der schmale Schlitz wurde breiter, als das Tor nach oben gezogen wurde.

Meine Beine begannen zu zittern, als ich die unheimlichen Geräusche hörte und die schwarzen Fackeln vor mir sah. Kalte, modrig riechende Luft schlug mir entgegen und ich musste würgen, als ich sie einatmete.

»Tritt heraus, Persephone, Tochter der Demeter!«, erklang eine mir verhasste Stimme und ich reckte mein Kinn und schritt anmutig hinaus, gefolgt von der Göttin, die sich die Nase zuhielt und bleich wirkte.

Einer Eingebung folgend, stellte ich mich in die Mitte eines Kreises aus dunklen Fackeln und drehte mich um. Tatsächlich entdeckte ich ein Podium, auf dem der Göttervater und ein paar andere Götter thronten und teils mitleidig, teils belustigt, teils neugierig zu mir herabblickten. Ich erkannte die meisten von ihnen, als hätte ich sie gestern erst gesehen. Neben Zeus saßen Hera, die mit unbewegter Miene meinen Bewegungen folgte, sowie Hermes, der gehässig grinste.

In der Reihe dahinter befanden sich Aphrodite, Athene und Ares, die Letzteren beiden Kinder des Zeus. Während Athene mich neugierig musterte, schien Aphrodite Mitleid mit mir zu haben. Ares hingegen hob interessiert eine Augenbraue, als er seinen Blick über meinen Körper gleiten ließ.

Sie alle trugen Roben, wie man sie aus historischen Filmen kannte: in Falten geworfene Stoffe, teils weiß wie bei Athene oder Hera, teils farbig wie bei Aphrodite und Hermes, die mit Spangen an den Schultern zusammengehalten wurden und in langen Röcken bis zu den Knöcheln reichten. Zeus hingegen zeigte seinen nackten Oberkörper und Ares saß mit überschlagenen Beinen in einer Rüstung aus rotem Gold auf seinem Stuhl und lehnte sich lässig zurück.

Zeus' Augen ruhten einen Moment auf mir, bevor er sich Demeter zuwandte, die um Atem ringend neben mir Aufstellung genommen hatte. »Demeter, darf ich erfahren, was du in der Arena zu suchen hast?«, fragte er mit vor Zorn bebender Stimme und lehnte sich weit über das Geländer des Podiums.

»Da beim letzten Mal nicht alle Regeln eingehalten wurden, erlaube ich mir, meine Tochter zu begleiten und sicherzustellen, dass diesmal alles mit rechten Dingen zugeht.«

Zeus lachte und klopfte sich auf die braun gebrannten Schenkel. »Nur zu, begleite sie. Aber wenn du verletzt wirst, mach nicht mich dafür verantwortlich.«

Die Göttin neigte ihr Haupt und öffnete ihre Handflächen.

»Aber«, schallte Zeus' Stimme über den Platz, »wage es nicht, sie zu heilen. Du kennst die Regeln!«

»Gewiss, Göttervater, ich werde meine Tochter nicht heilen.«

Zeus lehnte sich zufrieden zurück und nickte. »Zu etwas anderem bist du ohnehin nicht fähig«, schnaubte er. »Dann beginne, Persephone. Durchquere die Arena. Der Ausgang öffnet sich, sobald alle für dich bestimmten Kreaturen besiegt wurden. Je nach Art der Kreatur sind es unterschiedlich viele. Nicht dass es von Bedeutung wäre. Ich bezweifle, dass du mehr als die ersten zwei Hürden meistern wirst.«

»Ich warte auf Hades!«, rief ich und ein Raunen ging durch die hintere Reihe der Götter.

»Deine Prüfung beginnt jetzt!«, herrschte Zeus mich an. »Wenn dein Beschützer es nicht rechtzeitig schafft, ist das *sein* Problem. Also los jetzt, bevor ich mich vergesse.«

Ich verschränkte meine Arme und wollte etwas erwidern, als dunkler Nebel neben mir aufkam und schließlich Hades in voller Rüstung und Helm neben mir stand.

»Verzeih meine Verspätung, jemand scheint versucht zu haben, die Arena abzuriegeln«, erklärte er mit finsterem Blick auf seinen jüngeren Bruder, der seine blonden Locken schüttelte und grinste.

»Oh, habe ich doch glatt den Eingang versperrt. Wie ungeschickt von mir.«

»Genau, welch bedauerliches Versehen«, erwiderte Hades und ließ sein riesiges Schwert in seiner Hand entstehen. »Bist du bereit?«, fragte er mich und ich nickte.

»Jetzt ja«, flüsterte ich und presste meine Lippen aufeinander, damit sie nicht bebten.

»Dann los.«

Wir verließen den Platz gemeinsam mit Demeter und betraten die eigentliche Arena. Die Luft roch noch modriger als zuvor und die Göttin stöhnte bereits nach wenigen Schritten gequält auf.

»Demeter, bist du sicher, dass du mitkommen willst?«, fragte Hades besorgt, doch die Göttin nickte.

»Ich schaffe es schon. Ich hätte mir nur ein Schutzamulett mitnehmen sollen.«

»Warum stört mich diese Umgebung nicht?«, wollte ich wissen.

»Weil die Rüstung deiner Mutter dich schützt, Pen. Sie schenkt dir die Kraft der Natur, sonst wärst du hier vielleicht verloren.«

»Hades«, flüsterte ich und sah mich verstohlen um. »Hast du das vorhin ernst gemeint?«

»Was?«, erwiderte er ebenso flüsternd, denn uns wurde bewusst, dass wir von etwas beobachtet wurden.

»Dass du mich zu meiner Familie zurückbringst und um meine Hand anhältst.«

Er räusperte sich unbehaglich. »Jedes Wort, Pen.«

»Aber …«

»Shh … Wir reden später«, wisperte er und deutete mit dem Kopf hinter sich.

Ich erkannte die glühenden roten Augen sofort, die aus der Dunkelheit leuchteten. Immer mehr Augenpaare erschienen und grauenhaftes Knurren begleitete jeden Schritt dieser Kreaturen.

Noch bevor ich wusste, was für Wesen sich uns näherten, löste sich etwas aus dem Schatten und ein gewaltiger Körper sprang auf mich zu. Ich riss mein Schwert hoch und bohrte es in den Leib der Kreatur, die wie ein zu groß geratener Wolf aussah und augenblicklich zu Staub zerfiel.

Hades erledigte mit einem Streich vier von diesen Dingern, während ich mich neben Demeter aufbaute und einen Wolf nach dem anderen aufspießte, während sie einen Schwarm Bienen heraufbeschwor und sie die Bestien angreifen ließ. Ich warf ihr einen anerkennenden Blick zu, als einige der Bienen in Feuer aufgingen, bevor sie sich auf die Wölfe stürzten.

»Ich wusste nicht, dass ich das kann«, sagte Demeter überrascht und starrte auf ihre Hände. Dann lächelte sie und wir kämpften weiter Seite an Seite.

Immer mehr Wölfe traten aus dem Schatten, aber Hades machte kurzen Prozess mit ihnen und erledigte sie alle. Obwohl er die meisten Gegner besiegt hatte, fühlte ich mich unsagbar erschöpft, als wir endlich alle getötet hatten.

»Geht es dir gut?«, fragte Hades besorgt, als ich auf meine Knie fiel und schwer atmete.

»Ja, ich … bin nur ein wenig müde«, erwiderte ich und kämpfte mich wieder auf meine Beine. »Lass uns weitergehen.«

Hades musterte mich unsicher, nickte dann aber und half Demeter und mir, voranzukommen.

»Wie viele Kreaturen gibt es eigentlich?«, wollte ich wissen und fürchtete mich vor der Antwort.

»Das kommt auf das Wesen an«, antwortete Hades. »Von manchen gibt es nur eines und bei anderen ganze Rudel, wie bei diesen Wölfen. Insgesamt sollen es ein paar hundert sein.«

»So viele?«, fragte ich ungläubig und er nickte.

»Aber keine Sorge, wir werden sie alle bezwingen«, versicherte er mir. »Sie dürfen auch nicht wiederkehren, bis deine Prüfung überstanden ist. Einmal besiegt, bleiben sie für dich tot.«

Der Boden veränderte sich und plötzlich wateten wir in schmatzendem schwarzen Schlamm, der es immer schwieriger machte, die Füße zu heben.

»Das gefällt mir nicht«, keuchte ich, denn die Luft wurde immer stickiger und das Atmen fiel mir noch schwerer.

»Mir auch nicht«, stimmte Hades zu und sah sich prüfend um.

Kreischend stürzte sich etwas auf uns herab und versuchte, mich zu packen. Ich breitete meine Flügel aus und schoss in die Höhe, um meinen Angreifer abzuschütteln.

Das Fliegen hatten wir nicht geübt und ich erinnerte mich auch nicht, es in meinem vorherigen Leben gelernt zu haben. Dennoch gehorchten mir die Flügel und obwohl es vermutlich nicht besonders elegant aussah, gelang es mir schnell, meinen Körper in der Luft zu halten und zu lenken. Vielleicht hätte ich daran denken sollen, Flugstunden zu nehmen …

Als ich hinunterblickte, entdeckte ich mehrere riesige Schlangen und Spinnen, die sich auf Hades und Demeter stürzten und sich um sie wanden und mit ihren Fäden fesselten. Mit einem zornigen Schrei schoss ich hinab, legte meine Flügel intuitiv nah an meinen Körper und war froh, dass es so klappte, wie ich es mir vorstellte. Hastig schlitzte ich die Kreaturen auf. Zischend zerfielen sie zu Staub und Hades gelang es, seinen Arm zu befreien und ebenfalls Schlange um Schlange zu enthaupten.

Demeter rang nach Atem, hob aber dennoch die Hand und ließ eine gewaltige fleischfressende Pflanze aus dem Boden schießen. Mit gierigem Appetit schnappte die überdimensionale Fliegenfalle nach den Spinnen und verschluckte sie, ohne zu kauen.

Immer wieder flog ich hinauf, nur um mich wieder hinabzustürzen und dabei eine Schneise durch die Monster zu schlagen.

Als auch dieser Kampf beendet war, landete ich neben Hades, der Demeter aus dem Schlamm zog. Zu meinem Erstaunen waren sie beide vollkommen unbefleckt, obwohl sie mehrmals von den Kreaturen umgeworfen worden waren. Ich hingegen starrte vor Dreck. Lag wohl an ihrer Göttlichkeit.

»Der Schlamm hört da vorn auf. Ich trage euch hinüber«, schlug ich vor, aber Hades schüttelte den Kopf.

»Hilf Demeter, ich laufe durch den Morast.«

»Aber …«

»Pen, ich bin zu schwer für dich. Hilf deiner Mutter, ich bin gleich bei euch.«

Er stürmte los, ohne mich etwas erwidern zu lassen.

Ich umfasste die Göttin, die schlaff in meinen Armen hing, als ich sie hochhob und mit ihr über den schlammigen Untergrund flog.

»Tut mir leid«, hauchte sie und ich schüttelte den Kopf.

»Dafür, dass du keine Kämpferin bist, hast du den Biestern ordentlich eingeheizt«, erwiderte ich.

Sie grinste. »Hat sich gut angefühlt. Vielleicht steckt doch eine Kriegerin in mir.«

Der Boden wurde bald wieder fester und ich setzte meine Mutter ab und kam schwer atmend zum Stehen.

Hades legte seinen Arm um meine Schultern und musterte mich besorgt. »Du solltest noch nicht so müde sein«, überlegte er und ich versuchte, ihm einen genervten Blick zuzuwerfen, aber alles, was ich zustande brachte, war ein Stöhnen.

Ich lehnte meinen Kopf an seinen Arm und rang nach Luft. Das waren ja heitere Aussichten, wenn ich jetzt schon so angeschlagen war.

»Sag mir, dass wir mehr als die Hälfte geschafft haben«, keuchte ich, aber ich kannte die Antwort bereits.

»Leider nicht«, gab Hades zurück und hob mich hoch.

»Hades, du kannst mich nicht tragen!«

»Wer sagt das? Ich kann dich tragen, wenn ich es will«, grinste er und half Demeter wieder auf die Beine. »Kommt, wir müssen weiter.«

Irgendwo vernahm ich ein Plätschern und musste an die Kreatur denken, die ich in einem meiner Träume gesehen und die Hades' Haut verätzt hatte, als er sie tötete. Ein Schaudern durchlief meinen Körper, als ich einen See entdeckte, und ich wollte Hades gerade bitten, mich abzusetzen, als etwas aus dem Wasser schoss und meinen Knöchel packte.

32

Zischend sausten mehrere Fangarme aus dem Wasser, umklammerten Demeter, Hades und mich und versuchten, uns in den See zu ziehen.

Ich wusste nicht, wie ich es anstellte, aber ich schaffte es, eine Hand aus der Umklammerung zu befreien und auszustrecken. Sofort schossen Ranken aus dem Nichts heraus und wickelten sich um unsere Körper, während ihre anderen Enden sich um Baumstämme und Felsen wanden und uns so festhielten. Diese Fähigkeit stammte aus meinem göttlichen Erbe und nun, da ich meine Kräfte wieder besaß, erinnerte ich mich, wie ich diese Gabe einsetzte. Das verschaffte uns Zeit, aber eine dauerhafte Lösung konnte das nicht sein.

Die Wasserkreatur verstärkte ihren Zug und drohte zumindest mich in der Mitte auseinanderzureißen. Hades kämpfte seine Hand frei und ließ sein Schwert verschwinden, das von den Fangarmen umschlungen war. Als er es wieder erscheinen ließ, war auch die Klinge frei und er konnte damit zuschlagen. Kreischend bebten die anderen Fangarme, bis Hades einen nach dem anderen zerstörte.

Erleichtert atmete ich auf und half Demeter wieder aufzustehen. »Ist es vorbei?«, fragte ich schwer atmend, doch Hades schüttelte den Kopf.

»Das eigentliche Monster lebt unter Wasser. Um es zu besiegen, müsste man hinabtauchen und es töten. Jetzt wäre Poseidon wirklich hilfreich!«

Ich umklammerte mein Schwert und fasste einen Entschluss. »Dann gehe ich hinein.«

Hades' Kopf fuhr zu mir herum und er funkelte mich zornig an. »Bist du von Sinnen? Du hast da unten keine Chance. Ich gehe!«

»Ich kann mich mit meiner Gabe wieder herausziehen, im Gegensatz zu dir.«

»Aber du könntest mich auch sichern! Außerdem kann ich länger ohne Sauerstoff auskommen als du.«

Ich setzte bereits zu einer Erwiderung an, als das Wasser wilde Wellen schlug. Ein Kreischen ertönte, bevor Poseidon anmutig von einer Woge schwarzem Wasser angespült wurde und mit breitem Grinsen vor uns stand. Diesmal trug er eine Rüstung wie Hades, nur in einem schillernden Blau, einen Dreizack in einer Hand und in der anderen ein Netz. Auf den Helm hatte er verzichtet.

Er hob seine Arme mit den Handflächen nach oben und wartete wie ein Schauspieler am Ende der Vorstellung auf Applaus.

»Bist verflucht spät dran«, knurrte Hades und der Meeresgott stemmte seine Hände in die Hüften.

»An sich sagt man Danke, wenn einem das Leben gerettet wird«, meinte er beleidigt. »Abgesehen davon hat Hekate mich am falschen See abgesetzt. Dafür habe ich das andere Wasserungeheuer für euch erledigt.«

»Danke«, sagte ich laut und meinte es auch so. Ich war ehrlich erleichtert, dass ich keinem Unterwassermonster mehr begegnen würde.

Poseidon nickte mir zu. »Für dich immer, Prinzessin.«

»Gut, dann lasst uns weitergehen. Wir haben noch einen weiten Weg vor uns«, meinte Hades und hob mich wieder hoch.

»Ich kann …«

»Ist mir egal, Pen. Ich trage dich.«

»Aber …«

»Pen …«, seufzte er und musterte mich besorgt. »Hier ist alles darauf ausgelegt, dich zu schwächen. Zeus scheint etwas am Klima verändert zu haben, weswegen du jetzt schon erschöpft bist. Ich weiß, dass du stark bist, aber du musst deine Kräfte einteilen.«

Ich zog eine Schnute. »Na schön. Dann … danke …«

»Für dich immer, Prinzessin«, schmunzelte er und Poseidon zischte.

»Klaut mir einfach meine Zeile«, murmelte er hinter uns und ich lächelte ihm aufmunternd zu.

Der Boden veränderte sich erneut. Diesmal wurde er sandig und ein heftiger Wind kam auf. Jetzt war ich wirklich dankbar, dass Hades mich trug, denn ich konnte nichts mehr sehen und bekam kaum noch Luft. Hustend presste ich mein Gesicht an seine Brust und hoffte, der Wind würde sich legen.

Ein Fauchen mischte sich in das Geräusch des Sturms und Hades blieb stehen. »Poseidon!«, rief er und sein Bruder zog Demeter neben uns und stellte sich anschließen an Hades' Rücken. »Ich muss dich jetzt absetzen«, erklärte mir der Gott der Unterwelt und stellte mich mit wackeligen Beinen neben sich ab. »Kannst du stehen?«

»Ich denke schon«, brüllte ich gegen den Lärm an und legte meine Flügel, die im Wind ziemlich gebeutelt wurden, enger an meinen Rücken.

Das Fauchen wurde lauter und kam nun aus allen Richtungen.

»Was ist das?«, rief ich, aber sowohl Hades als auch Poseidon schwiegen.

Plötzlich fuhren gewaltige Klauen aus dem Sandsturm herauf und packten nach mir. Hades schaffte es, mich zu Boden zu werfen, und entging dabei den Klauen selbst nur um Haaresbreite.

»Harpyie!«, kreischte ich meine Erkenntnis heraus.

Sofort schossen die messerscharfen Krallen erneut auf mich zu. Ein Wesen, halb Mensch, halb Raubvogel, stürzte sich wieder und wieder auf mich herab, versuchte mich mit seinen gewaltigen Klauen zu packen und zu zerreißen, aber ich schaffte es dank Hades immer wieder, der Kreatur zu entkommen.

»Pen, deine Ranken!«, wies Hades mich an.

»Und wo soll ich sie hinschicken? Ich sehe nichts!«

»Egal. Lass sie los!«

Ich drehte mich auf den Rücken, hob meine Hände und meine Magie gehorchte sofort. Unzählige Ranken schossen aus dem Boden und ihre losen Enden wurden vom Wind fortgerissen. Nach kurzer Zeit hörte ich ein gequältes Geräusch und der Wind erstarb auf einmal, während die Harpyie fauchend zu Boden fiel. Poseidon und Hades stürzten sich auf das Ungeheuer und durchbohrten es, bis nur noch Staub übrig blieb.

»Das war gut, Prinzessin«, lobte mich der Meeresgott und wischte sich Schweiß von der Stirn.

»Danke«, murmelte ich und begann, am ganzen Leib zu zittern. Es war so verflucht kalt hier.

Poseidon beobachtete mich und warf Hades einen entsetzten Blick zu. Ich zitterte noch mehr.

»Was?«, fragte ich mit bebenden Lippen.

Hades kam zu mir, hob mich hoch und drückte mich an sich. »Hältst du noch durch?«

Was war denn das für eine Frage?

»Habe ich eine Wahl?«, flüsterte ich und er schüttelte den Kopf.

»Nein«, knurrte Hades. »Lasst uns schnell weitergehen.«

Ein riesiger Berg ragte plötzlich vor uns in die Höhe und ich hatte keine Ahnung, wie Hades den mit mir in den Armen erklimmen wollte. Er schien auch ratlos.

»Ich könnte fliegen«, schlug ich vor, aber allein von der Vorstellung wurde mir schwindelig.

»Hinter dem Berg wird es besser«, versprach Poseidon. »Er markiert die Hälfte der Arena. Danach wird das Klima erträglicher, aber die Gegner gefährlicher.«

Ganz toll.

»Kannst du dich an mir festhalten?«, fragte Hades ernst und ich nickte. »Gut, dann nehme ich dich auf den Rücken und du hältst dich fest. Poseidon, Demeter, schafft ihr den Anstieg?«

»Denke schon«, rief der Gott des Meeres und auch meine Mutter nickte.

Hades atmete schwer, während er mich hinauftrug. Ich klammerte mich dermaßen an ihm fest, dass er wohl Schmerzen hatte, aber er sagte nichts, sondern ging immer weiter.

»Habe ich das letzte Mal diesen Punkt erreicht?«, wollte ich ungläubig wissen.

»Ja. Da war das Klima anders, aber diese Prüfungen hast du alle bestanden. Es sind dieselben wie damals, du hast sogar dieses Seeungeheuer allein besiegt«, keuchte Hades und wischte sich über die Stirn. »Ich sagte doch, Zeus spielt nicht fair.«

»Was ist auf der anderen Seite?«, flüsterte ich, unsicher, ob ich die Antwort wissen wollte.

»Ein Basilisk, drei Zentauren, Gorgonen und ein Ungeheuer mit Hunderten Augen. Die Wasserschlange hat Poseidon wohl bereits erledigt und ich hoffe, Hephaistos hat sich um die Gorgonen und die Zentauren gekümmert.«

»Woran bin ich gescheitert?«

»Pen, ist das wichtig?«

Nein, denn es würde diesmal nicht passieren. Also schüttelte ich den Kopf und Hades legte eine Hand auf meine.

»Es sind nur noch fünf Prüfungen, von denen eine sicher schon geschlagen ist und zwei uns hoffentlich nicht mehr bevorstehen. Wir sind also so gut wie durch.«

Er klang hoffnungsvoll und ich wollte diese Hoffnung wirklich gern teilen. Aber ich fürchtete, dass Zeus noch ein Ass im Ärmel hatte.

Kaum erreichten wir die Spitze des Berges, kehrten meine Kräfte zurück und ich glitt von Hades' Rücken, damit er durchatmen konnte. Er presste seine Hände auf die Oberschenkel und rang um Luft, während ich den Berg hinabblickte. Der Weg nach unten war halsbrecherisch steil und ich fragte mich, wie wir heil hinuntergelangen sollten.

Dann hob ich meinen Blick und ließ ihn über die endlose Weite der Arena schweifen. Der Himmel hatte eine seltsame, fast purpurne Farbe, während alles andere darin schwarz gemalt war. Die Pflanzen, das Wasser, der Boden … alles präsentierte sich in unterschiedlichen Schattierungen der Farbe Schwarz. Nirgendwo entdeckte ich eine Abgrenzung. Es schien, als würde die Arena unendlich groß sein.

»Erschreckend, oder?«, fragte Hades neben mir und legte einen Arm um meine Hüfte.

»Beeindruckend. Ich sehe keinen Anfang und kein Ende. Es ist, als wäre dieser Ort …«

»Unendlich«, vollendete er meinen Satz und nickte. »Das ist er auch. Wer die Prüfungen nicht besteht, irrt bis in alle Ewigkeit hier umher.«

»Es ist also wie ein Käfig, es sei denn, man besteht die Prüfung?«

Hades nickte wieder. »Allerdings nur für Sterbliche. Götter können kommen und gehen, wie sie wollen.« Er seufzte und rieb sich über die Augen. »Ich hätte niemals zustimmen dürfen, dies zu bauen.«

»Du hast das erschaffen?«, flüsterte ich überrascht.

»Es ist Teil der Unterwelt. Der einzige, in dem die Götter freiwillig sind, denn hier können sie ihre Spiele abhalten. Also war das mit der Hölle vielleicht doch nicht so falsch.«

Ich schwieg und musterte ihn, was ihn wieder seufzen ließ.

»Sie haben nicht nur dich hierher gebracht. Es gab immer wieder Sterbliche, die sie für sich kämpfen ließen. Ich muss dir nicht sagen, dass keiner von ihnen überlebt hat oder hier herauskam, oder?«

»Und ich dachte, die römischen Kaiser mit ihren Kolosseum-Kämpfen wären grausam gewesen«, murmelte ich und überblickte wieder die weitläufige Fläche der Arena. Ein Schaudern erfasste mich und Hades seufzte noch einmal.

»Nein, auch die Götter sind grausam, aus purer Langeweile. Und nun musst du meinetwegen hier um dein Leben kämpfen …«

»Hades, nicht deinetwegen, sondern wegen Zeus und mir selbst«, sagte ich schnell. »Und wäre es nicht hier gewesen, hätte er einen anderen Ort gefunden. So kennst du zumindest die Prüfungen, die auf mich warten.«

»Hm …«, machte er und zog mich an sich. »Es sind nicht immer dieselben. Sie werden ausgewählt, um den Menschen, der hier antritt, besonders zu fordern. Allerdings ist es für dich dieselbe Route wie vor dreitausend Jahren.« Er stieß den Atem aus, als er noch einen Blick über die Ebene warf. »Diese Kreaturen waren einst lebendig, aber nun sind es nur noch die Schatten derer, die einst lebten. Deswegen verändern sie sich und kehren immer wieder zurück. Noch so eine Abscheulichkeit, die ich unterstützt habe …«

»Dann beenden wir sie, wenn das überstanden ist«, schlug ich vor und er sah mich zerknirscht an.

»Dafür müssten die Götter zustimmen …«

»Und du denkst, das würden sie nicht?«

Er schloss die Augen und schwieg. Das war Antwort genug.

»Na gut, denken wir später darüber nach«, murmelte ich. »Fürs Erste sollten wir uns überlegen, wie wir hier wieder runterkommen, ohne uns den Hals zu brechen.«

Hades verzog seinen Mund zu einem Grinsen. »Also, du könntest fliegen. Und wir anderen werden versuchen, möglichst unbeschadet hinunterzurutschen.«

»Hervorragende Idee«, stimmte Poseidon genervt zu. »Ich rutsche so gern auf meinem Hintern Berge hinab.«

»Hast du einen besseren Vorschlag?«, entgegnete Hades und der Gott des Meeres schüttelte den Kopf. »Also dann.«

Die beiden Götter halfen Demeter, die ersten Schritte zu gehen, bevor sie sich darauf einigten, sich hinzusetzen und wie auf einer Skipiste hinunterzugleiten. Mir tat mein Hintern schon vom Zusehen weh und ich war froh, meine Flügel zu haben und mittlerweile recht sicher und anmutig hinunterzuschweben.

Am Fuß des Berges wurde der Weg steinig und mündete in einer Höhle mit einem gewaltigen schwarzen Schlund.

Hades schob mich hinter sich und hob sein Schwert. »Bleib auf jeden Fall hinter mir. Dies ist die Höhle des Basilisken und ich möchte nicht riskieren, dass sein Atem dich tötet.«

»Ich hatte eher Angst davor, versteinert zu werden«, flüsterte ich und Hades warf mir einen amüsierten Blick zu.

»Du hast eine falsche Vorstellung von diesem Wesen.«

»Soweit ich weiß, ist ein Basilisk halb Echse und halb Vogel und kann dich mit seinem Blick versteinern.«

»Der erste Teil stimmt, der zweite nicht. Sein Atem ist so tödlich, dass selbst Poseidon und ich aufpassen müssen. Wir sterben nicht, aber es würde ziemlich lange dauern, bis die Verätzungen heilen.«

»Oh«, machte ich und nahm hin, dass Hades vor mir ging und mich mit seinem Körper abschirmte.

In der Höhle war es still. Zu still. Mir gefiel das nicht, denn mein Atem ging viel zu schnell und viel zu laut und ich fürchtete, dass ich den Basilisken auf uns aufmerksam machen würde. Je tiefer wir gelangten, desto unruhiger wurde ich, als nichts geschah.

Wo lauerte das Ungeheuer auf uns?

Hades schien es ähnlich zu gehen, denn auch er ließ seinen Blick immer schneller hin und her huschen und umklammerte sein gewaltiges schwarzes Schwert noch fester.

Plötzlich klapperte nur ein kleines Stück vor uns Metall und Hades blieb stehen. Ich hielt den Atem an, unfähig, mich zu bewegen. Er bedeutete Poseidon, hier mit uns zu warten, dann hob er seine Waffe und lief los. Seine Schritte hallten durch die dunkle Höhle und er lief um die Ecke, hinaus aus meinem Blickfeld.

Als seine Schritte nicht mehr zu hören war, senkte sich Stille über uns. Mein Herz schlug panisch, setzte immer wieder aus, als ich versuchte, irgendein Geräusch zu hören. Aber da war nichts.

»Poseidon«, flüsterte ich mit erstickter Stimme und klammerte mich an ihn.

Der Gott des Meeres wirkte ebenso beunruhigt wie ich, als er mir zunickte. »Wir sehen nach«, gab er mit angespannter Stimme zurück und wir setzten uns langsam in Bewegung.

Demeter hielt mich fest, um mich im Ernstfall hinter sich zu bringen, während Poseidon seinen Dreizack hob und Schritt um Schritt voranschlich. Als wir die Ecke erreichten, hinter der Hades verschwunden war, hob er seine Waffe, bereit, zuzustoßen, und brüllte entschlossen.

Doch bevor er loslaufen konnte, hielt er inne und starrte auf das, was vor uns lag.

Da seid ihr ja endlich«, grinste Hephaistos uns an, schnitt mit einem Messer ein Stück von einem Apfel ab und stopfte es sich in den Mund. Neben ihm saß Hades, die Beine lässig überschlagen und die Arme verschränkt.

»Ich schwöre dir, irgendwann bringe ich dich um«, knurrte Poseidon und ließ den Dreizack sinken. »Hast du eine Ahnung, was für Sorgen wir uns gemacht haben?«

Hades sah mich an und senkte betreten den Blick. »Entschuldigung. Aber ich dachte, ich stelle sicher, dass Heph nichts übersehen hat.«

»Wie sollte ich was übersehen?«, entrüstete sich der Gott der Schmiede und warf das Kerngehäuse weg. »Der Basilisk ist allein und er ist fünf Meter lang. War nicht einfach, ihn zu erledigen. Das Vieh hat wirklich einen grauenhaften Atem.«

Ich musterte Hephaistos, der wieder in einem knappen Lendenschurz dasaß, einen Gürtel über die Brust gespannt, an dem auf seinem Rücken ein riesiges Schwert hing. Er trug einen Stiefel und auf seinem verkümmerten Bein etwas, das mich an einen Pantoffel erinnerte. Ich wollte ihn gewiss nicht unterschätzen, immerhin hatte er gerade ein gewaltiges Monster erschlagen.

»Und ich habe euch die Zentauren abgenommen. Fiese Biester. Sie greifen zu dritt an, umkreisen dich, machen dich mit ihrem Hufgetrappel verrückt und stoßen dann aus dem Nichts zu.«

Als ich mir dieses Bild vorstellte, lief mir plötzlich eine warme Flüssigkeit aus der Nase. Ich hob meine Hand und wischte sie weg. Entsetzt keuchte ich, als ich das Blut auf meinen Fingern bemerkte.

Ich blickte zu Hades, der aufsprang und zu mir lief. Er fing mich gerade noch rechtzeitig, bevor meine Beine nachgaben und ich auf dem Boden aufschlug.

»Hekate!«, hörte ich ihn panisch rufen, dann verschwamm alles um mich herum.

Vor mir sah ich drei Zentauren. Wesen, halb Mensch, halb Pferd. Ihre Oberkörper waren durchtrainiert und ihre Gesichter wirkten verbittert und zornig, als sie ihre Speere und Schwerter hoben.

In ihrer Mitte entdeckte ich mich selbst, Schnittwunden am ganzen Körper, meine Waffe hocherhoben.

Niemand bewegte sich. Es schien, als würde diese Szene auf Leinwand gebannt sein und ich würde sie als Kunstkritiker betrachten.

Abgesehen davon umgab mich Dunkelheit und ich beobachtete die Zentauren, als würden sie von einem Scheinwerfer bestrahlt werden.

Ich wandte meinen Kopf und ein weiterer Scheinwerfer ging an. Ich sah Hades, der mit erhobenem Schwert auf mich zustürzte. Seine Augen waren geweitet und starr vor Angst, seine Miene wirkte rasend vor Wut, sein ganzer Körper schien angespannt zu sein.

Mein Blick glitt zwischen ihm und mir herum, bis in der Mitte Hekate erschien. Die Göttin leuchtete in sanftem purpurnen Licht und ihr Kleid aus lilafarbener Seide bauschte sich auf, als würde der Wind sie umwehen.

»Was ist das hier?«, fragte ich und erschrak darüber, wie fremd und metallisch meine Stimme klang.

»Du weißt, was das ist, Persephone, nicht wahr?«, gab sie als Antwort.

Ich konnte es mir denken.

»Hier bin ich gestorben«, flüsterte ich und die Göttin nickte.

»Hades wollte dir diese Erinnerung ersparen, deswegen habe ich sie dir nicht gezeigt. Aber nun, da du wieder in der Nähe bist, drängt sie sich erneut auf.« Sie schritt zu mir und nahm meine Hand. »Ich kann dich nicht daraus befreien, aber ich kann dir beistehen, wenn du sie siehst.«

Ich fühlte, wie eine Träne über meine Wange lief, und die Göttin drückte meine Hand fester.

»Bist du bereit?«, fragte sie sanft.

»Was wird mich erwarten, wenn ich die Erinnerung sehe? Werde ich … sterben?«

»Nein. Du wirst vermutlich eine Wunde an jener Stelle haben, an der du tödlich getroffen wurdest. Sie wird dich schmerzen, aber sie wird schnell verheilen und der Kreislauf ist abgeschlossen. Dann bist du bereit, weiterzumachen und diesen Albtraum hinter dir zu lassen.«

Ich schluckte und beobachtete mein anderes Ich ängstlich.

»Bist du bereit?«, fragte die Göttin erneut und ich nickte.

Sie hob ihre Hand und alles vor mir erwachte zum Leben. Die Zentauren umkreisten mich, bereit, zuzuschlagen. Hades lief auf uns zu und brüllte meinen Namen. Dann sauste ein Speer auf Persephone zu. Sie wich aus, hob ihr Schwert und traf den Zentauren an der Brust, doch noch ehe sie ihre Waffe zurückziehen konnte, schlug ein anderer Zentaur zu, brachte sie ins Wanken und der dritte rammte ihr das Schwert in den Bauch. Ich hörte, wie die Knochen splitterten, wie das Fleisch durchtrennt wurde, bevor der Körper leblos zusammensackte.

»NEIN!«, schrie Hades und rannte noch schneller, während die Zentauren zufrieden in der Dunkelheit verschwanden.

Ein stechender Schmerz durchfuhr mich und ich blickte an mir hinab. Meine Rüstung war gesplittert und an jener Stelle, in der mein anderes Ich das Schwert stecken hatte, klaffte eine gewaltige Wunde. Hilflos sank ich auf die Knie. Hekate stützte mich und flüsterte mir beruhigende Worte ins Ohr.

Ich beobachtete Hades, wie er seine Waffe fallen ließ und sich über mich beugte. Tränen liefen ihm über die Wangen, als er die Hand hob. Das Schwert und die Rüstung von meinem früheren Ich verschwanden und ihr Körper lag in ein hellgrünes Seidenkleid gehüllt in seinen Armen. Er schloss ihre Augen und zog sie eng an sich.

»Ich werde dich wiederfinden, Persephone«, schluchzte er, während er ihr die Kette mit der Perle abnahm. »Ich beschütze deine

Seele und wache über dich, bis du zu mir zurückkehrst. Ich schwöre dir, ich finde und rette dich …«

Ich ließ meinen Tränen freien Lauf und verbarg mein Gesicht an Hekate, die mir über den Rücken strich.

»Er liebt dich. Mehr, als er es jemals für möglich gehalten hätte.«

»Und ich liebe ihn«, flüsterte ich. »Ich liebe ihn so sehr …«

In dem Moment wusste ich es. Falls ich jemals gezweifelt hatte, falls ich jemals gezögert hatte … jetzt war es Gewissheit. Ich wollte *nie wieder* ohne Hades sein. Er war meine Bestimmung, nur ihm gehörte mein Herz. In diesem und jedem anderen Leben.

»Dann komm zurück aus dieser Erinnerung, Persephone. Komm zurück und bring es zu Ende. Für dich. Für ihn.«

Ich nickte und fühlte, wie mein Körper schwerer wurde und die Göttin verschwand.

Keuchend schlug ich die Augen auf. Hades beugte sich über mich, mein Kopf ruhte auf seinen Knien und er atmete erleichtert aus.

Der Schmerz kehrte in meinen Körper zurück, heftiger als noch vor wenigen Augenblicken, und ich starrte auf die immer noch klaffende Wunde an meinem Bauch.

»Verflucht, tut das weh«, stöhnte ich und fing an, viel zu schnell zu atmen, bis meine Finger kribbelten und mein Blick unklar wurde.

»Pen!«, rief Hades und legte seine Hände auf meine Wangen. »Sieh mich an. Sieh nur mich an!«

Ich wandte meinen Blick wieder zu seinen Augen. Diesen wunderschönen grünen Augen, die so voller Liebe und Fürsorge waren.

Immer noch ging mein Atem viel zu schnell und Hades strich mit seinem Daumen zärtlich über meine Lippen.

»So ist es gut. Sieh mich an. Beruhige dich. Ich weiß, dass du Schmerzen hast, aber du musst zur Ruhe kommen. Ich bin bei dir ...«

Langsam, ganz langsam, brachte ich mich wieder unter Kontrolle. Immer noch kribbelten meine Finger, aber mein Blick wurde klarer und ich hielt ihn auf Hades gerichtet, der nicht aufhörte, über meine Wangen zu streichen. Ich schluckte, als ich wieder ruhiger atmete.

»Gut gemacht«, seufzte er und ließ mein Gesicht los.

Obwohl mein ganzer Körper zitterte, hob ich die Hände. Ich legte sie hastig in seinen Nacken, zog ihn zu mir herab und küsste ihn.

Überrascht riss er die Augen auf, erwiderte meinen Kuss dann jedoch. Er war voller Wärme, Sehnsucht und Verzweiflung. Ich vergrub meine Finger in seinem dunklen Haar, hielt ihn fest, als er sich von mir lösen wollte, und er wehrte sich nicht.

Schließlich musste ich ihn loslassen, um wieder Luft holen zu können. Ein Blick in sein Gesicht verriet mir, wie widerwillig er sich zurückzog, und ich wollte mich schon aufsetzen, um ihn erneut zu küssen, als ein Räuspern uns unterbrach.

»Schon gut, ihr seid verliebt. Könnt ihr das nur vielleicht später machen, wenn wir an einem weniger gefährlichen Ort sind und vor allem ... wenn ihr allein seid?«, meinte Poseidon vorwurfsvoll und schüttelte den Kopf.

»Entschuldigung«, stammelte ich und warf Hades einen bedauernden Blick zu.

»Brauchst du noch einen Moment?«, fragte er und half mir, mich aufzusetzen, was erstaunlicherweise kaum noch schmerzte.

Ich sah zu meinem Bauch hinab und stellte fest, dass die Wunde vollkommen verheilt und auch die Rüstung wieder ganz war. »Hades …«, flüsterte ich und lehnte mich an ihn an.

Er schloss seine Arme um mich und hielt mich fest.

»Ich liebe dich«, raunte ich ihm ins Ohr und er lächelte.

»Ich liebe dich«, erwiderte er und küsste mich auf die Stirn. »Wir sollten jetzt weiter, Pen. Die Zentauren sind besiegt und sie können dir nichts mehr antun. Aber noch stehen uns zwei Kämpfe bevor.«

»Ich weiß. Und ich sollte mich bei Hephaistos bedanken …«

Vorsichtig stand ich mithilfe von Hades auf und sah den Gott der Schmiede an, der mit verschränkten Armen auf einem Stein saß.

»Vielen Dank für deine Hilfe«, sagte ich zu ihm.

Er lächelte mich verlegen an. »Gern, Prinzessin. Hat Spaß gemacht, mal wieder zu kämpfen. Traut mir ja kaum jemand zu …«

»Die unterschätzen dich alle, Heph«, stellte Hades amüsiert fest. »Den Basilisken hätte ich nie in so kurzer Zeit bezwungen.«

»Tja«, meinte Hephaistos mit einem Schmunzeln und räusperte sich dann. »Sollen wir weiter? Die zwei Dutzend Gorgonen erwarten uns.«

Ich erinnerte mich dunkel an die Legenden der Gorgonen, vor allem von Medusa, deren Blick jedes Lebewesen in Stein verwandelte.

»Ich dachte, die sind unsterblich?«

Hades nickte. »Unsterblich, aber nicht unverwundbar. Dummerweise sind sie ziemlich schwer zu enthaupten, dafür können sie nicht kämpfen. Es ist also nur gefährlich, ihnen in die Augen zu sehen.«

»Großartig. Wie enthauptet man etwas, das man am besten gar nicht ansieht?«

»Oh, lass das uns machen, Prinzessin«, meinte Poseidon entschlossen. »Wir sind nur kurz gelähmt, nicht versteinert. Aber du könntest uns die Biester mit deinen Ranken verpacken, damit sie sich nicht zu sehr wehren.«

Ich nickte. »Ich werde es versuchen.«

»Gut. Dann los jetzt«, entgegnete der Gott des Meeres und wir durchquerten die Höhle.

Der Boden veränderte sich erneut und wurde sumpfig. Ich erkannte die Stelle wieder, an der ich in meinem früheren Leben umgekommen war, und zitterte.

Ich quietschte leise, als ich eine flüchtige Berührung an meiner Hand fühlte. Hades sah mich eindringlich an und verschränkte seine Finger mit meinen. Schweigend durchquerten wir den Sumpf, in dem ich mein Leben vor so vielen Jahren verloren hatte. Kein Geräusch war zu vernehmen und ich atmete erleichtert auf, als der Boden sich wieder veränderte und sandig wurde.

Hades ließ meine Hand los und überblickte sorgfältig die Ebene, die vor uns lag. »Du bleibst hinter uns, in Ordnung? Fessele die Gorgonen mit deinen Ranken und lass uns den Rest erledigen.«

»Einverstanden«, erwiderte ich und blieb hinter den drei Göttern zurück, zusammen mit Demeter, die wieder schützend ihren Arm um mich legte.

Als wir eine Höhle erreichten, erstrahlte ein helles Licht und ich entdeckte eine weiße Wolke, die so grotesk unpassend an diesem

Ort wirkte wie ein Clown auf einer Beerdigung. Zeus und die anderen Götter thronten darauf und blickten zu uns herab.

»Sieh an, sieh an. Wenn das nicht mein zweiter Bruder und mein verkrüppelter Sohn sind, die sich so dreist gegen mich stellen.«

»Hey, wir wollten nur ein wenig trainieren. Ist nicht unsere Schuld, dass du gerade zu dieser Zeit ein armes Mädchen ermorden willst«, erwiderte Poseidon mit einem hämischen Grinsen.

Der Göttervater ignorierte ihn und fixierte mich. »Du bist weiter gekommen, als ich gedacht hätte. Aber hier endet deine Reise.«

»Du wirst uns nicht aufhalten«, rief Hades mit erhobener Faust.

»Wir werden sehen«, meinte Zeus und lehnte sich gähnend zurück. »Aber nur für den Fall, dass dies doch das Ende eurer Reise ist, habe ich mir gedacht, Penelope freut sich über ein kleines Geschenk.«

Hades trat vor mich, als Zeus seine Hand öffnete.

»Oh nicht doch, Bruder. Ich werde ihr nichts tun. Noch nicht. Aber sieh nur, wer am Eingang zur Höhle der Gorgonen auf sie wartet.«

Sein Lachen war eiskalt, als ich meinen Kopf drehte und vor Angst erstarrte.

34

Nein«, flüsterte ich und Hades riss seinen Kopf zu seinem Bruder herum.

»Du verfluchter Dreckskerl!«, brüllte er.

Gieriges Zischen drang aus dem Höhleneingang, neben dem ein Lichtstrahl anging und meine Familie erleuchtete. Sie saßen an Händen und Füßen gefesselt mit Knebeln im Mund neben der Höhle und starrten ängstlich vom Eingang zu mir.

»Poseidon!«, rief Hades und versuchte, meinen Arm zu fassen zu bekommen, aber da lief ich bereits los. »Pen, nicht!«, brüllte er, doch ich hörte ihn schon fast nicht mehr.

Das Blut rauschte in meinen Ohren und ich stürmte auf den Eingang zu, aus dem bereits die ersten Körper mit zischenden Schlangenhaaren drangen. Das erste Wesen riss ich mit meinen Ranken zu Boden, dann schleuderte ich mein Schwert und enthauptete den zweiten Gorgonen damit. Ich streckte meine Hand aus und meine

Waffe kehrte zu mir zurück, während ich die dritte Kreatur wieder mit den Ranken fesselte. Der vierte Gorgone näherte sich meiner Familie und ich warf erneut mein Schwert, aber es verfehlte sein Ziel.

»Schließt die Augen!«, kreischte ich, während ich meine Flügel ausbreitete und auf den Gorgonen zuschoss, um ihn in die Luft zu ziehen. Fauchend wand sich die Kreatur in meiner Umklammerung und ich musste mich bemühen, sie nicht anzustarren. Hastig rief ich mein Schwert zu mir, ließ den Gorgonen fallen und enthauptete ihn im Sturzflug.

Hades und Poseidon bekämpften die nachkommenden Ungeheuer, während Hephaistos und Demeter meine Familie von ihren Fesseln befreiten.

Ich landete hinter dem Gott der Unterwelt, der mir einen zornigen Blick zuwarf, während er eine Kreatur nach der anderen enthauptete. Mit geschlossenen Augen rief ich meine Ranken und ließ sie auf den Höhleneingang zuschießen. Ich wusste nicht, ob ich etwas einfing, aber ich wollte keinen Blick riskieren.

Obwohl Hades wie von Sinnen kämpfte, drangen immer mehr dunkle Gestalten aus der Höhle und drängten ihn und Poseidon immer weiter zurück. Ich machte einige Schritte rückwärts und warf einen hastigen Blick auf Zeus, der mehr als zufrieden wirkte, während Hades langsam die Kraft auszugehen schien. Der Gott der Unterwelt fiel auf ein Knie und keuchte angestrengt, bevor er sein Schwert erneut hob und zwei Gorgonen auf einmal enthauptete.

»Hephaistos, was ist mit Hades?«, fragte ich ängstlich, als der Gott der Schmiede neben mir stand.

»Er kämpft gegen die Versteinerung an«, sagte er. »Er kann nicht sterben, aber es schwächt ihn. Hades kämpft stark dagegen an, aber es kommen einfach zu viele von den Dingern heraus.« Er presste seine Kiefer aufeinander und zog sein Schwert von seinem Rücken. »Was auch immer du tust, bleib hinter mir!«

Poseidon half Hades auf die Beine und schleppte ihn zu Hephaistos und mir zurück.

»Wo kommen die alle her? Es sollten nur vierundzwanzig sein!«, schnaubte der Gott des Meeres und Hades deutete auf Zeus, der immer noch zufrieden grinste.

»Da hat wohl jemand eine kleine Armee aufgestellt«, keuchte der Gott der Unterwelt und sah mich dann zornig an. »Was hast du dir dabei gedacht?«

Er klang ungehalten und wäre er nicht so erschöpft gewesen, hätte er mich vielleicht gepackt, um Vernunft in mich hineinzuschütteln, aber das Gift der Gorgonen schien ihn fest im Griff zu haben.

»Ich … Ich …«

»Du hättest sterben können! Verflucht, Pen, die Dinger sind gefährlich! Denkst du, ich will, dass du hinter mir bleibst, weil ich dir nicht zutraue, dass du es allein schaffst? Du musst mir nicht beweisen, dass du stark bist, aber ich will kein Risiko eingehen! Ich dachte, du verstehst das!«

»Ja, aber ich konnte nicht zulassen, dass sie meine Familie erreichen«, fuhr ich ihn an. Ich sah ängstlich zu meinen Eltern und Geschwistern, die hinter Demeter kauerten und sich die Augen zuhielten, wie ich sie angewiesen hatte.

»Und du denkst, das rechtfertigt deine Dummheit?«, zischte Hades, während Poseidon und Hephaistos sich auf nachkommende Gorgonen stürzten.

»Wenn du mir jetzt sagst, du hättest an meiner Stelle anders gehandelt ...«, keifte ich zurück und Hades riss die Augen auf. Da wusste ich, dass ich gewonnen hatte.

»Versuch einfach, dich nicht mehr in solche Gefahr zu stürzen, in Ordnung?«, flüsterte er und ich nickte. »Bleib jetzt hinter mir. Egal, wie viele von den Dingern Zeus erschaffen hat, es wird ein Ende geben müssen.«

Er umklammerte sein Schwert und stürmte wieder nach vorn, um den anderen beiden Göttern zu helfen.

Ich eilte zu Demeter und meiner Familie zurück und schloss sie in meine Arme. »Geht es euch gut?«, fragte ich und musterte sie eindringlich.

»Dieser verflixte Mistkerl hat uns entführt«, begann Vicky vollkommen aufgelöst. »Er kam, nachdem Ajax – oder Hades – weg war, legte uns Fesseln an und brachte uns her.«

Mum schluchzte leise. »Er ist doch ein Gott. Wieso will er uns töten?«

»Weil er gehofft hat, dass Persephone bei dem Versuch, eure Leben zu retten, ihres verliert«, erklärte Demeter sanft.

»Persephone?«, brachte Mum ängstlich hervor und die Göttin seufzte.

»Für euch heißt sie wohl Penelope ... oder Pen, wie Hades sie immer nennt. Aber für mich wird sie immer Persephone bleiben.«

»Ihr seid ihre Mutter«, flüsterte Mum und schluchzte noch einmal.

Demeter lächelte sanftmütig. »Das sind wir beide.«

Der Kampf tobte nach wie vor und immer mehr Gorgonen strömten aus der Höhle, während die drei Götter kaum noch ihre Waffen heben konnten. Wut stieg in mir auf und ich sprang auf meine Beine und lief ein Stück nach vorn, um Zeus und die anderen Götter zu sehen. Ich hob meine Hand und zeigte damit entschlossen auf den Göttervater. »Du hältst dich nicht an die Regeln!«, brüllte ich

Zeus lachte amüsiert. »Ebenso wenig wie du, Penelope. Du lässt mehrere Götter für dich kämpfen.«

»Das ist so nicht richtig!«, erwiderte ich beherrscht. »Die Regeln besagen, ich muss die Arena lebend verlassen, nachdem alle Kreaturen meiner Prüfung besiegt sind. Sie besagen nicht, dass nur Hades und ich sie vernichten dürfen!« Ich sah ihm in die Augen, die mich kalt musterten. »Sie besagen aber sehr wohl, dass gefallene Kreaturen während der Prüfung nicht wieder auferstehen dürfen. Oder wurde das geändert?«

Zeus hob den Blick und sein Lächeln verschwand.

»Also besteht diese Regel nach wie vor«, verkündete ich zufrieden. »Sag mir, großer Göttervater, wie kann es dann sein, dass immer mehr Gorgonen erscheinen, ganz gleich, wie viele von uns besiegt wurden, aber nie mehr als vierundzwanzig zur selben Zeit auf dem Schlachtfeld stehen?«

Athene hob ihren Blick, trat vor und beobachtete den Kampf eine unendlich lange Zeit. Ihre wachsamen Augen glitten von den Gorgonen zum Höhleneingang und anschließend wieder zu mir. Erstaunt hob sie eine Augenbraue. »Sie hat recht, Zeus. Du hältst dich nicht an die Regeln«, stellte sie nüchtern fest, hob ihre Hand und schnippte.

Sofort lösten sich die Gorgonen in Rauch auf und die drei Götter fielen um Atem ringend auf die Knie.

»Nicht genug damit, dass du die Regeln brichst, du hast auch noch ihre Familie in Gefahr gebracht. Sterbliche, Zeus!«, schalt Athene und warf ihrem Vater einen wütenden Blick zu.

»Na und? Als ob wir das bisher nie gemacht hätten«, rechtfertigte der sich, doch nun kam auch noch Hera dazu und verschränkte wütend die Arme.

»Die meisten Sterblichen, die wir herbrachten, kamen freiwillig. Du hast wegen deiner rasenden Eifersucht auf deinen Bruder den Verstand verloren«, fauchte Hera. »Ich fordere, dass du die Familie des Mädchens augenblicklich in Sicherheit bringst.«

»Ich werde sie nicht fortbringen und von dir lasse ich mir nichts sagen!«, zischte Zeus und zeigte seine makellos weißen Zähne. »Soll Hekate doch die Retterin spielen. Sie scheint heute außerordentlich gern Portale zu öffnen.«

»Das werde ich mit dem größten Vergnügen machen«, hörte ich Hekate plötzlich neben mir. Sie lächelte überlegen, als sie zu Zeus hinaufblickte. »Aber einen von ihnen möchte ich hierbehalten, sofern er bleiben möchte, um Penelope zu unterstützen.« Sie drehte sich zu meiner Familie um und warf Hades einen kurzen Blick zu. »Du hast es ihm nicht gesagt, nicht wahr?«

Der Gott der Unterwelt schüttelte den Kopf. »Ich dachte, es wäre besser, er würde von selbst seine Erinnerungen erhalten.«

»Nun, so viel Zeit haben wir nicht«, erklärte Hekate ungeduldig und trat auf meine Familie zu. »Erhebe dich, Achilles.«

Ich riss meine Augen auf und blickte zu meiner Familie. Neben meinen Eltern und Geschwistern waren Martin und Angeliki dort versammelt. Wer sollte Achilles sein? Mein Vater?

Ich hatte Achilles in meiner Erinnerung gesehen. Er hatte geschworen, mich zu beschützen, und mit mir trainiert. Keiner von ihnen sah aus wie jener Mann aus diesem früheren Leben.

Hekate rollte mit den Augen. »Das wäre auch zu einfach gewesen. Nun gut, erlaube mir, dich zu erwecken, Achilles«, flüsterte sie und zu meiner großen Überraschung berührte sie Günter an der Stirn. Der riss schockiert die Augen auf, während seine Lippen sich bewegten und er immer wieder keuchte.

Hades trat neben mich und zog mich mit einem Arm an sich. »Damit hast du nicht gerechnet, oder?«, schmunzelte er.

»Du wusstest es?«, erwiderte ich ungläubig.

»Na ja, äußerlich hat er nicht gerade viel Ähnlichkeit mit dem großen Achilles. Offenbar werden nicht alle Seelen in ähnlichen Körpern wiedergeboren. Aber seine Seele war unverkennbar. Und weil seine Erinnerung nicht blockiert ist und er schon ein paar Leben hinter sich hat, wird es für ihn nicht so anstrengend wie für dich. Er sollte also gleich in der Lage sein, zu kämpfen.«

Hekate trat von meinem Bruder zurück, der mittlerweile die Augen fest geschlossen und den Kopf gesenkt hatte und leise stöhnte. »Erwache!«, rief die Göttin und Günter hob den Kopf und schlug die Lider auf.

»Verflucht, das ist krass …«, stammelte er und stand langsam auf. Er blickte an sich hinab und ballte die Fäuste, als sich seine Kleidung veränderte und er in einer Rüstung aus Gold mit einem Schild und einem Schwert vor uns stand. »Hammer«, murmelte er und klopfte sich auf die Brust. »Na dann, lasst die Spiele beginnen!«

Er grinste zufrieden und wandte sich unseren Eltern zu, die aus dem Staunen nicht mehr herauskamen.

»Das ... Lieber Himmel«, flüsterte Dad und sah zwischen meinem Bruder und mir hin und her. »Langsam glaube ich, ich bin heute nicht aufgewacht und das ist ein wahnwitziger Traum.«

»Leider nicht«, sagte Hekate fürsorglich. »Ich helfe euch später, das alles besser zu verkraften. Aber erwecken werde ich keinen von euch.«

»Er...wecken?«, stammelte meine Mutter.

Hades stöhnte. »Ganz großartig, Hekate. Lass die Katze aus dem Sack.«

»Günter, denkst du, du bist bereit, dich dem Kampf anzuschließen?«, fragte ich vorsichtig und mein Bruder nickte eifrig.

»Klar, ich bin jetzt unverwundbar und passe auf dich auf. Keine Sorge«, erklärte er selbstgefällig und ich rollte die Augen.

»Wir werden sehen, wie unverwundbar du bist, Ferse!«, zischte ich.

»Die musst du erst erwischen.«

»Gut, dann bringe ich jetzt die Familie fort von hier«, verkündete Hekate und schenkte mir ein aufmunterndes Lächeln. »Wir sehen uns am Ausgang, Penelope.«

Damit hüllte sie meine Familie in purpurnen Rauch und verschwand mit ihr vor unseren Augen.

»Und du willst wirklich hierbleiben?«, fragte ich meinen Bruder, der wieder entschlossen nickte.

»Ich habe dir einmal versprochen, dir beizustehen. Wir beenden das jetzt und danach verlassen wir diese ... Hölle zusammen.«

Ich umarmte ihn und er klopfte mir auf die Schulter.

Hades trat neben uns und zu meiner Erleichterung wirkte er erholt. »Wir sollten uns jetzt sputen«, meinte er und zog mich wieder an sich. »Noch ein Monster liegt vor uns. Ein Riese, der zwar nicht leicht zu besiegen sein wird, aber dafür weder tödlichen Atem noch versteinernde Augen hat …«

»Was echt ein Glück ist, denn er hat ungefähr dreitausend davon«, erklärte Poseidon schaudernd.

»Augen?«, hakte ich nach und der Gott des Meeres nickte. »Igitt.«

Ich wandte mich noch einmal dorthin, wo sich Zeus' Wolke befunden hatte, aber sie war bereits verschwunden.

»Wo ist er hin?«, flüsterte ich und Hades folgte meinem Blick.

»Vermutlich hat er noch eine Überraschung für uns«, raunte er und schluckte. »Aber das ist egal. Wir werden sie überstehen.«

Er nahm meine Hand und wir gingen durch die Höhle der Gorgonen, bis wir auf eine weitläufige Wiese mit schwarzem Gras gelangten. Der Wind trug modrige Luft zu uns und ich musste mir die Hand vor die Nase legen, um den Würgereiz zu unterdrücken. Demeter ging es kaum anders.

Die Erde bebte und Hades schob mich hinter sich, während wir darauf warteten, dass hinter dem Hügel das Ungeheuer hervorkam. Mit jedem donnernden Schritt wurde der Kopf sichtbarer, der sich über die Anhöhe erhob und uns mit Hunderten Augen anstarrte. Aber es war nicht nur ein Kopf. Hinter dem ersten erschienen zwei weitere.

»Verdammt«, murmelte Hades, während die Riesen auf uns zuschritten.

35

Ein helles Licht blendete mich und wieder schwebte die weiße Wolke über unseren Köpfen und ließ einen Blick auf Zeus und die anderen Götter zu. Der Göttervater lachte glockenhell, während Hades' Gesichtszüge immer finsterer wurden.

»Was soll das?«, brüllte der Gott der Unterwelt und das Lachen verstummte.

»Oh lieber Bruder, ich hatte dir doch bestimmt angekündigt, dass ich jemanden gegen dich ins Rennen schicke? Nein? Oh, wie dumm.« Der Göttervater lachte erneut. »Du erkennst sie bestimmt! Neben dem Ungeheuer Argos sind die Titanen Iapetus und Kronos hier, um ihre Freiheit zu erlangen. Gewinnen sie gegen dich, ist ihre Gefangenschaft im Tartaros beendet.«

»Das ist …«, rief Hades, doch sein Bruder unterbrach ihn.

»… nicht gegen die Regeln. Sie besagen, dass ich bei einer Prüfung Nichtgötter gegen Penelope ins Spiel bringen kann. Titanen sind keine Götter …«

»Aber fast ebenso unbezwingbar«, schalt Demeter und Zeus lächelte sie an.

»Aber eben nur fast.« Er lehnte sich selbstgefällig auf seinem Thron zurück und verschränkte seine Arme. »Nur zu, unterhaltet mich, ihr armseligen Narren.«

Hades musterte die Titanen und das Ungeheuer eindringlich und schüttelte dann den Kopf. »Die können wir so nicht besiegen«, flüsterte er und sah Hephaistos an. »Kannst du uns drei Speere schmieden? Du weißt, welche ich meine …«

Der Gott der Schmiede hob die Augenbrauen. »Die aus Titan, getränkt mit dem Blut der Gorgonen, mit denen man selbst Götter töten kann?« Er lachte leise. »Hast du eine Ahnung, wie lange das dauert? So lange lebt ihr nicht! Außerdem … Drei?!«

»Dann musst du eben schnell schmieden«, knurrte Hades. »Wir halten die Dinger inzwischen auf.«

Mir fiel auf, dass er nicht auf die Anzahl der Speere eingehen wollte und der Gott der Schmiede nicht noch einmal nachfragte.

Hephaistos schüttelte den Kopf. »Du bist verrückt, Hades.« Er klopfte dem Gott auf die Schulter. »Aber ich werde versuchen, euch zu retten. Hekate!«

Mit einem Zwinkern verschwand er, in feuerroten Nebel gehüllt.

»Gut, es gelten dieselben Regeln wie vorhin«, wandte Hades sich an mich. »Du bleibst hinter uns und wir versuchen, die Riesen aufzuhalten, so lange wir können, bis Hephaistos uns die Waffen bringt, die wir brauchen.«

»Aber … wenn sie euch töten?«

»Sie können uns ohne die richtigen Waffen ebenso wenig töten wie wir sie. Aber sie können uns verletzen. Dich allerdings würden sie zerquetschen.«

»Was ist mit Günter?«, fragte ich und sah zu meinem Bruder, der die Titanen beobachtete.

»Ich bin unverwundbar, Penny. Und ich suche mir gerade den Passenden für mich aus.« Er drehte seinen Kopf zu Poseidon. »Hey, Meeresgott, welcher von denen ist der schwierigste? Ich will einen würdigen Gegner.«

Ich stöhnte und rieb mir die Schläfen. »Bist du verrückt?«, zischte ich.

»Nein, aber ich fühle diese Kraft in mir«, schmunzelte mein Bruder und stürzte sich in die Schlacht. Ich konnte nur hoffen, dass er wusste, was er tat. Und sich tatsächlich sofort erinnerte, wie man kämpfte.

»Kannst du bitte versuchen, ihn davon abzuhalten, sich umzubringen?«, fragte ich Hades, der gequält lächelte und nickte.

»Natürlich. Solange ich weiß, dass du dich nicht unnötig in Gefahr bringst.«

»Aber …«, versuchte ich es noch einmal, doch Hades hob die Hand.

»Ja, ich weiß, du kannst kämpfen. Ich habe es gesehen. Aber glaub mir bitte: Gegen Argos hättest du bestehen können, gegen die Titanen wärst du als Nicht-Gott chancenlos.«

Er küsste mich auf die Stirn, bevor er sich umdrehte und zwischen Poseidon und Günter trat. Demeter nahm meine Hand, während ich angespannt beobachtete, wie die drei Männer auf die Riesen zuliefen und begannen, sie zu bekämpfen. »Es wird alles gut, Kind. Hades weiß, was er tut.«

Ich schluckte und nickte. Tiefe Angst überkam mich und eine grausame Vorahnung, dass wir so kurz vor dem Ziel doch noch scheitern würden.

Einer der Titanen hob seinen Fuß und ließ ihn auf Poseidon niedersinken, der seinen Dreizack aufstellte und den Riesen somit bremste. Fluchend schlug der Titan um sich und traf den Gott des Meeres mit seinem Handrücken, schleuderte ihn durch die Luft, bis er gegen einen Felsen krachte. Ich schrie entsetzt, aber Poseidon rappelte sich stöhnend wieder auf, wischte sich ein wenig Blut aus dem Gesicht und lief erneut zum Schlachtfeld.

Da ich um Günter fürchtete, verpasste ich dem Titanen, mit dem er kämpfte, einige Rankenfesseln, was den Riesen zu Fall brachte und meinem Bruder die Möglichkeit gab, dessen Gesicht mit seinem Schwert zu bearbeiten. Lange hielten meine Fesseln allerdings nicht und der Titan erhob sich, schlug meinen Bruder weg und brüllte zornig, während er auf Demeter und mich zulief.

Hastig packte ich die Göttin und flog mit ihr, so hoch ich konnte, in den purpurnen Himmel, damit der Riese uns nicht erreichte. Meine Mutter ließ einen Regen aus faulem Obst auf ihn herabfallen. Der Titan brüllte voller Wut, bis Hades sich um ihn kümmerte und dafür sorgte, dass er uns zufriedenließ.

»Das sind nicht jene Titanen, die vor uns über die Welt regierten«, flüsterte Demeter, als ich sie wieder auf dem Boden absetzte. »Zeus muss irgendetwas mit ihnen gemacht haben. Sie sind bösartiger und wirken nicht so intelligent wie damals.«

»Du meinst, eine halbe Ewigkeit im Tartaros reicht nicht aus, um sie in den Wahnsinn zu treiben?«, entgegnete ich mitleidig, als ich die beiden Titanen beobachtete.

Hades hatte inzwischen das Ungeheuer Argos mit den unzähligen Augen getötet, das sich in qualmenden Rauch auflöste und von dem Schlachtfeld verschwand.

»Mag sein, Kind. Aber ich denke, da steckt mehr dahinter«, meinte die Göttin und beobachtete das Geschehen.

Hades und Günter umkreisten einen der Titanen, während Poseidon sich mit dem Dreizack an der Hand des anderen festhielt und versuchte, ihn mit einem Schwert am Knie zu verletzen.

Mein Blick wanderte wieder zu Zeus, der nun nicht mehr so entspannt wirkte und seine Finger um die Lehnen seines Throns verkrampfte.

»Ist es überhaupt erlaubt, andere Waffen in die Arena zu bringen?«, fragte ich Demeter, die langsam nickte.

»Nur du darfst keine andere Waffe führen als jene, die dir zugesprochen wurde. Die anderen Götter und auch Hades dürfen jede Waffe tragen, die sie möchten. Und da alle außer dir kommen und gehen können, wie sie möchten, ist es kein Regelverstoß.«

Erleichtert atmete ich aus und hoffte, der Gott der Schmiede würde sich beeilen. Da fiel mir wieder ein, wie viele Speere Hades von ihm gefordert hatte. Wozu wollte er drei Stück haben? Er wusste doch, dass Argos nicht unbesiegbar war.

Ich wollte gerade Demeter fragen, als feuerroter Rauch erschien und Hephaistos mit drei leuchtend roten Speeren heraustrat.

»Hades!«, rief er und der Gott der Unterwelt nickte ihm zu.

»Wirf!«, brüllte er und Hephaistos legte zwei der drei Speere ab und zielte mit dem verbleibenden auf die Brust eines der Titanen. Mit ungeahnter Stärke schleuderte er die Waffe und verfehlte sein Ziel nicht. Knirschend drang der Speer in den Leib des Riesen ein, der keuchend danach fasste und mit leeren Augen zu Boden sank.

Der andere Titan erkannte die Gefahr, die von Hephaistos ausging und wollte auf ihn zustürzen, doch ich fesselte ihn in meine Ranken und der Gott der Schmiede hatte leichtes Spiel. Ein Wurf zwischen die Augen des Riesen ließ ihn gurgelnd nach hinten kippen und seinen letzten Atemzug tun.

Ich wollte gerade zu jubeln beginnen, da nahm ich aus den Augenwinkeln eine Bewegung wahr und hörte, wie ein Körper hart zu Boden geschleudert wurde. Ich drehte meinen Kopf und entdeckte Zeus, der Hephaistos wie Abfall weggeworfen hatte und den Speer in den Händen hielt, die Spitze auf mich gerichtet.

Demeter trat zornig vor mich. »Es ist vorbei, Zeus. Sie hat gewonnen und du wirst ihr nichts mehr antun!«

Der Göttervater lächelte kalt. »Oh, keine Sorge, für sie ist der Speer viel zu schade. Sie darf die letzte Hürde erklimmen und an meinen Kriegern vorbeilaufen. Vielleicht schafft sie es ja.«

»Was hast du dann vor?«, flüsterte ich und fühlte, wie meine Kehle sich zuschnürte, als er triumphierend lachte.

»Etwas, das ich schon vor langer Zeit hätte tun sollen.«

Blitzschnell drehte er sich herum und warf den Speer. Ich hörte, wie die Spitze eine Rüstung durchschlug und sich tief in einen Körper bohrte.

Alles Blut entwich meinem Gesicht und mein Herz hörte auf, zu schlagen, als ich Hades zu Boden gehen sah, den Speer in seinem Leib.

»Nein!«, kreischte ich und stolperte auf wackeligen Beinen über die Wiese, hin zu dem Mann, den ich so liebte.

Grünes Licht drang aus der Wunde, gemeinsam mit hellem roten Blut. Keuchend lag Hades auf dem Rücken und starrte auf den Speer in seinem Bauch, während sein Gesicht immer fahler wurde und immer mehr grünes Licht aus seinem Körper entwich.

»Hades«, schluchzte ich, als ich neben ihm auf den Knien landete. Seine Hände zitterten und ich erkannte in seinen Augen, dass er seine Göttlichkeit durch das Blut der Gorgonen verlor. Jeglicher Glanz, den sie einst hatten, schwand dahin, je mehr Licht aus seinem Körper entwich.

Seine Lippen bebten, als er mich ansah und eine Hand an meine Wange legte. »Pen ... lauf zum Ausgang. Du ... Du hast es fast geschafft ...«

»Nein, Hades. Ich gehe nicht ohne dich!«

Er lächelte traurig. »Sei vernünftig, Pen. Selbst *ich* weiß, dass diese Wunde tödlich ist, das solltest du ... Du solltest es auch erkennen.«

»Du bist ein Gott!«, brüllte ich und fühlte, wie die Tränen meine Wangen hinabliefen und auf seine Hand tropften.

»Nicht mehr lange, Pen. Dann bin ich sterblich und ... werde der Wunde ...«

»Mutter! Du kannst ihn doch heilen«, schluchzte ich.

»Diese Wunde nicht, Kind«, flüsterte sie.

»Es ist gut, Pen.« Er schluckte und ich bemerkte, wie sehr das Sprechen ihn quälte. »Geh jetzt. Werde unsterblich und sei frei ...«

»Ich will aber nicht unsterblich sein, wenn ich die Ewigkeit ohne dich verbringe!«, schrie ich ihn an und nahm seine Hand fest in meine. »Es muss einen Weg geben, dich zu retten. Bitte! Denk nach! Denk nach, Hades!«

Er stöhnte leise und wischte mir die Tränen aus dem Gesicht. »Pen ...«, hauchte er erschöpft. »Es gibt keine ...«

»Das ist so nicht richtig«, hörte ich eine Stimme und riss den Kopf herum. Die Göttinnen Athene und Aphrodite standen hinter mir und blickten mitfühlend zu Hades hinab.

»Ihr könnt ihn heilen, oder? Bitte ... Bitte heilt ihn. Egal. was es kostet, ich gebe euch, was ihr wollt.«

Aphrodite, deren lockiges blondes Haar ihr Gesicht rahmte, hob amüsiert eine Augenbraue. »So verliebt, dass du bereit bist, alles zu geben, um ihn zu retten?«

Ich hörte Hades husten und wie er versuchte, etwas zu sagen, aber ich ignorierte die Worte bewusst. »Alles«, bestätigte ich.

Die Göttin der Liebe lächelte zufrieden. »Dann wollen wir dir verraten, wie du ihn retten kannst. Denn auch wir haben ein Herz, selbst wenn Zeus das abstreiten würde.«

Athene nickte. »Gehe einen Vertrag ein«, sagte sie mit strenger Miene und ich war mir plötzlich nicht sicher, ob auch sie ein Herz besaß. »Binde dein Schicksal an das seine. Du wirst die gleiche Wunde tragen wie er. Erreichst du den Ausgang der Arena lebend, wirst du nicht nur unsterblich, sondern auch geheilt, genau wie Hades. Und dadurch wird er seine Göttlichkeit zurückbekommen, was dich gleichsam zu einer Göttin machen wird.«

Ich wollte schon etwas sagen, doch Athene hielt mich zurück.

»Stirbt er jedoch, bevor du den Ausgang erreichst, stirbst auch du.« Sie musterte mich neugierig. »Ist er dir dieses Risiko wert?«

Wieder hörte ich, wie Hades keuchend um Worte rang, doch ich musste nicht nachdenken. »Ja!«, rief ich entschlossen.

Die beiden Göttinnen nickten zufrieden. »Dann rufe Hekate und bitte sie um diesen Vertrag. Poseidon, Hephaistos, Achilles, helft Penelope, den Ausgang zu erreichen. Sie wird mit der Wunde nicht mehr laufen können.«

»Selbstverständlich«, erklärte Poseidon und warf Hades einen besorgten Blick zu. »Schnell, Prinzessin, sonst läuft euch die Zeit davon.«

»Pen … nein …«, presste Hades hervor, doch ich legte einen Finger auf seine Lippen und sah ihm in die Augen.

»Ich werde dich hier nicht sterben lassen, denn eine Ewigkeit ohne dich ist für mich unvorstellbar.« Schnell bedeckte ich seinen Mund mit meinem und küsste ihn, als wäre es unser letzter Kuss. Während ich mich erhob, rief ich mit zittriger Stimme: »Hekate, ich bitte dich um einen Vertrag! Binde mein Schicksal und mein Leben an jenes von Hades!«

Purpurnes Licht umhüllte den Körper des sterbenden Gottes und meinen und ein brennender Schmerz fuhr durch meinen Bauch. Keuchend presste ich meine Hände auf die Wunde, während Günter mich hochhob und an sich drückte.

»Alles klar, Penny, dann lass uns mal den Ausgang finden«, raunte er und lief los, flankiert von zwei Göttern.

36

Hades konnte nicht verhindern, dass Penelope den Vertrag abschloss. Als sie keuchend zu Boden sank und er all ihr Blut sah, hätte er am liebsten laut gebrüllt und Hekate dafür verflucht, dass sie diesen Handel akzeptiert hatte. Aber ihm fehlte schlicht und ergreifend die Kraft dazu.

Nun musste er zusehen, wie die schmächtige Version von Achilles sie hochhob und mit ihr loslief, während er auf dem Boden lag und nicht mehr eingreifen konnte.

Demeter kniete sich neben ihn hin, versuchte offenbar, ihn durch ihre Gedanken zu heilen, und schüttelte dann seufzend den Kopf. Zitternd nahm sie seine Hand.

»Wieso …«, presste der Gott der Unterwelt hervor, aber Demeter brachte ihn mit einer Geste zum Schweigen.

»Nicht, Hades. Du musst dich schonen und durchhalten, damit Persephone den Ausgang lebend erreicht.«

Er keuchte und hustete Blut. So viel Blut …

»Zeus«, flüsterte er und fühlte, wie seine göttliche Energie mit dem Blut aus ihm strömte.

»Ja, er wird bestimmt etwas in der Hinterhand haben«, sprach sie seine Gedanken aus. »Aber Poseidon, Hephaistos und Achilles sind bei ihr. Abgesehen davon glaube ich, dass Athene und Aphrodite sich gegen den Göttervater stellen werden, sonst hätten sie meiner Tochter nicht geholfen.«

Hades drehte den Kopf und suchte nach den Göttinnen, aber sie waren ebenso verschwunden wie Zeus selbst.

»Du wolltest ihn töten, nicht wahr?«, flüsterte Demeter und Hades sah wieder sie an. »Der dritte Speer. Er war für Zeus, oder?«

Hades nickte. Er brachte kein Wort mehr hervor.

Ja, er wollte es zu Ende bringen und sichergehen, dass Zeus nie wieder eine Bedrohung für sie war. Aber er zweifelte, ob er es über sich gebracht hätte. Seinen jüngsten Bruder in den Tartaros zu schicken, war das eine, ihn zu töten, etwas vollkommen anderes.

»Das passt nicht zu dir, Hades«, meinte Demeter kopfschüttelnd. »Du bist nicht wie er.«

Er versuchte erneut, zu sprechen, doch sein Körper bäumte sich auf, als ein neuer Hustenanfall ihn schüttelte und er zitterte.

Kalt … es war so kalt …

Fast das gesamte Licht war aus seinem Körper entwichen. Es würde nicht mehr lange dauern, bis seine Göttlichkeit aufgebraucht war und er sterben würde. Und Penelope mit ihm.

Eine Träne lief ihm über die Wange. Er wollte doch *sie* beschützen. Und nun riskierte sie ihr Leben, um seines zu retten.

Demeter drückte seine Hand. »Halte durch, Hades. Für sie.«

Er nickte und schluckte schwer. Der metallische Geschmack seines eigenen Blutes ließ ihn würgen und er hustete erneut, während roter Schaum aus seinem Mund quoll.

Fühlte es sich so an, zu sterben? Litt Penelope auch solche Schmerzen?

Ein Brüllen ertönte und Hades versuchte, sich aufzustützen, aber Demeter drückte ihn nieder.

»Bleib liegen, Hades. Es wird alles gut«, sagte sie, aber ihr Blick verriet etwas vollkommen anderes.

Doch Hades hatte die Kraft nicht mehr, sich noch gegen ihren sanften Griff zu wehren. Langsam hüllte ihn die Kälte ein und Schwärze umfing seinen Blick.

Er starb.

Und er nahm Penelope mit in den Tod.

Ich klammerte mich an meinem Bruder fest, der mit übermenschlicher Geschwindigkeit den Weg entlanglief. Offenbar war er tatsächlich die Wiedergeburt von Achilles, anders konnte ich mir seine Ausdauer und Kraft nicht erklären.

Leuchtend öffnete sich eine Tür mitten auf der Wiese und ich wusste, dies war der Ausgang, die Rettung für Hades und mich. Tränen der Erleichterung mischten sich mit jenen des Schmerzes und ich schluchzte leise, als mich eine Welle der Kälte durchlief. Meine Seele erinnerte sich daran, wie es sich anfühlte, zu sterben, und ich wusste sofort, dass mir keine Zeit mehr blieb.

Günter lief weiter, selbst als wie aus dem Nichts menschliche Gestalten auftauchten und sich uns in den Weg stellten.

»Wohin so eilig?«, hörte ich Zeus' Stimme über mir und blickte in das wutverzerrte Gesicht des Göttervaters, der auf seiner elend weißen Wolke über mir schwebte. »Du willst uns doch noch nicht verlassen? Wo ich extra eine kleine Armee für dich vorbereitet habe!«

»Sie hat alle Prüfungen bestanden«, brüllte Hephaistos, der nur mit Mühe hinter meinem Bruder nachkam. Offen gestanden wunderte es mich, dass er überhaupt so schnell laufen konnte.

»Ich dachte mir, ihr wollt eure Kräfte vielleicht an richtigen Kriegern messen«, erwiderte Zeus gelassen. »Dummerweise unterscheiden sie nicht, ob sie gegen Götter oder Sterbliche kämpfen. Aber es sind nur Menschen, also solltet ihr kaum Probleme haben, sie zu besiegen.«

»Achilles, wir schlagen dir eine Schneise. Lauf durch und halt die Prinzessin fest, egal was geschieht!«, wies Poseidon meinen Bruder an, der entschlossen nickte.

Günter ließ sich zurückfallen und die beiden Götter machten kurzen Prozess mit den Kriegern, die Zeus aufgestellt hatte, doch es dauerte länger als gehofft und wir kamen nur stockend voran. Meine Finger hatten bereits jegliches Gefühl verloren und meine Zähne schlotterten.

Mein Bruder musterte mich panisch. »Halte durch, Penny!«, beschwor er mich und versuchte zu grinsen. »Sonst werden Mum und Dad mich wohl auch gleich umbringen.«

Ich hätte ihm gern etwas geantwortet, aber ich konnte nicht mehr. Deswegen versuchte ich, zu nicken, doch selbst das war wohl mehr eine Andeutung als eine wirkliche Bewegung.

Blut lief mir aus dem Mund und tropfte auf Günters Arm. Es fiel mir immer schwerer, zu atmen. Vermutlich war meine Lunge kollabiert, was bedeutete, dass ich nicht mehr lange leben würde.

Ich schloss die Augen und dachte an Hades, der auf der Wiese lag und ebenfalls gegen sein Ende kämpfte. An das Leben, das wir hätten haben können …

Ein Schluchzen entrang sich meiner Kehle. Ich würde ihn nie wieder küssen können, nie neben ihm aufwachen.

»Penny, wir sind gleich da!«, versprach mein Bruder, während die beiden Götter Gegner um Gegner aus dem Weg räumten.

Ich hätte es ihm so gern geglaubt. Aber ich sah den Blitz, den Zeus schleuderte. Er ließ vor den Füßen meines Bruders den Boden erbeben. Ein Schrei entfuhr Günters Kehle und ich keuchte.

Die Welt drehte sich mehrfach und mein Körper landete mit einem grauenhaften Krachen auf dem Boden, nur wenige Schritte von der strahlenden, Erlösung versprechenden Tür entfernt.

»Penny«, keuchte mein Bruder und klang so weit entfernt. »Du schaffst das!«

Ich drehte meinen Kopf und sah, dass meine drei Begleiter in einem Netz aus glühenden Seilen gefangen waren und sich nicht bewegen konnten.

»Los, Prinzessin!«, rief Poseidon aufmunternd und ich presste meine Hände auf den Boden und versuchte, mich nach vorn zu ziehen.

Obwohl ich kein Gefühl mehr hatte und dachte, das wären nicht meine Arme und Beine, die sich da abmühten, um das Ziel zu erreichen, rückte die Tür immer näher und näher. Ich wusste nicht, woher die Kraft kam, aber ich wollte leben. Für meine Familie. Für Hades. Und um Zeus ein für alle Mal in seine Schranken zu weisen. Ich musste es schaffen.

Ich brüllte vor Schmerzen bei jeder Bewegung, aber ich gab nicht auf. Das Ziel war nah. So unglaublich nah.

Mir wurde schwindelig und mein Körper fühlte sich eiskalt an, während schaumiges Blut aus meinem Mund quoll. Zittrig sank ich zu Boden, hob meine Hände und hoffte, dass die Ranken mir noch helfen würden. Tatsächlich schossen sie hervor, umschlangen meine Handgelenke und zogen mich näher an die Tür heran. Doch bevor ich die Schwelle erreichen konnte, durchtrennte ein Blitz meine Schöpfung und ich sank kraftlos zu Boden.

Nackte Füße erschienen vor meinen Augen und ein gehässiges Lachen ertönte, als ich auf den Rücken gedreht wurde. Über mir erschien das von Zorn vollkommen entstellte Gesicht von Zeus.

»So nah und doch so fern«, flüsterte er belustigt und ging in die Hocke. »Lass mich dir zusehen, wie dein Leben entschwindet und du erkennst, dass du alles verloren hast.«

»Fahr … zur … Hölle …«, keuchte ich und spuckte ihm mein Blut ins Gesicht.

Lachend wischte er es weg. »Oh nein, Prinzessin. *Du* fährst zur Hölle und ich sorge dafür, dass du dort bleibst.« Er grinste siegessicher. »Was Hades betrifft … Tja. Ein Gott hat keine Seele, aber ich werde ihn schon irgendwo finden und seiner gerechten Strafe zuführen. Jedenfalls garantiere ich dir, dass ihr euch nie wieder sehen werdet.«

Er hob seine Hand, in der ein Blitz aufleuchtete, und ich riss die Augen auf.

»Und jetzt stirb endlich, du kleines Miststück!«

Panisch schloss ich die Lider, machte mich bereit, zu sterben, während ein eiskaltes Lachen über mich hinwegfegte.

Hades … es tut mir so leid …, dachte ich und fühlte die Kälte und die Dunkelheit, die mich in den Tod führen würden. Ich erwartete den Blitz, aber er kam nicht. Erst da wurde mir bewusst, dass auch das Lachen verstummt war.

»Penelope!«, hörte ich eine Stimme und öffnete mühsam noch einmal die Augen.

Athene beugte sich über mich, fuhr mit ihren Armen unter meinen Schultern hindurch und hob meinen Oberkörper vorsichtig an. Ich brüllte vor Schmerzen, als sie mich noch höher hob, und konnte nicht glauben, was ich sah: Zeus war in glühenden Ketten gefangen, die Aphrodite in den Händen hielt, während sie mir aufmunternd zulächelte.

»Was …«, hauchte ich und Athene sah mich mitfühlend an.

»Du hast genug gelitten, Tochter der Demeter. Wir helfen dir.«

Athene machte einen Schritt, dann noch einen, und ich fühlte, wie mein Körper über die Schwelle glitt. Allein diese Bewegung löste eine Schmerzwelle in mir aus, die ich nicht mehr ertrug. Ich wollte schreien, aber es ging nicht.

Da war kein Funken Kraft mehr in mir, um den Mund auch nur zu öffnen. Ich fühlte mich so müde … so unendlich müde …

Mein letzter Gedanke galt Hades, dessen grüne Augen mich in den Schlaf führten.

Komm, süßer Schlaf … und beende alle Schmerzen …

38

Der Tod war gar nicht so schlimm, wenn es nicht so dunkel gewesen wäre. Aber die Schmerzen fielen von mir ab und es fühlte sich angenehm warm an. Ob ich jetzt in die Unterwelt kam? Wer würde mich dort empfangen, wenn Hades nicht mehr …

Ich schluckte.

Hades …

Mein Hals brannte auf einmal, was mich zwar irritierte – immerhin war ich tot! –, aber vielleicht konnte ich noch solche Dinge empfinden. Schließlich war ich auch unglaublich traurig.

Ich würde ihn nie wiedersehen. Nicht mal im Tod konnten wir vereint sein.

»Pen!«

Oder doch?

»Pen, mach die Augen auf!«

Das war doch seine Stimme, oder?

»Pen …«

Nicht, Hades … Kling nicht so traurig.

»Pen, bitte. Du machst mir Angst.«

Haha, wir sind tot, für immer vermutlich. Lass mich noch etwas schlafen, ich bin so müde.

»Pen! Mach die Augen auf!«

Schon gut, schon gut! Nicht mal im Tod kann ich mich ausschlafen …

Mühsam versuchte ich, meine Lider zu öffnen, und starrte in einen dunklen, glitzernden Nachthimmel, der so friedlich wirkte, wie ich mir den Tod vorgestellt hatte.

Wo war Hades? Es war doch seine Stimme, die ich gehört hatte. Oder nicht?

Langsam setzte ich mich auf und sah mich um. Die Dunkelheit wich silbernem Licht, das die Wiese nun erhellte, auf der ich lag, als würde der Mond auf mich herabscheinen.

Ich tastete meinen Körper ab, der sich dafür, dass ich ein Geist war, erstaunlich fest anfühlte. Oder eine Seele. Was auch immer. Ich trug allerdings nicht mehr meine Rüstung, sondern ein hellgrünes Kleid aus weicher Seide, das sanft über meinen Körper floss. Ein schönes Gefühl. Meine Flügel hatte ich wohl an der Schwelle des Todes abgegeben. Aber es war mir gleichgültig. Nun würde ich sie ohnehin nicht mehr benötigen.

Ein Licht neben mir erweckte meine Aufmerksamkeit. Es war so grün wie jenes von Hades, als der Speer ihn durchbohrt hatte. Ich folgte dem Strahl mit meinem Blick und hob zitternd die Hände vor den Mund.

Da stand er, mein Gott der Unterwelt, in seiner unversehrten Rüstung, mit einem glücklichen Lächeln auf den Lippen und strahlenden grünen Augen.

Sofort sprang ich auf, lief zu ihm und warf mich ihm an den Hals. Meine Lippen fanden seine und ich gab mich seiner Wärme hin, während Tränen über mein Gesicht liefen.

Sein grünes Licht umschloss mich und verband sich mit dem roten Schein, der von mir ausging. Eine feuerwerkartige Explosion ließ mich erstaunt aufblicken, während Hades seine Lippen an meine Schläfe legte.

»Meine Liebste«, raunte er an meinem Ohr und ein Schaudern durchlief meinen Körper.

»Hades, was machst du hier? Ich dachte, Götter haben keine Seele?«

»Hm, vielleicht haben sie doch eine? Immerhin heißt es auch, wir hätten kein Herz, und du hast selbst festgestellt, dass es nicht stimmt.«

»Also können wir im Tod zusammen sein? Aber was ist mit der Unterwelt? Wenn Zeus uns findet …«

»Pen …«

»Er wird dich quälen, uns trennen …«

»Pen.«

»Ich will dich nicht wieder verlieren, Hades …«

»Pen! Hör mir doch einmal zu!« Er legte mir einen Finger auf die Lippen und schmunzelte. »Wir sind nicht tot und du wirst mich nie wieder verlieren.«

»Was?«, nuschelte ich, da sein Finger immer noch meinen Mund verschloss.

»Du bist rechtzeitig aus der Arena hinausgekommen, Athene sei Dank. Allerdings hat deine Heilung länger gedauert als meine, weil du erst durch unseren Kuss zur Göttin werden konntest. Es ist wie mit deinen Kräften oder unserer Verbindung. Erst der Kuss hat das Versprechen eingelöst, weil wir uns erneut erwählt haben. Ganz göttlich sind wir immer noch nicht, aber es dauert nicht mehr lange.«

»Ich … Wir sind nicht tot?«

Er schüttelte schmunzelnd den Kopf. »Ganz sicher nicht, ich kenne mich mit dem Tod aus.«

»Aber … wo sind wir dann?«

»Hekate hat uns einen Moment geschenkt, Liebste. Es ist noch nicht vorbei. Zeus tobt und wir müssen in die Unterwelt, um ihn zu entmachten. Was nicht einfach wird, weil wir, wie gesagt, noch ein wenig sterblich sind und es ihm eventuell gelingt, uns zu töten.«

Er zog mich in die Arme und küsste mich erneut, während mein Gedankenkarussell so richtig Fahrt aufnahm.

»Wir leben noch, aber wir sind noch sterblich?!«

»Dein Pakt hat dich an mich geschmiedet und mich an dich«, versuchte Hades zu erklären. »Es wird einige Stunden dauern, bis meine Sterblichkeit abfällt. So lange bist du nur theoretisch eine unsterbliche Göttin, meine Prinzessin. Aber danach kann dir niemand jemals wieder etwas antun.«

»Außer, er lässt sich einen Speer schmieden, der sogar Götter tötet.«

Hades' Blick wurde ernst. »Das wird Hephaistos für niemanden mehr anfertigen und außer ihm ist keiner dazu imstande.«

»Wozu der dritte Speer?«, fragte ich und forschte in seinem Gesicht nach einer Regung.

Er wich mir aus. »Das würde ich lieber ein anderes Mal erklären«, flüsterte er und wirkte bedrückt.

»Hades … wie sollen wir Zeus in den Tartaros werfen? Du bist doch im Moment auch sterblich und wenn er es schafft, dich zu verletzen … Ich ertrage das nicht noch einmal!«

Ich wollte das Zittern in meiner Stimme unterdrücken, aber es gelang mir nicht.

»Ich bringe dich in die Unterwelt«, sagte er entschlossen, zog seine Mundwinkel zu einem aufmunternden Lächeln hoch und ignorierte meinen Einwurf, dass er trotz allem sterben könnte. »Du darfst dort nichts essen oder trinken, hörst du? Wenn wir da sind, wird er kommen und mich herausfordern. Ich kenne meinen Bruder. Irgendwie muss es uns gelingen, ihm sein Schutzamulett abzunehmen, denn dann verliert er seine Macht in der Unterwelt. Wenn das geschieht, wird Hekate ein Portal öffnen und wir stoßen ihn in den Tartaros.«

»Du bist sicher, dass das eine gute Idee ist?«

»Ja. Die Welt verdient eine Göttin, die sich um sie kümmert. Gaia ist die Richtige dafür und Zeus hat mehr Unruhe gestiftet, als gut für uns alle war.« Er trat einen Schritt zurück und hielt mir seine Hand entgegen. »Hilfst du mir?«

Ohne zu zögern, legte ich meine Hand in seine. »Ja.«

Die Sterne erloschen über uns und schwüle Hitze schlug mir entgegen, gemischt mit einem seltsam vertrauten Geruch nach Salz und Feuer. Wir standen neben einem Thron und ich erkannte ihn als Hades' Thron wieder. Davor versammelt warteten bereits Poseidon, Hephaistos, Demeter und Günter sowie Athene und Aphrodite, die beide in den Applaus der anderen einstimmten. Hekate konnte ich nirgendwo entdecken.

Hades hob meine Hand und warf einen Blick in die Runde. »Ich darf euch die neue Herrin der Unterwelt vorstellen!«, verkündete er feierlich. »Penelope, zukünftige Gemahlin des Hades.«

Obwohl wir offiziell noch nicht getraut waren, stimmten die Diener in den Applaus ein.

Ein Stück weiter hinten entdeckte ich einen jungen Mann mit leuchtenden Augen und fast feuerrotem Haar. Ich wusste, dass es Charon, der Fährmann war, und nickte ihm höflich zu.

Eine Erinnerung aus meinem früheren Leben kam auf. Er hatte die Seelen über den Fluss Styx geführt, jenen Fluss, der die Lebenden von den Toten trennte. Charon war schüchtern und zurückhaltend, aber freundlich. Er hatte mir stets gut zugesprochen.

Hades küsste meine Hand und lächelte mich an. »Ich hoffe, ich darf dich schon so nennen, immerhin muss ich noch vor deinen Vater treten.«

Ich erwiderte sein Lächeln. »Selbst wenn er Nein sagt, ist meine Entscheidung längst gefallen.«

Seine grünen Augen leuchteten glücklich, als ich mich zu ihm beugte. Doch bevor sich unsere Lippen trafen, krachte eine Tür und der Körper eines unserer Diener flog durch die Halle.

»Es ist ein wenig zu früh, um zu feiern, Bruder«, ertönte Zeus' Stimme und Hades wandte sich ihm zu.

»Es ist genug, Zeus. Was du jetzt machst, ist einfach nur noch erbärmlich«, entgegnete der Gott der Unterwelt finster.

»Herausforderung!«, schrie der Göttervater und Blitze loderten in seinen Händen auf. »Gewinne ich, gehören mir die Unterwelt und dein Leben. Gewinnst du, lasse ich dich und dein Miststück zufrieden.«

Hades verschränkte die Arme. »Dies ist mein Reich, hier hast du nichts zu sagen.«

»Ich werde alles in Schutt und Asche legen, Bruder. Kämpfe und siege, oder geh mit diesem Haufen Dreck zugrunde.«

»Hades«, flüsterte ich und hielt mich an ihm fest. »Halte ihn hin. Du hast selbst gesagt, er kann dich jetzt töten. Ich will dich nicht verlieren.«

Zeus tobte wie ein Wahnsinniger und schien zu allem bereit. Hades war erst vor wenigen Augenblicken um ein Haar gestorben und immer noch verwundbar. Und vor allem sterblich.

Aber er lächelte mir zu und küsste erneut meine Hand. »Es wird alles gut«, flüsterte er, hob seinen Arm und der Raum veränderte sich. Standen vorhin noch der Thron und andere Möbel in der Halle, war sie nun vollkommen leer. In der Mitte prangte ein erleuchteter Kreis auf dem Boden, den Hades mit erhobenem Haupt betrat. Sein mannshohes Schwert erschien und er setzte sich den Helm auf.

Zeus schnaubte verächtlich, bevor auch er den Kampfplatz betrat, nur mit viel zu engen Hosen bekleidet und mit nacktem Oberkörper. Er schüttelte seine blonden Locken und lächelte kalt.

Die anderen Götter stellten sich neben mich und beobachteten an meiner Seite, wie die Brüder einander niederstarrten, während sie den Kreis durchschritten. Ich nahm Günters Hand und drückte sie viel zu fest. Er ließ es geschehen.

»Dieselben Regeln wie immer, Bruder. Drei Treffer entscheiden über Sieg oder Niederlage«, knurrte Zeus.

»Einverstanden«, stimmte Hades zu und machte sich bereit.

Zeus erschuf einen Blitz und schleuderte ihn nach Hades, der geschickt auswich, bevor er sein Schwert niedersausen ließ, Zeus jedoch klar verfehlte.

Zornig erschuf der Göttervater einen weiteren Blitz, den der Gott der Unterwelt mit seinem Schwert abwehrte, bevor er auf seinen Bruder zustürmte und ihm einen Streich versetzte, dem Zeus nicht ausweichen konnte.

»Eins zu null«, erklärte Hades und grinste überlegen.

»Wart's ab«, erwiderte Zeus, täuschte einen Angriff an, nur um Hades von hinten mit einem Blitz zu treffen. Keuchend sank der Gott der Unterwelt auf die Knie. Es roch nach verbrannten Haaren und der Göttervater zog eine Augenbraue hoch. »Eins zu eins«, lächelte er. »Vielleicht solltest du meinen Blitzen ausweichen, Bruder. Es scheint, als würden sie dir heute nicht guttun.«

Hades schnaubte und kam wieder auf die Beine. »Du denkst, ein bisschen Strom stört mich?«

Zeus warf mir einen kalten Blick zu und seine Mundwinkel verzogen sich zu einem hässlichen Lächeln. Ich hob meinen Kopf und hielt ihm stand, was ihn zu stören schien, denn er fletschte die Zähne und wandte sich hastig ab.

Hades setzte zum Angriff an, doch Zeus war schneller, wirbelte herum und schleuderte einen Blitz, dem Hades nur knapp entging. Wieder stürmte der Gott der Unterwelt auf seinen Bruder zu, setzte zum Sprung an und warf den Göttervater nieder. Zeus hob seine

Hand und stach mit einem Blitz auf Hades' Körper ein, der zuckend zu Boden ging und sich unter Schmerzen krümmte.

Ich wollte in den Ring stürzen, aber Demeter hielt mich fest. »Nicht, Kind. Hab Vertrauen«, flüsterte sie und ich hielt den Atem an, während Hades immer noch am Boden lag und röchelte.

»Was für ein schlechter Angriff, Bruder«, höhnte Zeus und trat Hades' Schwert beiseite. »Du hättest mich in der Arena mit dem Speer töten sollen. Deswegen wolltest du doch den dritten, nicht wahr?« Er lächelte kalt. »Eins zu zwei. Gleich gehört dein Leben mir!«

Der Göttervater ließ einen Blitz entstehen, der dreimal so groß war wie alle Blitze zuvor. Ich schrie auf und versuchte, mich aus Demeters Griff zu befreien, aber es gelang mir nicht.

Hades kam auf seine Unterarme und zog einen glänzenden Gegenstand unter seinem Körper hervor. »Nein, Zeus. Dein Leben gehört jetzt mir. Und ich schicke dich in den Tartaros! Hekate, öffne das Portal!«

Der blonde Gott warf einen ungläubigen Blick auf die Medaille, bevor er an seine Hüfte fasste. »Nein!«, stöhnte er und riss die Augen auf, als purpurner Nebel ihn umhüllte. »Das kannst du nicht mit mir machen!«

Er versuchte, zu Hades zu gelangen, aber seine Stimme verschwamm bereits und sein Körper wurde in den Strudel hineingezogen, den der purpurne Nebel formte.

»Ich bin der Göttervater! Ich will nicht in den Tartaros!«, kreischte er, bevor er vor unseren Augen verschwand.

Hades stieß ein Röcheln aus und sank wieder zu Boden. Endlich ließ Demeter mich los und ich stürzte zu dem Gott der Unterwelt, der das Amulett des Zeus immer noch festhielt und mit schmerzverzerrtem Gesicht auf dem staubigen Boden lag.

»Hades?«, fragte ich mit zittriger Stimme, während ich mich neben ihn kniete und meine Hand auf seinen Rücken legte.

»Es ist … vorbei, Pen«, flüsterte er und drehte den Kopf zu mir. »Es ist endlich vorbei.«

Seine Augen glitzerten verräterisch und sein Blick war angespannt, als er mich musterte. Er stützte sich auf seine Hände, drückte sich hoch, um sich auf seine Fersen zu setzen. Mit zitternden Fingern versuchte er, den Kinnriemen seines Helms zu lösen, und scheiterte.

Ich half ihm dabei und legte das Rüstungsteil neben ihn auf den Boden, bevor ich meine Arme um ihn schlang und er mich an sich drückte.

»Es ist endlich vorbei«, sagte er noch einmal, diesmal lauter und an alle gewandt.

»Ich fürchte, noch ist es nicht vorbei«, hörte ich Demeter erwidern und sah sie verwirrt an. Sie stand mit verschränkten Armen hinter mir, blickte Hades ins Gesicht und fuhr mit forschem Blick fort: »Ich denke, du hast noch das eine oder andere Versprechen einzulösen. Zum Beispiel, Persephone zu ihrem menschlichen Vater zu bringen und die Erlaubnis einzuholen, sie zu heiraten.«

Ich schluckte, als mir klar wurde, dass meine Familie krank vor Sorge sein musste, und ließ Hades los.

Er schmunzelte und nickte. »Stimmt, das habe ich versprochen, und ich werde es einhalten.«

»Gut«, erwiderte Demeter. »Und dann sollten wir noch klären, wie oft die Herrin der Unterwelt ihr Reich verlassen darf.« Die

Göttin zog mich hoch und lächelte mich an. »Aber zuerst erzählen wir deiner Familie, dass es dir gut geht.«

Sie winkte Günter zu uns, der mit stolzgeschwellter Brust neben mich trat und ihre Hand ergriff. Hades legte seinen Arm um meine Hüften und lächelte. Seine grünen Augen waren das Letzte, das ich sah, als sein grünes Licht uns forttrug.

39

Einige Tage später …

Ich stand mit zitternden Händen in meinem Hotelzimmer und blinzelte gegen die Tränen und das grelle Sonnenlicht an. Der Himmel erstrahlte in einem wolkenlosen dunklen Blau. So dunkel, wie ich es noch nie am hellichten Tag gesehen hatte. Er hob sich beeindruckend von dem glitzernden Sandstrand ab, an dem das Hotel stand.

Meine Schwester und Angeliki zupften an meinem Kleid herum, während ich mich selbst im Spiegel betrachtete. Wo hatten meine Mütter es in der kurzen Zeit nur aufgetrieben?

Es war das perfekte Brautkleid, genau so, wie ich es mir gewünscht hatte: eng anliegend, in Sanduhrenoptik, mit spitzenverziertem Carmenausschnitt, der meine Schultern betonte und an dem ein hauchzarter langer Schleier wie ein Cape befestigt war und meine Oberarme leicht verdeckte. Unten wurde es ein wenig weiter und ging mir vorn bis zu den Knöcheln, während es hinten eine angedeutete Schleppe hatte, die mit dem Schleier abschloss. Ich fühlte mich darin wie eine Königin und hätte mir kein schöneres Kleid wünschen können, wenn ich es auch für eine Strandhochzeit als fast zu pompös empfand.

Aber Hades und ich wollten am Strand heiraten und Poseidon stellte seinen Privatstrand liebend gern dafür zur Verfügung. Es war ein seltsames Gefühl, dass der Großteil meiner Hochzeitsgesellschaft aus Göttern bestehen würde, aber Demeter meinte, ich müsse mich daran gewöhnen.

Hekate und Hades hatten eine ganze Nacht gebraucht, um die Gedanken meiner Familie wieder zu ordnen. Dad war fast wahnsinnig geworden, nachdem auch Günter erweckt worden war. Hekate hatte sich fast ausschließlich um ihn gekümmert, während Hades mit allen anderen weniger zu tun hatte.

Ich hatte es auch geschafft, ihn zu fragen, warum meine Schwester in den letzten Monaten unausstehlich gewesen war, besonders seitdem wir in Griechenland angekommen waren. Hades hatte versucht, sich um eine Antwort zu drücken, hatte mir aber schließlich erklärt, dass es mit ihrer Erinnerung an ein früheres Leben zu tun hatte, die sich erheben wollte. Er sagte noch einmal, dass er hoffte, dass dies nie geschehen würde, und ließ sich nicht einmal eine Andeutung entlocken, wer Vicky einst gewesen war.

Gaia, die mittlerweile die neue Göttermutter war, hatte selbst vorgeschlagen, die Trauung zu vollziehen, und Hades und ich hatten es gern angenommen. Ich war ein wenig nervös und doch freute ich mich. Sie war eine gütige Göttin, voller Weisheit und

Wärme, und die anderen Götter akzeptierten sie sofort als ihr neues Oberhaupt. Abgesehen von Hermes, der sich weigerte, die neue Herrin des Olymps einzulassen, und sich damit einige Jahrhunderte Strafarbeit in der Unterwelt eingehandelt hatte – ohne Schutzamulett.

Vicky schniefte leise, als sie neben mir an den Spiegel trat und sich gemeinsam mit mir beobachtete. Sie war zuerst wütend gewesen, als sie erfuhr, dass ich tatsächlich vor ihr heiraten würde, beruhigte sich aber dann recht bald, sagte ihre Kreuzfahrt ab und blieb, um mir beizustehen. Es war wieder wie früher. Sie würde zwar mit ihrem quietschenden rosa Brautjungfernkleid viele Blicke auf sich ziehen, aber damit konnte ich leben. Ein wenig Mittelpunkt gehörte für sie dazu und mir war ohnehin nur wichtig, dass Hades nur Augen für mich hatte.

Meine Schwester hatte es sich nicht nehmen lassen, persönlich meine aufwendige Hochsteckfrisur und das perfekte Make-up zu gestalten. Sie hatte sich über zwei Stunden Zeit genommen, um meine Haare erst einzudrehen, in Form zu bringen und anschließend wunderschön zu legen. Danach hatte sie mir ein Braut-Make-up verpasst, auf das vermutlich viele Stars neidisch gewesen wären, denn es betonte meine hellbraunen Augen und ließ mich strahlen.

Ich fragte mich, wie ich Hades wohl gefallen würde, immerhin trug ich sonst kaum Make-up und meine Haare band ich meistens nur zu einem Zopf.

Nachdem wir aus der Unterwelt zurückgekehrt waren und meine Familie dank der Hilfe der Götter alles verarbeiten konnte, hatte er ganz offiziell bei meinem Vater um meine Hand gebeten. Dad hatte ihn mit undurchdringlicher Miene irgendwohin mitgenommen und sie blieben über eine Stunde verschollen. Was gesprochen wurde, durfte ich offenbar nicht wissen, denn beide schwiegen darüber. Allerdings sprach Hades seitdem noch respektvoller von meinem Vater und Dad wirkte zufrieden.

Ich konnte es immer noch nicht fassen, dass mein Dad tatsächlich dem Gott der Unterwelt die Leviten gelesen hatte … und dass Hades offenbar wirklich gewillt war, meinen Vater zufriedenzustellen.

Außerdem musste ich die Frage klären, die mir nicht aus dem Kopf ging, obwohl mir eigentlich klar war, dass Hades nichts damit zu tun haben konnte, da er mich erst gefunden hatte, als meine Albträume begannen. Trotzdem stellte ich ihn zur Rede, ob er oder einer der anderen Götter meinem Vater diese Urlaubsidee eingepflanzt hatte.

»Nein, darauf ist dein Dad ganz allein gekommen«, hatte er geschmunzelt. »Denn ich hätte dich überall auf der Welt gesucht. Aber es liegt wohl an seiner wiedergeborenen Seele, die hier ihre Schuld abtragen wollte, die sie sich für den Tod seines Freundes gibt. Ich hoffe, ich konnte ihm dieses Schuldgefühl nehmen.«

Hekate hatte mir erklärt, dass sie für mich eine Sonderregel gefunden hatte. Diese erlaubte mir, zweimal im Jahr für höchstens vier Monate am Stück in die Welt der Sterblichen zu gehen und trotzdem in der Unterwelt nicht auf Nahrung verzichten zu müssen. Da dies mein erster Besuch war, empfahl sie mir, erst nach der Hochzeit zurückzukehren.

Hades konnte sich Dank eines speziellen Schlüssels von Hekate nun frei zwischen den Welten bewegen, weswegen es für mich in Ordnung war, so lange hierzubleiben. Er hatte nach seiner Abwesenheit einige Dinge zu erledigen, versuchte aber dennoch, so oft wie möglich bei mir zu sein.

Allerdings hatten wir immer noch keine Nacht miteinander verbracht, was mich einerseits in den Wahnsinn trieb und andererseits erleichterte. Obwohl immer wieder Erinnerungen aus unserem früheren Leben hochkamen, hatte ich Angst, auf diese Art mit Hades zusammen zu sein.

Ich bemerkte im Spiegel, wie ich bei dem Gedanken rote Wangen bekam, und Vicky lächelte wissend. »Denkst du gerade an die Hochzeitsnacht?«, fragte sie und warf mir einen skeptischen Blick zu. »Ihr habt es doch schon hinter euch gebracht, oder?«

Angeliki schnalzte mit der Zunge und schüttelte den Kopf über die Worte meiner Schwester.

Ich senkte den Blick. »Na ja, vor dreitausend Jahren etwa …«, stammelte ich.

Meine Schwester wirkte zuerst verwirrt, dann lächelte sie liebevoll und legte einen Arm um meine Schultern. »Dann hoffe ich, dass ihr nicht aus der Übung seid.« Sie zwinkerte und fächelte sich dann Luft ins Gesicht. »Du brauchst noch eine Schicht Haarspray«, erklärte sie mit brüchiger Stimme und huschte durch das Zimmer.

Angeliki schmunzelte und drückte meine Hand, als sie einige Worte sprach, die ich nicht so genau verstand. Aber anhand ihres Blickes wusste ich, dass sie mich beruhigen wollte.

Dankbar umarmte ich sie, bis Vicky zurückkam und Angeliki fortscheuchte, um meine Haare noch einmal zu fixieren. Ich hatte bereits drei Dosen Haarspray in meiner Frisur, aber scheinbar wollte meine Schwester, dass sie die Ewigkeit überdauerte, und sprühte noch einmal eine ganze Ladung über mich.

Als sie die Dose abstellte und mich betrachtete, fächerte sie sich wieder Luft zu. »Ach, wie dumm von mir, jetzt habe ich Haarspray in den Augen … das wird mein Make-up ruinieren … Entschuldigt mich.«

Sie ging aus dem Zimmer, wo sie mit meinen Müttern zusammenstieß.

Demeter und Mum verstanden sich ausgesprochen gut. Sie planten und organisierten alles für diesen Tag und sprachen sehr liebevoll miteinander. Mum hatte dank Hekate verstanden, dass sie immer meine Mutter sein würde. Sie hatte mich in diesem Leben geboren. Demeter war glücklich, dass ich bei einer solch liebevollen Familie aufgewachsen war, und bedankte sich bei meinen Eltern dafür, dass sie auf die Seele ihrer Tochter so gut achtgegeben hatten.

Ich war erleichtert, dass es keinen Zank gab und sie sich in allem einig schienen. Auch wenn ich immer noch verarbeiten musste, dass ich jetzt zwei Mütter hatte. Vielleicht sollte ich Hades bitten, auch meine Gedanken ein wenig neu zu sortieren. Alles, was in den letzten Tagen geschehen war, verwirrte mich immer noch.

Mum hakte sich bei Vicky unter und zog sie wieder in das Zimmer, während Demeter mich voller Stolz betrachtete. »Du siehst wunderschön aus, mein Kind«, flüsterte sie und wischte sich verstohlen über die Augen.

»Bezaubernd«, stimmte Mum zu und seufzte glücklich. »Das hast du wunderbar gemacht, Victoria.«

»Ich weiß«, versuchte meine Schwester, schnippisch zu erwidern, aber es klang mehr wie ein verlegenes Flüstern.

Demeter hob die Hand und ein Kranz aus leuchtend grünen Ranken und hellroten Blüten erschien vor ihr. Sie nahm ihn an sich und trat auf mich zu. »Als Tochter der Demeter gebührt dir dieser Kranz, der deine Gaben symbolisiert und dich daran erinnern soll, dass das Leben selbst an den widrigsten Orten immer einen Weg findet und mit der Liebe wachsen kann.«

Ich beugte meinen Kopf und ließ mir diese einzigartige duftende Krone aufsetzen.

Mit glänzenden Augen trat die Göttin zurück und lächelte. »Ich wünsche euch alles Glück der Welt, meine liebste Tochter. Du hast so lange darauf gewartet und ihr verdient es.«

Stürmisch umarmte ich Demeter, was Vicky wettern ließ, dass ich ihr Kunstwerk zerstören würde, besonders als sie das Glänzen in meinen Augen sah.

Noch bevor ich mich beruhigt hatte, trat Mum vor und kämpfte selbst mit den Tränen, während sie sprach. »Als Tochter der Familie Bauer ist es Tradition, ein Schmuckstück zu erhalten, das dich in deinem neuen Lebensabschnitt begleitet. Deine Schwester hat dir das perfekte Medaillon zum Geburtstag geschenkt, deswegen möchte ich es dir erneut anlegen.«

Sie trat hinter mich und legte mir die Kette mit zittrigen Fingern an. Sie war ein wenig länger als die Perlenkette, die ich von Hades bekommen hatte, und ergänzte meinen Schmuck perfekt. Ich hätte sie gar nicht abnehmen müssen, umso schöner fand ich es, sie jetzt wieder zu tragen.

Wir drehten uns um und ich blickte in den Spiegel. Der Kranz und der Anhänger passten hervorragend zu meinem Kleid und ließen mich wie eine strahlende Braut aussehen.

»Nur damit du dich an uns erinnerst, wenn du … so weit weg bist …«, schluchzte Mum und ich zog sie rasch in meine Arme.

»Mama, ich bin doch nicht für immer weg. Ich darf euch besuchen und das werde ich auch machen.«

»Versprochen?«, flüsterte meine Mutter und ich nickte.

»Ganz fest versprochen.«

Demeter legte einen Arm um meine Mutter und lächelte. »Und irgendwie werden wir es schon hinbekommen, dass ihr die Unterwelt auch besuchen könnt. Es mag nicht der schönste Ort für Sterbliche sein, aber gegen einige Kurzbesuche sollte nichts einzuwenden sein.«

Mum lächelte die Göttin dankbar an und ich seufzte gerührt.

Angeliki, die wohl auch gerade mit den Tränen kämpfte, deutete auf ihre Uhr und begann, uns aus dem Zimmer zu scheuchen. Offenbar war es endlich Zeit …

Flankiert von meinen beiden Müttern, trat ich auf die Hotelterrasse, von der man einen langen roten Teppich bis zu einem kleinen Pavillon am Strand gelegt hatte. Er war ein Geschenk von Demeter, die ihn selbst erschaffen hatte, und grünte und blühte in allen Farben des Regenbogens.

Links und rechts von dem leuchtend roten Teppich standen Stühle, die mit wunderbaren Schleifen geschmückt waren. Darum hatten sich Mum, Vicky und Angeliki gekümmert.

Meine Schwester und die mittlerweile gerührte Griechin zogen meine Schleppe gerade und hoben sie vorsichtig an, damit ich sicher über den Teppich schreiten konnte, als die Musik sanft erklang. Es war eine liebliche Melodie mehrerer Panflöten, gespielt von einigen Nymphen.

Mit klopfendem Herzen schritt ich los. Alle Augen richteten sich auf mich und mir wurde mit einem Mal unbehaglich.

Am Pavillon stand die Göttin Gaia, deren Haupt von einem goldenen Sonnenkranz gekrönt war. Ihre Haare leuchteten in saftigem Grün und spiegelten alle Arten von Pflanzen wider, während ihre Haut und ihr Kleid die anderen Geschöpfe der Natur zeigten – die Tiere und Insekten, die einst und auch noch heute die Erde bevölkerten. Sie strahlte eine solche Güte und Ruhe aus, die mich erfassten, bis ich mich wieder wohler fühlte, besonders als mein Blick auf Hades fiel.

Seine grünen Augen leuchteten auf, als er mich ansah, und ein seliges Lächeln erschien auf seinem Gesicht. Er trug eine schwarze Stoffhose mit einem langen schwarzen Gehrock, eine ärmellose graue Weste und ein weißes Hemd. Er hatte zwei Knöpfe geöffnet, was ihn lässiger erscheinen ließ, und auf die Krawatte verzichtet. Er sah wirklich in allem, was er trug, unwiderstehlich aus!

Mein Bruder und Poseidon standen neben ihm, während mein Vater vor ihm wartete, um mich die letzten Schritte zu ihm zu führen.

Ich fühlte, wie mir heißer wurde, je näher ich ihm kam, und musste mich zwingen, meinen Blick von seinen Augen zu wenden. Stattdessen sah ich meinen Vater an, der liebevoll lächelte und mich kurz umarmte, bevor er mich zu meinem Bräutigam führte.

Hades ergriff sicher meine Hand, dankte meinem Vater und strahlte mich glücklich an. »Du siehst atemberaubend aus«, flüsterte er, während wir uns vor der Göttin verneigten.

Er ließ meine Hand nicht los, als Gaia mit warmer Stimme uns und unsere Gäste begrüßte. Ich hörte nicht, was sie in dieser Rede alles erwähnte. Götter heirateten für gewöhnlich nicht auf diese Art, deswegen versuchte sie, eine menschliche Trauung zu halten, was ihr vermutlich gut gelang, aber ich war viel zu nervös, um ihr zu folgen.

Wie bei den Menschen üblich, forderte Gaia uns schließlich auf, die Ringe zu tauschen. Hades sollte als Erster den Ring ergreifen, ein wunderschönes schlichtes Schmuckstück aus weißem Gold mit einer einzelnen Perle darauf, geschmiedet von Hephaistos selbst. Günter reichte ihn uns und Hades schob ihn auf meinen rechten Ringfinger. Er stieß erleichtert den Atem aus und lächelte, während ich mit zittrigen Fingern seinen Ring nahm und ihm anlegte.

»Der Ring steht für eure unendliche Liebe«, hörte ich Gaia schließlich sagen. »Er hat keinen Anfang und kein Ende, so wie eure Liebe, die vor langer Zeit vorbestimmt wurde und sich endlich erfüllen kann. Die Perle ist ebenso ein Symbol für die ewige Liebe. Sie soll euch daran erinnern, dass es selbst an den verborgensten Orten Magisches zu entdecken gibt.« Die Göttin hob ihre Hände über unsere Köpfe, um uns zu segnen. »Möge diese Liebe fruchtbar sein und für den Rest der Zeit bestehen. Auf dass ihr euch Kraft und Freude schenkt und einander Halt gebt, wenn Herausforderungen auf euch warten.«

Sie senkte ihre Hände wieder und sowohl Hades als auch ich sahen sie erwartungsvoll an.

Auf ihrem mütterlichen Gesicht breitete sich ein Lächeln aus. »Ihr dürft euch jetzt küssen«, verkündete sie.

Hades legte seine Hände an mein Gesicht und hauchte mir einen zärtlichen Kuss auf die Lippen, bevor er mich enger an sich zog und sein Kuss leidenschaftlich wurde. Um uns wurde gejubelt, aber das konnte ich nur vage hören, denn ich versank vollkommen in diesem lang ersehnten Moment mit meinem Ehemann.

Ein rauschendes Fest am Strand, für das Angeliki vermutlich zwei Tage geschuftet hatte, weil sie keine Hilfe wollte, folgte auf unsere Vermählung und meine Eltern fühlten sich erstaunlich wohl zwischen den Göttern. Lag vermutlich an der Hirnwäsche, die sie bekommen hatten, oder sie passten sich schnell an.

Hephaistos hatte mithilfe einiger anderer Götter ein Zelt mit richtigem Boden aufgestellt, sodass wir nicht über den Sand laufen mussten und sogar tanzen konnten.

Günter forderte Aphrodite zu einem Tanz auf, was Hephaistos, der immerhin mit ihr verheiratet war, nicht besonders zu gefallen schien. Da mein Bruder den Gott der Schmiede nicht erzürnen wollte, überließ er die Göttin der Liebe ihrem Gemahl. Allerdings tröstete er sich recht schnell mit einer Nymphe darüber hinweg, die beeindruckt war, Achilles wiederzusehen.

Als Hades und ich die Tanzfläche betraten, wurde es vollkommen still. Meine Schwester hatte mir die Schleppe aufgesteckt, damit ich mich besser bewegen konnte. Trotzdem fühlte ich mich wie zu Stein erstarrt, als wir im Mittelpunkt der Aufmerksamkeit standen.

»Vertrau mir«, flüsterte Hades, als die Musik begann und ich das Lied erkannte.

Es war ein älteres Stück, das davon erzählte, was Liebe wirklich bedeutet und wie sie alle Hindernisse überwindet. Langsam und perfekt dazu geeignet, eng mit dem Mann, den ich liebte, zu tanzen.

Eine Hand ruhte knapp unter meinem Schulterblatt und gab mir Halt, während seine andere Hand meine fest umschloss und mich über den Tanzboden führte, als würden wir fliegen. Aber ich bekam ohnehin nichts mehr mit, denn ich war in seinen grünen Augen versunken …

Bei den letzten Takten des Liedes beugte Hades sich vor und küsste mich sehnsüchtig und ich drängte mich näher an ihn, um seine Nähe zu spüren.

Er gehörte mir. Endlich gehörte er ganz allein mir und niemand würde uns jemals wieder trennen können.

Als die Hochzeitsgäste sich nach und nach verabschiedeten, schlüpfte ich in mein hellgrünes Seidenkleid und ließ mich neben Hades im Sand nieder. Er hatte seine Schuhe ausgezogen und die Füße in das warme Wasser gesteckt, während er der Sonne zusah, wie sie glutrot im Meer versank.

Schmunzelnd legte er seinen Arm um mich und zog mich an sich. »Ich hoffe, das Warten auf unsere Vermählung hat sich gelohnt?«, fragte er und ich hörte die Unsicherheit in seiner Stimme.

»Es war ein wunderschöner Tag. Ich hätte mir keine bessere Hochzeit wünschen können.«

Er nahm meine rechte Hand in seine und betrachtete den Ring an meinem Finger. »Ich habe so lange auf diesen Moment gewartet, Pen … Ich kann mein Glück kaum fassen, dass du jetzt tatsächlich meine Gemahlin bist.«

Ich lächelte und legte meine freie Hand an sein Gesicht. »Ich liebe dich, Hades, und freue mich darauf, die Ewigkeit mit dir zu verbringen.«

Er küsste mich zärtlich. »Ich werde alles tun, um dich glücklich zu machen.«

»Das hast du doch schon«, flüsterte ich und er zog mich an sich und hob mich hoch. »Ich kann selbst gehen!«, lachte ich und er sah mich mit einem intensiven Blick an, der meine Beine weich werden hätte lassen, hätte ich darauf gestanden.

»Mag sein, aber ich möchte dich jetzt in unser Zimmer tragen, Pen … und es die nächsten drei-, vierhundert Jahre nicht mehr verlassen!«

Ich schluckte und er küsste mich zärtlich.

»Vertraust du mir?«, fragte er leise und ich nickte.

»Mein Herz gehört dir«, sagte ich mit zittriger Stimme und er küsste mich erneut.

»Und dir das meine. Bis der letzte Stern am Himmel verglüht ist, wird mein Herz dir gehören.«

Dank

Diese Geschichte hat einen besonderen Platz in meinem Herzen. Sie ist aus dem Nichts gekommen, als ich ein Spiel auf der Playstation gespielt habe und mir dachte, wie unfair es doch ist, dass Hades immer als Bösewicht abgestempelt wird. Ich wollte ihm einmal eine Rolle geben, die er verdient. Immerhin ist er in meinen Augen einer der mitfühlendsten Götter, sonst könnte er nicht über die Unterwelt herrschen.

In der Zeit, in der ich die Geschichte geschrieben habe, war ich für den Rest der Welt nicht unbedingt ansprechbar. Zu versunken war ich in der Romanze, zu sehr habe ich versucht, mich tiefer in die Mythologie des antiken Griechenlands einzuarbeiten. Mein Dank gilt daher in erster Linie meiner Familie, die zwar oft die Augen verdreht hat, aber mich dennoch machen ließ und meine untypischen Grinser einfach ertragen hat.

Aber er gilt auch noch anderen Personen, die mich immer ermuntern, wenn ich zweifle. Eine davon ist Betty Balsay. Ich bin froh, dass ich dich an meiner Seite habe und du mir Mut zusprichst. Deine Anmerkungen sind für mich wichtig, genauso wie unsere Freundschaft. Außerdem danke ich Angelika Herzog. Ich habe es schon einmal gesagt: Ohne dich gäbe es einige Geschichten nicht in der Form, in der es sie jetzt gibt. ›Götterherz‹ wäre nicht, was es ist, wenn Maria Brandt nicht zu mir gestoßen wäre. Du bist jung und unglaublich klug. Bitte hör nie auf, meine Schwachpunkte aufzudecken! Last but not least, Corinna König, die Romantik in Geschichten nicht braucht, aber mir dennoch alles aus einem anderen Blickwinkel zeigt und so viel weiterhilft. Bleib so ehrlich, ich kann das aushalten!

Danke auch an den Sternensand Verlag und all die unglaublichen Leute, die im Hintergrund arbeiten und diese Geschichte begleitet haben! Ihr erfüllt mir mit ›Götterherz‹ einen wunderschönen Traum und ich bin froh, dass es bei euch eine Heimat gefunden hat.

Über die Autorin

Bettina Pfeiffer wurde 1984 in Graz geboren und lebt heute mit ihrem Mann und ihren beiden Kindern in Baden bei Wien.

Seit ihrer Kindheit liebt sie es, sich Geschichten auszudenken. Besonders als Ausgleich zu ihrem zahlenorientierten Hauptjob taucht sie gern in magische Welten ab und begann schließlich, diese aufzuschreiben. So entstand recht schnell die Idee für die ›Weltportale‹ und andere magische Geschichten im Genre Fantasy/Romantasy.

Inspiration findet sie dafür immer wieder durch ihre Kinder, mit denen sie gern auf abenteuerliche Entdeckungsreisen geht.

Mehr von der Autorin

B. E. Pfeiffer
Die Weltportale (Band 1)
27. Juli 2018, Sternensand Verlag
624 Seiten, broschiert
€ 16,95 [D]

High-Fntasy Jugendroman
Als Taschenbuch und E-Book

Klappentext:
»Du musst dich nicht vor den Schatten fürchten. Ein Schatten bedeutet nur, dass hinter dir ein Licht brennt.«
Eleonora lebt in einer Welt, die einst durch magische Portale mit anderen Welten verbunden war. Als Tochter eines Magiers und einer Elfe vereint sie zwei unterschiedliche Kräfte, ist mächtig und gehört doch zu keinem Volk. Mit der Aufnahme auf die Akademie der Magie erhofft sie sich nicht nur, ihre Kräfte unter Kontrolle zu bekommen, sondern auch, endlich akzeptiert zu werden.
Als sie jedoch von einem mysteriösen Schatten angegriffen wird und hinter ein lange gehütetes Familiengeheimnis kommt, ist die anfängliche Ablehnung ihrer Mitschüler ihr geringstes Problem. Wird es ihr gelingen, ihre Welt vor der Dunkelheit zu bewahren?

Andere Titel aus unserem Fantasy-Programm

J. K. Bloom
Wächter der Runen
28. September 2018 Sternensand Verlag
528 Seiten, broschiert
€ 16,95 [D]

High Fantasy
Als Taschenbuch und E-Book

Regina Meißner
Venturia (Band 1): Juwelen und Verfall
14. Dezember 2018, Sternensand Verlag
360 Seiten, broschiert
€ 12,95 [D]

Märchen
Als Taschenbuch und E-Book

Jessica Bernett
Elayne (Band 1): Rabenkind
9. März 2018, Sternensand Verlag
252 Seiten, broschiert
€ 12,95 [D]

Historische Fantasy
Als Taschenbuch und E-Book

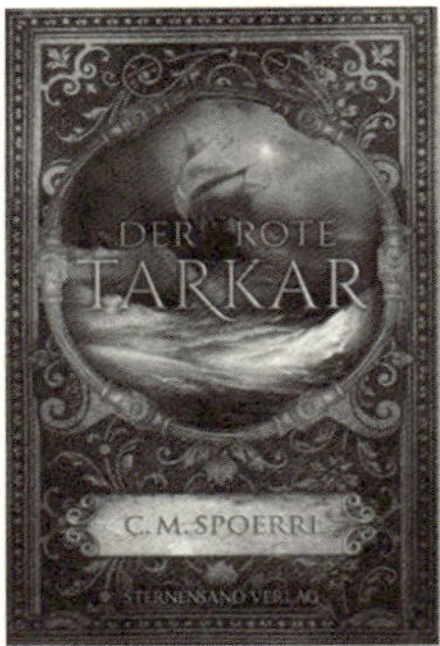

C. M. Spoerri

Der rote Tarkar

16. März 2018, Sternensand Verlag

370 Seiten, broschiert

€ 12,95 [D]

High-Fantasy

Als Taschenbuch und E-Book

Nadine Roth

Bloody Mary: Du darfst dich nicht verlieben

28. Februar 2017, Sternensand Verlag

560 Seiten, broschiert

€ 14,95 [D]

Urban Fantasy

Als Taschenbuch und E-Book

Stefanie Scheurich

Deceptive City (Band 1): Aussortiert

22. Juni 2018, Sternensand Verlag

442 Seiten, broschiert

€ 12,95 [D]

Dystopie, Jugendroman

Als Taschenbuch und E-Book

STERNENSAND VERLAG

Besucht uns im Netz:

www.sternensand-verlag.ch

www.facebook.com/sternensandverlag